新訳　アンの初恋

モンゴメリ
河合祥一郎＝訳

角川文庫
24628

Anne of the Island
By Lucy Maud Montgomery, 1915

Translated by Dr. Shoichiro Kawai
Published in Japan by
KADOKAWA CORPORATION

本書は2021年2〜3月に角川つばさ文庫より刊行された児童書『新訳　アンの初恋（上）　完全版』『新訳　アンの初恋（下）　完全版』を一般向けに大幅改訂したものです。なお、訳者あとがきは書き下ろしです。

目次

主な登場人物

アン・シャーリー　主人公。登場時18歳。レドモンド大学に通う。

ダイアナ・バリー　アンの長年の親友。幼馴染《おさななじみ》のフレッド・ライトと婚約中。

ギルバート・ブライス　アンの幼馴染で同級生。2歳年上だが、アンと共に大学に進学。アンに恋愛感情を抱く。

プリシラ・グラント　クイーン学院時代からの学友。作家モーガン夫人の姪《めい》。

フィリッパ・ゴードン　大学の同級生。お金持ちの美女で、男子にモテる。

ステラ・メイナード　クイーン学院でのアンの親友。レドモンド大学編入生。

チャーリー・スローン　アンと同い年の幼馴染で、共に大学進学。アンに夢中。

ジェーン・アンドルーズ　アンの幼馴染。アンの後任としてアヴォンリー校教師になる。兄ビリーはアンが好き。

ルービー・ギリス　アンの幼馴染。彼氏が多いのが自慢。プリシラの後任としてカーモディ校教師となった。

マリラ・カスバート　アンの母親代わり。双子のデイヴィーとドーラを育てる。

レイチェル・リンド　夫を失い、マリラと共にグリーン・ゲイブルズに住む。

ロイヤル・ガードナー　アンの大学のクラスメート。理想の王子さま。

クリスティーン・スチュアート　ギルバートと噂《うわさ》の謎の美女。

J・A・ハリソン　変わり者の隣人。

アンの初恋

大切なことはあとからわかり、
求める者が見出《みいだ》す者
恋を照らすは運命の明かり
隠れた真価を暴《あば》くもの

テニソン

アンについて「もっと知りたい」世界じゅうの女の子に捧《ささ》ぐ

第1章　変化の兆し

「刈り入れの時は過ぎ、夏も終わった」〔『旧約聖書』「エレミヤ書」8：20〕とアン・シャーリーは、刈り入れがすんでさっぱりした畑を夢見心地で眺めながら聖書の言葉を口にした。アンとダイアナ・バリーは、グリーン・ゲイブルズの果樹園でりんご狩りをしていたのだが、今はちょうど日当たりのよい隅っこで、ひと休みしているところだ。あたりには、アザミの綿毛の大群がふわふわと風の翼に乗って漂《ただよ》っていて、風には〝お化けの森〟の羊歯《しだ》の葉が香って、まだすてきな夏の匂いがする。

それでも、見渡すかぎり、どこもかしこも秋景色だ。海は遠くで虚《うつ》ろな響きを上げており、裸になった畑にはアキノキリンソウが揺れ、グリーン・ゲイブルズの下手を流れる小川の谷は、この世のものとは思えない紫色のアスターの花であふれ、〝きらめきの湖〟は青く――どこまでも青く――真っ青だ。それも、春のうつろいやすい青でもなければ、夏の空色でもなく、まるで湖の水がありとあらゆる感情を超越して、気まぐれな夢などに乱され得ぬ静寂へ到達したかのような、どこまでも澄みきった静かな青色だった。

「すてきな夏だったわ」ダイアナは微笑んで、左手にはめた新しい指輪をいじりながら言った。「ミス・ラベンダーの結婚式は、そのクライマックスみたいなものだったわ。今頃、アーヴィング夫妻は太平洋の海岸にいらっしゃるんでしょうね」

「もう世界一周ができるほどずっと前に出発なさった気がするわ」アンは溜《た》め息をついた。「お二人が結婚してまだ一週間しか経《た》ってないなんて、とても信じられない。何もかもすっかり変わってしまったわ。ミス・ラベンダーとアラン夫妻がいなくなって――牧師館が、雨戸を閉め切って、なんてさみしいこと！　昨夜《ゆうべ》牧師館の前を通りかかったら、あの中にいらした人たちがみんな死んじゃったみたいな気がしたわ」

「アラン牧師みたいなすてきな牧師さまは二度といらっしゃらないわ」とダイアナは陰気に確信して言った。「この冬は、代理の牧師さまが次々やってくるでしょうけど、お説教がない日曜日だって半分ぐらいあるんじゃないかしら。それに、あなたとギルバートもいなくなっちゃうし――ひどくつまらなくなるわ」

「フレッドがいるじゃないの」アンは、いたずらっぽく、当てこすりを言った。

「リンドのおばさまは、いつ引っ越していらっしゃるの？」ダイアナは、アンの言葉が聞こえなかったかのように尋ねた。

「明日《あした》よ。いらしてくださって、うれしいわ――でも、また変わってしまうんだわ。昨日、マリラと二人で、お客さま用のお部屋から物をすっかり運び出したの。あたし、ああいうの大嫌いって、知ってた？　もちろん、ばかみたいなことよ――でも、なんだか、いけないことをしているような気がするの。あの古いお客さま用のお部屋は、あたしには、神殿みたいなものだったんだもの。子供の頃、世界一すばらしいお部屋だと思ってた。お客さま用のお部屋のベッドで寝てみたいって、あたしが夢見てたこと、知ってるでしょ――でも、グリーン・ゲイブルズのお客さま用のお部屋で寝てみたいなんて思ったことなかった。とんでもないわ、あのお部屋はだめ！　あまりにひどいことになるわ――畏《おそ》れ多くて、一睡もできやしない。マリラから用事を頼まれて、あの部屋に入るときも、普通に歩くことすらできないんだから――ほんと、爪先《つまさき》立って、まるで教会の中みたいに息を止めて、出てきたときは、ほっとするの。鏡の両側にジョージ・ホワイトフィールド〔メソジスト教会の伝道者〕とウェリントン公爵〔ナポレオンを倒した軍人〕の絵が掛かっていて、あの部屋に入ると、いつも怖い顔であたしをにらむのよ。あの鏡が、お家《うち》の中でただひとつ、あたしの顔を少しも歪《ゆが》めないでくれるんだけど、あたしがあの鏡を覗《のぞ》こうとしようものなら、それこそにらみつけるのよ。マリラはよくあのお部屋のお掃除ができるなあって、いつも不思議に思うわ。それが今度はお掃除どころか、すっかりお部屋を空にするわけだもの。ジョージ・ホワイトフィールドと公爵は上の階の廊下に撤退させられて、『盛者必衰の理《ことわり》をあらわす』ってわけ」アンはほんの少し残念そうな笑い声をあげて締めくくった。これまで古い神殿のように神聖だったものがそうでなくなってしまうのは、うれしくないものだ。たとえこちらが大きくなったことで、昔の感傷を卒業しなければならないにせよ。

「あなたが行ってしまうと、さみしくなるわ」ダイアナは同じことを百回ぐらい嘆いた。「それも来週、行ってしまうなんて！」

「それでもあたしたちは、一緒よ」アンは快活に言った。「来週のことを考えて今週のよろこびをふいにするのはやめましょう。あたしだって、行くって考えるのは嫌よ——お家《うち》は、あたしの仲良しだもの。さみしくなるですって！　嘆きたいのは、こっちよ。あなたは、ここにいて、昔からのお友だちがたくさんいるじゃない——フレッドだっているわ！　なのに、あたしは知った人が一人もいないところへ行くのよ！」

「ギルバートは例外としてね——それからチャーリー・スローンも」ダイアナは、アンの抜け目ない強調の仕方を真似て言った。

「そりゃあ、チャーリー・スローンがいてくれれば、ものすごくありがたいでしょうよ」とアンが皮肉をこめて言ったので、身勝手な二人の娘はくすくす笑った。ダイアナは、アンがチャーリー・スローンのことをどう思っているのかよくわかっていたが、いろいろと打ち明け話をしているにもかかわらず、アンがギルバート・ブライスのことをどう思っているのかは、さっぱりわからないのだった。実際のところ、アン自身にもよくわかっていなかったのだ。

「男子たちは、キングズポートの町の向こう側に下宿するみたいだけどね」とアンは続けた。「レドモンド大学へ行けるのはうれしいし、しばらくしたら気に入るのはまちがいないけど、最初の数週間は馴染《なじ》めないでしょうね。クイーン学院に通ってたときみたいに、週末にお家《うち》に帰る楽しみもなくなるし。クリスマスは、一千年も先のことのように思えそう」

「何もかも変わってしまう――変わろうとしているのね」ダイアナは悲しそうに言った。「もう、昔のようにはいかないっていう感じね、アン」

「分かれ道に来たってことね」アンは考え込んで言った。「いずれは来なければならないところよ。大人になるって、子供の頃想像してたほどすてきなことだと思う？　ダイアナ」

「そうねえ――少しはすてきなところもあるけど」ダイアナは、あの微笑み――アンがいつも、ふっと置いてきぼりにされ、自分はまだ何も知らないと思わされるあの微笑み――を微《かす》かに浮かべて、指輪を再びなでながら答えた。「でも、まごつくこともいろいろあるわ。ときどき、大人になるのが怖くなるの――そして、また小さな女の子に戻れるなら、すべてを擲《なげう》ってもいい気持ちになるわ」

「そのうち、大人になることに慣れるんだと思うわ」アンは陽気に言った。「思いがけないこともだんだん少なくなってきて——ただ、やっぱり人生をピリッとさせてくれるのは、思いがけないことだとは思うけど。あたしたち十八よ、ダイアナ。あと二年もしたら、二十歳だわ。あたし、十歳のとき、二十歳なんて初老だと思ってた。あっという間に、あなたは落ち着いた中年のおばさん、あたしはすてきな独身のアンおばさんになって、休暇であなたのところに遊びに行くのよ。あたしのためにいつも家の片隅を空けておいてくれるでしょ、ダイアナ？　もちろんお客さま用のお部屋じゃなくていいのよ——独身のおばさんじゃ、お客さま用のお部屋なんかもったいなくて泊まれないもの。あたしは、ユライア・ヒープ〔チャールズ・ディケンズの小説『ディヴィッド・コッパーフィールド』の登場人物〕みたいに慎《つつ》ましくして、玄関先とか客間の押し入れとかで我慢するわ」

「何ばかなことを言ってるの、アン」ダイアナは笑った。「あなたは、きっと華麗なるお金持ちの美男子と結婚するのよ——アヴォンリーのどんなお客さま用のお部屋だって、あなたにとっては、豪華さがぜんぜん足りないわ——そして、あなたは若い頃のお友だちみんなに向かって、フンって鼻をそらしてみせるのよ」

「そんなのひどいわ。あたしの鼻はとってもすてきなんですからね。そらしたりしたら、だめになっちゃう」アンはその形のよい鼻をなでながら言った。「あんまりできのいいところはないんだから、できのいいところをだめにするわけにはいかないの。だから、人食い人種の島の王さまと結婚したとしても、あなたには鼻をそらしてみせたりしないわよ、ダイアナ」

二人は、もう一度楽しげに笑うと、別れた。ダイアナは果樹園の坂《オーチャード・スロープ》へ帰り、アンは郵便局へ歩いた。郵便局には手紙が届いていて、ギルバート・ブライスが〝きらめきの湖〟の橋でアンのうしろからやってきて話しかけたとき、アンはその手紙のことでとても興奮していたのだった。

「プリシラ・グラントもレドモンドに通うのよ」とアンは声をあげた。「すごいでしょ？　通えばいいのにと思ってたんだけど、お父さんが許してくれないってプリシラは思ってたの。でも、許してもらえて、あたしたち、一緒に下宿するのよ。あたし、旗をなびかせた軍隊にだって、いえ、レドモンド大学の全教授がものすごい方陣を組んでやってきたとしても、プリシラみたいな仲間が味方なら立ち向かえる気分だわ」

「ぼくら、キングズポートが好きになるだろうね」ギルバートは言った。「すてきな古い町だっていう話だ。世界一美しい自然公園があるんだって。景色は抜群だってよ」

「ここより美しいところなんてある――ありえる――かしら」アンは、見知らぬ星々の下にどんなに美しい国があろうと「故郷《ふるさと》」こそ世界一すてきな場所に決まっていると信じる人ならではの、うっとりした愛《いと》おしげな目であたりを見まわしながらつぶやいた。

二人は古い池の橋の欄干《らんかん》に寄りかかって、夕暮れの魔法のような時を深く味わっていた。かつてエレーヌがキャメロットの都へ流されていったあの日、沈みかけたボートからアンがよじ登った、まさにその場所だった。何もかも紫にしてしまうすてきな夕陽がまだ西の空を染めていたが、月が昇り、月光を浴びた水面《みなも》は銀の夢のように広がっていた。昔を懐《なつか》しむ思いが、二人の若者に、甘い、曰《いわ》く言いがたい呪文《じゅもん》をかけていた。

「随分《ずいぶん》黙っているんだね、アン」ギルバートがとうとう言った。

「このすばらしい美しさが、破れた沈黙のように消えてしまうのが嫌で、話すことも動くこともできないの」アンはそっと言った。

ふいにギルバートは、橋の欄干の上にかかった、ほっそりとした白いアンの手に自分の手を重ねた。そのはしばみ色の目は深みを増して暗闇と交じり、まだ少年っぽさが残る唇が開いて、ギルバートの魂を興奮させる夢と希望について何か言おうとした。ところが、アンは手を引っ込めて、さっとそっぽを向いてしまった。黄昏《たそがれ》の魔法が、アンには破れてしまったのだ。

「帰らなきゃ」アンは、かなりわざとらしい何気なさを装って、声を張り上げた。

「今日の午後は、マリラは頭が痛いって言ってるし、双子たちは、今頃ひどいいたずらをしてるにちがいないもの。こんなに長く家を空けるんじゃなかったわ」

二人がグリーン・ゲイブルズの小道に来るまで、アンはどうでもいいおしゃべりをし続けた。可哀想なギルバートには、到底口をはさむチャンスはない。アンはギルバートと別れると、かなりほっとした。あのエコー・ロッジの庭でほんの一瞬、自分の気持ちに気づいてからというもの、ギルバートに対してアンの心に密《ひそ》かな自意識が新たに芽生えてしまったのだ。これまでの同級生としての完璧《かんぺき》な仲間意識を台なしにしてしまいかねない、何か異質なものが入り込んできていた。

「今までギルバートと別れてうれしいなんて思ったことなんてないのに」アンは、くやしさと悲しさを同時に感じながら、小道を独り歩いていった。「こんなばかなことを続けてたら、あたしたちの友情がだめになっちゃう――そんなの嫌。ああ、もう、いい、どうして男の子って分別がないのかしら！」

しかし、アンは自分だって「分別がない」のじゃないかしらと不安だった。ギルバートがその手をほんの一瞬アンの手に重ねてきたときと同じくらい、今でもはっきりと、その手の温かみを自分の手に感じているのだから。しかも、その感触がぜんぜん不愉快ではないのだから、分別があろうはずがない。三日前の晩にホワイト・サンズのパーティーで、ダンスを見ながらチャーリー・スローンと坐《すわ》っていたとき、チャーリーに同じようなことをされたのとは、天と地ほどの差がある。おぞましい記憶にアンは身震いした。

けれども、のぼせ上がった若者たちの問題は、グリーン・ゲイブルズの質素で非感傷的な雰囲気の台所に足を踏み入れたとたん、アンの心から消え去った。八歳の男の子がソファーの上でわんわんと泣き叫んでいたのだ。

「どうしたの、デイヴィー？」アンは、抱きかかえて尋ねた。「マリラとドーラは？」

「マリラはドーラを寝かしに行った」デイヴィーは泣きじゃくった。「ぼくが泣いてたのはね、ドーラが地下室に下りる外階段を真っ逆さまに落ちて、鼻をすっかりすりむいちゃったからなんだ。それで――」

「まあまあ、泣かないで。もちろん、ドーラは可哀想だけど、泣いたって何の助けにもならないわ。明日《あした》にはドーラもよくなるでしょう。泣いても誰のためにもならないのよ、デイヴィー坊や。それに――」

「泣いてるのは、ドーラが地下室に落っこちたからじゃないよ」アンがデイヴィーのためを思って言い聞かせているのをさえぎって、デイヴィーはますますくやしそうに言った。「ぼくが泣いてるのは、落っこちるところ、見逃しちゃったからだよ。ぼくって、いつだって、おもしろいところを見逃しちゃうんだ」

「まあ、デイヴィーったら！」笑い声をあげそうになったアンは、いけないと思ってこらえた。「ドーラが可哀想に階段から落ちて怪我するのが、おもしろいだなんて」

「大した怪我じゃないよ」ディヴィーは、むっとして言った。「そりゃ、死んじゃったら、ほんとに可哀想だけどさ、アン。でも、キース家の人間はそう簡単に死なないんだ。ブルーイット家と似ているのかも。ハーブ・ブルーイットは、こないだの水曜、納屋の二階から落っこちて、かぶを転がす樋《とい》を通って、厩《うまや》ん中へ落ちちゃってね。ものすごく気の荒い怒った馬がいて、ちょうどその足の下を転がったの。でも、骨が三本折れただけで、助かったんだ。リンドのおばちゃんは、大きな肉切り包丁でぶったたかれたって死なない人はいるなんて言ってた。リンドのおばちゃんって、明日うちにくるの、アン？」

「ええ、ディヴィー。おばさまにはいつもいい子に、やさしくしてね」

「いい子に、やさしくするよ。でも、夜は、おばちゃんがぼくを寝かしつけるのかな、アン？」

「たぶんね。どうして？」

「だって」ディヴィーは、決然として言った。「ぼく、アンの前でお祈りを言うみたいに、おばちゃんの前ではお祈りを言いたくないもん」

「どうして？」

「だって、知らない人の前で神さまに話しかけるのはよくないでしょ、アン。ドーラは、そうしたければ、リンドのおばちゃんにお祈りを言えばいいけど、ぼくは嫌《いや》だよ。

おばちゃんがいなくなるまで待ってから言う。それでもいい、アン？」

「まあ、言うのを忘れなければいいわ、ディヴィー坊や」

「そりゃあ、忘れないよ、ほんと。お祈りを言うのって、すっごく楽しいんだ。でも、アンに言うのは楽しいけど、一人で言うのはつまらない。ねえ、お家《うち》にいてよ、アン。どうしてぼくらをおいて遠くに行っちゃうのか、わかんないよ」

「あたしだって、ほんとは行きたいわけじゃないのよ、ディヴィー。でも、行かなくちゃならないの」

「行きたくないなら、行かなきゃいいじゃん。大人なんだから。ぼく、ぼくが大人になったら、やりたくないことは何ひとつやらないよ、アン」

「大人ってね、ディヴィー、いろいろやりたくないことを一生やり続けるものだって、あなたにもわかるようになるわ」

「嫌《や》なこった！」ディヴィーはパシッと言った。「あっかんべえだ！　ぼくが今やりたくないことをやってるのは、そうしないとアンとマリラが、お部屋に行ってなさいって怒るからだよ。でも、大人になったら、もうそんなこと言えないもんね。あれしちゃだめ、これしちゃだめって言う人もいなくなる。そしたらいいなあ！　そう言えば、アン、ミルティー・ボウルターがね、アンが大学に行くのは男をつかまえに行くんだってお母さんが言ってたって言うんだけど、そうなの、アン？　教えて」

一瞬、アンはむっとした。それから、ボウルター夫人の下品な考え方や発言で自分が傷つくことはないと思い直して、笑った。

「いいえ、ディヴィー、ちがうわ。勉強して成長しに行くのよ。いろんなことを学ぶの」

「どんなこと？」

「何もかも――靴だの、船だの、封ロウや、
キャベツや、キングや――それにカモ」〔ルイス・キャロル『鏡の国のアリス』にある言葉〕

アンは引用した。

「だけど、ほんとに男の人をつかまえるときって、どうやるの？　教えて」ディヴィーはどうやらこの話題に夢中になってしまったようで、しつこく尋ねた。

「ボウルターのおばさまに聞いてみるといいわ」アンは考えもせずに言った。「おばさまのほうが、あたしなんかよりずっとお詳しいみたいだから」

「今度会ったとき、聞いてみるよ」ディヴィーは、まじめな顔で言った。

「ディヴィー！　やめてよ！」アンは、自分の失敗に気づいて、叫んだ。

「でも、今、聞きなさいって言ったじゃないか」ディヴィーは傷ついて、言い返した。

「もう寝る時間です」アンは、そう宣言して難を逃れた。

デイヴィーが寝室に上がってしまうと、アンはぶらぶらと近くのヴィクトリア島まで散歩し、薄暗い月明かりが紡ぎ出す仄《ほの》かな闇の中に、一人で坐った。あたりには小川と風の二重唱が聞こえ、水が笑っている。アンは、この小川が大好きだった。このきらめく水の上に、たくさんの夢を紡ぎながら、日々を過ごしてきたのだ。恋焦がれる若者たちのことも、口さがない近所の人たちの辛辣《しんらつ》な言葉も、女の子っぽい悩みの一切も、アンは忘れた。宵《よい》の明星《みょうじょう》を水先案内として想像の海に乗り出し、遙《はる》か彼方《かなた》、「人知れぬ妖精《ようせい》の国」〔キーツの詩「ナイチンゲールに寄す」にある言葉〕の輝く岸辺に波を打ち寄せる伝説の海を渡って、「心の欲望」という国を目指して航海したのだ。海の底には伝説のアトランティスが沈み、幸福の地エリュシオンもどこかにあるはずだ。そんな夢に浸っているほうが、現実よりもずっと豊かな心になれた。

目にするものは過ぎ去れど、目にできぬものは永遠なのだから〔『新約聖書』「コリントの信徒への手紙二」4：18〕。

第2章　秋の花冠

次の週は、アンが「これが最後」と呼ぶものが数えきれないほどあって、あっという間に過ぎていった。別れの挨拶《あいさつ》に行かなければならなかったし、さようならを言いに来てくれる人もあった。相手がアンの将来の夢を心から応援してくれるか、それとも、大学へ行くことで慢心しているアンには「少し釘《くぎ》を刺しておいてやったほうがいい」と思うかによって、別れは楽しいものにも、不愉快なものにもなった。

アヴォンリー村改善協会は、ある晩、ジョウジー・パイの家で、アンとギルバートのお別れパーティーを開いてくれた。パイ家を会場に選んだのは、広くて便利だったからでもあるが、パイ家の申し出を断ったりしたら、パイ姉妹はこのパーティーから一切手を引くだろうと強く懸念されたからだ。パイ家を会場にして、とても楽しい時が過ごせた。パイ姉妹が――めずらしいことに――礼儀をわきまえ、その場の雰囲気を壊すようなことを一切言わなかったからだ。ジョウジーなどは、いつになく愛想がよく、アンに対して、こんなお世辞を言ったほどだった。

「その新しいドレス、とってもお似合いよ、アン。ほんと、それを着てると、あなた、まるでかわいいかのように見えるわ」

「それはどうもありがとう」アンは、目を躍らせながら答えた。ユーモアのセンスが磨かれてきたので、十四歳のときだったら傷ついたようなことを言われても、今ではおもしろがることができるようになったのだ。ジョウジーは、アンが自分のことを笑っているのではないかとその意地の悪い目つきの奥で疑っていたが、階下へ下りていくとき、姉のガーティーにこうささやくだけで満足した。

「アン・シャーリーは、大学に行くからっていい気になって、これまで以上に気取るわよ――見ててご覧なさい！」

「古い馴染《なじ》み」が全員そこにいた。和気藹々《わきあいあい》と、潑溂《はつらつ》として、若々しい気安さに満ちていた。バラ色の頰にえくぼのかわいいダイアナ・バリーは、忠実なフレッドに影のように付き添われていた。ジェーン・アンドルーズは、きちんとして、分別があって、地味だった。金髪に赤いゼラニウムの花を飾ったルービー・ギリスは、クリーム色の絹のブラウスを着て最高に美しく輝いて見えた。ギルバート・ブライスとチャーリー・スローンは、どちらも、できるだけアンの近くにいようと頑張っていたが、アンはなかなかつかまらなかった。キャリー・スローンが青い顔をして憂鬱《ゆううつ》そうだったのは、噂《うわさ》によれば、オリヴァー・キンボルが家に近づくのを父親が禁じたせいらしい。ムーディー・スパージョン・マクファーソンの丸顔は相変わらずまんまるで、突き出した耳は、やっぱり突き出していた。ずっと隅っこに坐《すわ》っていたビリー・アンドルーズは、誰に話しかけられてもクツクツ笑うばかりで、その大きなそばかすだらけの顔にニタアと笑みを浮かべてアン・シャーリーをじっと見つめていたのだった。

アンは、パーティーがあることは前から聞いていたが、自分とギルバートが、改善協会の発起人として、きちんとしたスピーチとともに「記念品」をもらうとは思ってもみなかった。アンはシェイクスピア全集を、ギルバートは万年筆をもらった。アンはとてもびっくりしたうえ、ムーディー・スパージョンの牧師っぽい実に厳かな調子で読まれたスピーチに、すてきな賛辞があってうれしくなり、その大きな灰色の目の輝きは涙におぼれてしまった。

これまで一所懸命にアヴォンリー村改善協会のためにずっと頑張ってきたものだから、アンの努力を会員のみんながこんなにも感謝してくれていたのだと知って、胸が熱くなってしまったのだ。みんなはとても親切で、やさしくて、愉快だった——パイ姉妹でさえ、いい感じだった。このときアンは、世界じゅうが愛《いと》おしくてたまらなかった。

アンはパーティーをものすごく楽しんだが、最後のところですっかり台なしになってしまった。月の明るいベランダで夕食を食べているときに、ギルバートがまたアンに感傷的なことを言ってしまうというへまをやらかしたのだ。その罰に、アンはチャーリー・スローンにやさしくして、チャーリーに家まで送るのを許したのだった。けれども、そんな仕返しをして一番傷ついたのは、仕返しをした自分であることにアンは気づいた。ギルバートは、はしゃぎながらルービー・ギリスと一緒に帰っていき、しんと冷えた秋の空気の中を二人がぶらぶらと歩きながら、笑ったり陽気に話したりしている声が、アンには気になって仕方なかった。二人はどうやらすっかり楽しんでいるようだった。こっちは、チャーリー・スローンにひどくうんざりしているというのに。チャーリーはひっきりなしに話し続けるのだが、何ひとつとして、偶然にせよ、耳を傾けたいと思えることを言ってくれない。アンは、上の空でときどき「ええ」とか「いいえ」とか言いながら、今夜のルービーはなんてきれいなのかしら、月光に照らされるとチャーリーの目はなんて飛び出して見えるのかしら――日の光で見るよりひどいわ――と思い、さっきまで愛おしく思えた世界がそれほどすてきに感じられなくなっていたのだった。

「あたし、疲れただけよ――それだけのこと」アンはありがたいことに、部屋に一人っきりになれたときにそうつぶやいて、心からそう信じた。ところが、次の日の夕方、ギルバートが〝お化けの森〟をさっそうとやってきて、例のしっかりとした足取りで古い丸木橋を渡ってくるのを目にしたとき、よろこびがどっと吹き出したのだった。まるで、秘密の知らない泉から水がボコボコッと湧き出るように。じゃあ、ギルバートは、最後の夜をルービー・ギリスと過ごすつもりじゃないんだわ！

「疲れたみたいだね、アン」とギルバート。

「疲れたわ。それに悪いことに、へそを曲げてるの。疲れたのは、一日じゅう荷造りをして縫い物をしてたせい。でも、へそを曲げたのは、六人のご婦人があたしにさようならを言いにきてくれたんだけど、六人が六人とも、人生を色褪《いろあ》せたものにして、十一月の朝みたいにどんよりと陰鬱《いんうつ》で鬱陶《うっとう》しくなるようなことを言ったからよ」

「意地悪ババアどもめ！」というのが、ギルバートのエレガントなコメントだった。

「あら、ちがうのよ。そんなんじゃないわ」アンは真剣に言った。「そこが問題なの。みんなが意地悪ばあさんなら、あたし、気にしやしない。でも、みんな、すてきで、やさしい母親らしい心の持ち主で、あたしを好いてくれてて、あたしもみんなが大好きなの。だから、みんなの言うことがズシンと胸に応《こた》えるのよ。レドモンド大学へ行って学士号を取ろうとするなんてどうかしているって、みんなが思ってることがわかるの。そうすると、あたしはどうかしているのかしらって考えちゃうの。ピーター・スローンの奥さまが溜《た》め息をついて、あなたの体力が最後までもつといいわねっておっしゃるでしょ。そうすると、三年めの終わりに神経衰弱になったどうしようもない自分の姿が見えてきちゃうわけ。エベン・ライトの奥さまが、レドモンド大学で四年間を過ごすには随分費用もかかるでしょうねとおっしゃるでしょ。すると、マリラとあたしのお金をこんなばかなことに使うなんていけないことだと思えて、居ても立ってもいられなくなるの。ジャスパー・ベルの奥さまが、大学へ行って嫌な人間になる人がいるけど、あなたはそうならないでねっておっしゃるでしょ。すると、あたし、四年間レドモンドで過ごしたら、ものすごく鼻持ちならない人間になって、自分は何でも知っていると思い込んで、アヴォンリーじゅうの物や人を見下すようなやつになってるにちがいないって気がするの。イライシャ・ライトの奥さまが、レドモンドの女子学生は、とくにキングズポートあたりの女子学生は、ひどく着飾って、高慢ちきだから、あなたはそのなかで浮いちゃうんじゃないかしらとおっしゃるでしょ。すると、自分がレドモンドの由緒ある広間をどた靴を履いて歩く、さえない、野暮ったい、なさけない田舎娘だって気がしてくるの」

アンは、溜め息まじりの笑い声をあげて、その話を終えた。感じやすい性質のために、ちょっとでも反対されると、応えたのだ。いつもはどうでもいいと思っていた人たちの反対意見さえ気になった。そうなると、人生は味気なく、野望は蠟燭《ろうそく》のように吹き消された気分だった。

「みんなの言うことなんか、気にしちゃだめだよ」ギルバートが反対した。「みんな、いい人かもしれないけれど、人生のことなんかなんも知っちゃいないんだ。それはわかってるよね。自分たちがやったことがないことを人がやると、オーマイゴッドって言いだすんだ。君は、アヴォンリーから大学に行く初めての女子だ。最初の一歩を踏みだす者は誰だって頭がどうかしているって思われるもんなんだよ」

「わかってるわ。でも、わかるのと感じるのはちがうの。あなたが言うことは常識ではわかるけど、常識ではどうにもならないときがある。ついついばかなこと考えちゃって、頭がいっぱいになる。ほんと、イライシャの奥さまがお帰りになったあとなんか、荷造りを終える気力もなくなってた」

「疲れただけだよ、アン。ほら、そんなのぜんぶ忘れて、一緒に散歩をしようよ――沼の向こうの森を抜けて、ぶらぶらとね。君に見せたいものがあるはずだ」

「あるはずですって！　あるかどうかわからないの？」

「うん。春にあそこで目にしたものがあって、それで、あるはずだって思ってるだけだからね。さあ、行こう。また子供に返ったつもりになって、風に身を任せて進んでいこう」

二人は楽しく出発した。アンは、前の晩の嫌なできごとを思い出し、ギルバートにとてもやさしくした。そして、賢明さを学んだギルバートは学校の友だちとしてだけ振る舞うように努めた。レイチェル・リンド夫人とマリラが台所の窓から二人を見ていた。

「いつか一緒になるね、あれは」とリンド夫人は満足げに言った。

マリラは、微《かす》かに顔をしかめた。心の奥ではそれを願っていたのだが、リンド夫人に、いかにもそれが当然と言わんばかりに、噂話のような口調で話されるのは嫌だったのだ。

「まだ子供ですよ」マリラは、ぶっきらぼうに言った。

リンド夫人は陽気に笑った。

「アンは十八よ。私はその年には結婚してたわ。マリラ、私たち年寄りは、子供はいつまで経っても子供だって思いがちなんですよ。アンは若い女性で、ギルバートは一人前の男。そして、ギルバートは、アンが歩いた地面を崇《あが》めてる。そんなの、誰にだってわかってることでしょ。なかなかの男前だし、アンだって申し分のない娘だわ。レドモンド大学で、ばかげたロマンスなんかおっ始《ぱじ》めなきゃいいんだけどね。共学なんてとんでもない、前からそう思っていましたよ、まったくもって。そういったところじゃ、学生はいちゃつくばかりですからね」リンド夫人は、しかつめらしく言い切った。

「勉強だって少しはするでしょ」マリラは微笑んだ。

「するかしないかぐらいはね」リンド夫人は、鼻でばかにした。「まあ、アンはするでしょうけどね。あの子は、男の子といちゃついたりはしませんからね。だけど、ギルバートの本当のよさがわかってないのよ、まったくもって。ああ、それが娘ってもんだわ！　チャーリー・スローンもアンに夢中だけど、スローン家の男と結婚なんかしちゃいけないわよ。スローン家はもちろん善良で、正直で、きちんとした家だけど、まあ、なんと言ったって、所詮はスローン家でしかありませんからね」

マリラは、うなずいた。よそ者にとっては、スローン家はスローン家だと言われてもあまりピンとこないかもしれないが、マリラにはわかった。どんな村にもそんな家族がいるものだ。善良で、正直で、きちんとしているのだが、どうあがこうと――人間の言葉で語ろうと天使の言葉で語ろうと〔『新約聖書』「コリントの信徒への手紙一」13：1〕――ぱっとしない、いい、ローン家以外の何ものでもないのだ。

ギルバートとアンは、自分たちの将来がこんなふうにリンド夫人に決めつけられているとは露知らず、楽しく〝お化けの森〟の暗がりをぶらぶらと歩いていた。遥《はる》か彼方《かなた》には、バラ色と青色の透き通るような空の下、収穫後の丘が琥珀色《こはくいろ》の夕陽を浴びていた。遠くの唐檜《とうひ》〔エゾマツによく似た松〕の森は青銅色に輝き、その長い影は高台の牧場に落ちて縞《しま》になっていた。けれども、二人のまわりでは、そよ風が樅《もみ》の葉を抜けて歌い、秋の調べに感じられた。

「この森には、今では本当にお化けが住んでるわね――思い出というお化けが」アンは、霜で真っ白に染まった羊歯《しだ》の小枝を集めようとしゃがみながら言った。「小さなダイアナとあたしが今でもここで遊んでいて、黄昏《たそがれ》の暗がりのなか〝妖精《ようせい》の泉〟のそばに坐《すわ》って、お化けたちとこっそり会ってるみたいな気がする。あのね、あたし、この暗い道を歩くと、昔のようにちょっと怖くなって身震いがするのよ。あたしたちが作りあげた特別怖いお化けがいて――殺された子供のお化けで、うしろからそっと近よってきて、冷たい指をあたしたちの指に重ねるの。実はね、今でも、夜になってからここへ来ると、ヒタヒタというその小さな足音が背後から聞こえてくるような気がしてならないのよ。白い服を着た女の人とか、首のない男とか、骸骨《がいこつ》とかは、怖くないんだけど、あの幼子《おさなご》のお化けだけは想像で作りあげなきゃよかったと思うの。あのことで、マリラとバリーのおばさまの怒ったことといったらなかったわ」アンは、最後に思い出し笑いをした。

沼地の端まで来ると、周囲の森の木々にかかったクモの巣の向こうに、紫色の景色があちこち遠くまで見通せた。こぶだらけの唐檜《とうひ》の茂る陰気な植林地を抜けて、楓《かえで》に囲まれた陽光の温かい谷を抜けると、二人はギルバートが探していた「何か」を見つけた。

「ああ、ここにあった」ギルバートが満足げに言った。

「りんごの木――こんなに奥まったところに！」アンは、よろこびの叫びをあげた。

「そう。正真正銘、実が生《な》るりんごの木。どこの果樹園からも一マイルは離れた、この松やブナの林の真っ只中《ただなか》にね。こないだの春、ここに来て見つけたんだ。真っ白な花をつけてた。だから、秋になったら、りんごが生ってるかどうか、また来てみようと決めたんだ。ほらね、鈴生りだ。おいしそうじゃないか――ラセット・アップルみたいに茶色いけど、浅黒い赤いほっぺをしてるよ。野生のりんごって、大抵青くて、おいしそうじゃないのに」

「きっと何年も前にたまたま落ちた種から育ったのね」アンは、夢見るように言った。

「そして、知らない木々のなかで一人ぼっちで育って、花を咲かせて頑張ってきたなんて、えらいわぁ！」

「ここに、ふわふわの苔《こけ》が生えた倒木がある。坐りなよ、アン――森の王国の玉座だ。ぼくは、木に登ってりんごを採ってこよう。高いところにしか生ってないからね――日の光を求めて、上へ伸びたんだ」

食べてみると、おいしいりんごだった。茶色の皮の下には真っ白な果肉があって、微かに赤い筋が走っていた。ちゃんとしたりんごの味もしたが、果樹園のりんごにはない、野生ならではの、爽《さわ》やかなピリッとした酸味もあった。

「エデンの園にあったりんごの木だって、こんなにおいしくはなかったでしょうよ」とアンは感想を言った。「でも、もう帰らなくちゃ。ほら、三分前には黄昏だったのに、もう月明かりになってるわ。変わる瞬間がわからなかったのは、残念。でも、そういう瞬間って、絶対にわからないものなのよね」

「沼地を抜けて、〝恋人の小道〟を通って帰ろう。どうだい、アン？　今でも、家を出てきたときのように、むしゃくしゃしてるかい？」

「いいえ。あのりんごは、飢えた魂にとって、神さまの与えてくださった糧《かて》だったんだわ。あたし、レドモンドが大好きになって、すばらしい四年間を過ごせる気がする」

「そして、四年間のあとは――どうなる？」

「あら、道の先にはまた別の曲がり角があるんだわ」アンは軽く答えた。「その先に何があるか想像もつかない――想像したくない。知らないほうがすてきだもの」

〝恋人の小道〟は、その夜、静かで謎めいてぼんやりとした月明かりを浴びて、愛《いと》おしい場所となった。二人は、どちらも口をきかなくてもいいと感じていて、楽しく、仲良しならではの沈黙のなかで、ゆっくりと歩いた。

「ギルバートがいつも今晩みたいでいてくれたら、何もかもすてきで、すっきりするのに」とアンは思った。

ギルバートは、一緒に歩くアンを見ていた。軽やかな服にすらりとした華奢《きゃしゃ》な体を包んだアンは、白いアイリスの花を思わせた。

「いったい、いつかぼくのことを好きになってもらえるのだろうか」とギルバートは、自分が壊れてしまいそうな胸の痛みを覚えながら考えた。

第3章　こんにちは、さようなら

チャーリー・スローンと、ギルバート・ブライスと、アン・シャーリーは、次の月曜の朝にアヴォンリーを出発した。アンは、晴れるといいなと願っていた。ダイアナが駅まで馬車で送ってくれることになっていて、二人で一緒に馬車に乗るのも、とりあえずこれが最後なのだから、楽しいものとなってほしかったのだ。けれども、日曜の夜にベッドに入るとき、グリーン・ゲイブルズでは東風がうなりをあげて、嫌な感じで、翌朝、やはり思ったとおりになってしまった。目を覚ますと、窓に雨が当たり、池の灰色の水面《みなも》には、いくつもの輪が広がっていた。丘も海も霧で見えなくなり、どこもかしこも、ぼうっとして陰鬱《いんうつ》だった。汽船連絡列車に乗るには朝早く出なければならなかったので、アンは、どんよりとした夜明けのうちに着替えをした。泣くまいと思っても出てきてしまう涙をこらえるのに必死だった。大好きなお家《うち》をあとにするとき、お休みのときに帰ってくるのを別にすれば、もう二度と帰ってこない気がした。何もかもが変わってしまうのだ。お休みに帰省するのは、ここに住むのとはちがう。ああ、何もかも、なんて愛おしく思えることだろう――少女時代の夢が祀《まつ》られている、あの玄関の上の小さな白い部屋、窓辺の桜の古木〝雪の女王〟、窪地《くぼち》の小川、〝妖精の泉〟、〝お化けの森〟、〝恋人の小道〟――数えきれないほどの愛しい場所には、ありし日の思い出がぎっしりつまっているのだ。よその場所へ行って、本当に幸せになれるのだろうか？

その朝、グリーン・ゲイブルズでの朝食は、かなり憂いに沈んだものだった。デイヴィーは、恐らく生まれて初めて、食べることができずに、ポリッジの上にボロボロと、恥ずかしげもなく、涙をこぼした。みんな食欲がないようだったが、ドーラだけは例外で、自分の分をやすやすとたいらげていた。恋ゆえに苦しんで自害したウェルテルの遺体が戸板にのせられて運ばれるときも「バターつきパンを切り続けていた」あの有名な実に冷静なシャーロッテ〔サッカレーの詩『ウェルテルの悲しみ』に描かれる女性〕のように、ドーラはどんなことにも心を乱されない、幸運な人なのだった。八歳なのに、ドーラの落ち着きはちょっとやそっとでは乱されなかった。もちろんアンが出ていくのは残念だが、だからといってトーストに載せたポーチト・エッグを味わっちゃいけない理由になるだろうか。なるものか。そのうえ、デイヴィーが食べられないのを見ると、代わりに食べてあげたのだった。

　きっかり時間どおりに、ダイアナが馬車に乗ってやってきた。バラ色の顔は、レインコートの上で赤らんでいる。ここで、なんとかして、別れを告げなければならない。リンド夫人が自分の部屋から出てきて、心をこめてアンを抱きしめ、何があっても健康にだけは気をつけて頂戴《ちょうだい》と言った。マリラは、ぶっきらぼうに、涙も見せず、アンの頰にちょっとキスをして、落ち着いたら便りをくれるだろうねと言った。何気なくその様子を見ていた人には、マリラは、アンが行ってしまうのを大して気にしていないように見えたかもしれない——ただし、マリラの目をよく見れば、そうでないことはわかっただろう。ドーラはすましてアンにキスをして、これ見よがしな涙を二粒、絞り出した。けれどもディヴィーは、みんなが食卓を離れてからずっと裏口の段のところで泣いていて、さよならなんて言いたくない、とすねていた。アンが近寄ってくるのを見ると、パッと立ち上がって、裏階段を駆《か》け上がり、押し入れに隠れてしまい、出てこようとはしなかった。押し殺した、わめくようなディヴィーの泣き声が、アンがグリーン・ゲイブルズをあとにしたときに聞いた、最後の音だった。

ブライト・リヴァー駅に着くまでずっと豪雨が続いた。カーモディからの支線は汽船連絡列車と連絡しないため、ブライト・リヴァー駅まで行かなければならなかったのだ。駅に着くと、チャーリーとギルバートがプラットホームにいて、汽笛が鳴っていた。アンは、切符を買って、トランクを預け、急いでダイアナに別れを告げると、ぎりぎり間に合って乗車した。できればダイアナと一緒に帰りたかったし、ホームシックで死にそうになるのはわかっていた。それに、ああ、まるで世界じゅうが涙して、夏が過ぎ去ってよろこびが失われたことを嘆くかのように降り注ぐ、この鬱陶《うっとう》しい雨がやんでくれさえしたら！　ギルバートがいてくれることとすら、慰めにはならなかった。チャーリー・スローンもそこにいるんだもの。それに、スローン家のどん臭さに我慢ができるのは、晴れた日だけだ。雨の中では、到底耐えられるものではない。

けれども、汽船がシャーロットタウン港を出ると、事態は好転していった。雨があがり、太陽がときどき雲間から黄金の顔を覗《のぞ》かせて、灰色の海を銅色に輝かせ、プリンス・エドワード島の赤い海岸に立ちこめていた霧も晴れ上がって金色の光が射し込んできたため、結局はよい天気になりそうだった。それに、チャーリー・スローンがあっという間に船に酔って下の船室へ下りていったので、アンとギルバートの二人だけが甲板に残ったのだ。

「スローン家の人って船に乗ったとたんに船酔いするから、助かるわ」とアンは無慈悲に考えた。「チャーリーにそばに突っ立って感傷的になってるふりなんかされた日には、懐かしの故郷《ふるさと》におちおち別れも告げられないわ」

「出発したね」ギルバートが、まったく感傷的でない言い方をした。

「ええ、あたし、バイロンの『チャイルド・ハロルド』の気分——ただ、見つめてるのが自分の〝生まれ故郷〟じゃないだけ」アンは、その灰色の目をしきりにしばたたかせて言った。「生まれ故郷というならノバスコシアってことになるけど、〝生まれ故郷の岸辺〟って、一番愛したところだと思うから、やっぱりあたしにとっては、懐かしきプリンス・エドワード島なのよ。生まれたときからここに住んでなかったなんて、信じられない。ここに来るまでの十一年間は、悪夢みたいに思える。この船で島へやってきてから——スペンサーのおばさまがホープタウンからあたしを連れてきてくださってから——七年。あの情けない古びたウィンシー織りの服を着て、色褪《いろあ》せた麦わら帽子をかぶって、天にも昇らんばかりの好奇心で甲板や船室を探検していた自分が目に見えるようだわ。晴れた夕方だった。そして、あの赤い島の岸辺が夕陽に光っていたことといったら！　その海峡を今また渡ってる。ああ、ギルバート、レドモンドとキングズポートが好きになれるといいんだけど。でも、なれやしないわ！」

「君の哲学は、どこへ行っちまったんだい、アン？」

「孤独とホームシックという大波をかぶって沈んでしまったのよ。レドモンドへ行きたいって三年間思い続けてたのに——いざ行くとなると——行きたくない！　ううん、だいじょうぶよ！　どっと一度しっかり泣いたら、また元気に哲学的になるわ。どうしても泣かずにはいられないの、気持ちの整理をつけるためにね——今晩、下宿のベッドに入るまで待って、それから思いきり泣くわ。それがどんなところかもわからないけど。そしたら、アンは元どおりになるわ。デイヴィーはもう押し入れから出てきたかしら」

汽車がキングズポートに着いたのは夜九時で、混み合う駅の青白い光の中に三人は降り立った。アンは、ひどくまごついていたが、一分後には、土曜の夜からキングズポートに着いていたプリシラ・グラントに腕をつかまれた。

「着いたのね、アン！　あたしが土曜の晩に着いたときと同じぐらい、疲れてるでしょうね」

「疲れてるですって！　プリシラ、あたりまえじゃないの。くたくたの、何もわからないおのぼりさんで、十歳ぐらいの子供の気分よ。お願いだから、あなたの可哀想な、へろへろの友だちを、落ち着いて考えることができるところへ連れていって頂戴」

「すぐに、あたしたちの下宿へ連れてってあげる。外に馬車を待たせてるの」

「あなたがいてくれて助かったわ、プリシー〔プリシラの愛称〕。でなかったら、あたし、スーツケースに坐《すわ》り込んで、おいおい泣いてた。知らない人ばかりの不毛の荒野に知った顔があるのは、ほんとにほっとするものよ！」

「アン、あそこにいるの、ギルバート・ブライス？　まあ、この一年で随分大人になったわねえ！　あたしがカーモディで教えてたときは、まだ少年だったのに。それにもちろん、あれはチャーリー・スローンね。こっちは変わらない――変われないのね！　生まれたばかりの顔をして、八十になってもあの童顔のままね。こっちよ、アン。二十分でうちに着くから」

「うちですって！」アンはうめいた。「どこかのひどい下宿の、汚らしい裏庭に面した、さらにひどい廊下の先のベッドルームのことでしょ？」

「ひどい下宿なんかじゃありませんよ、アンお嬢ちゃん。さ、これが馬車。乗って――御者がトランクの面倒を見てくれるから。ええ、そう、下宿よ――下宿としては、かなりいい場所なんだから。あなただって、ひと晩ぐっすり寝て、明日《あした》の朝、その憂《ゆう》鬱《うつ》がバラ色に変わったらわかるわよ。セント・ジョン通りにある、大きくて古風な灰色の石造りの家で、レドモンドからはちょっとしたすてきなお散歩程度の距離なの。かつては、お偉いさんが住んでたんだけど、セント・ジョン通りが高級街じゃなくなったせいで、その家々は昔の夢を見てるってわけ。すっごく大きいから、住んでる人は部屋をうめるために下宿人を入れなきゃならないのよ。少なくとも、大家のおばさまたちは、そういう話をしてあたしたちを感心させようとしてるわ。すてきな人たちよ、アン——大家のおばさまたちのことだけど」

「何人いらっしゃるの？」

「二人。ミス・ハンナ・ハーヴィーとミス・エイダ・ハーヴィー。五十年前に双子で生まれたの」

「あたしって、双子に縁があるんだわ」アンは微笑んだ。「どこへ行っても、双子ばっかし」

「あら、今は双子じゃないのよ。三十歳になったとき、もう双子じゃなくなったの。ミス・ハンナは老けてしまって、あまり優雅じゃなくなったけど、ミス・エイダは三十のままで、さらに優雅じゃなくなったわ。ミス・ハンナって笑うことができるのかわからない。笑ったところ、見たことないから。でも、ミス・エイダはしょっちゅう笑っていて、これが最悪。だけど、二人ともいい人で、やさしいわ。毎年下宿人を二人入れるんだけど、それというのも、ミス・ハンナの経済感覚では『部屋をむだにする』のに耐えられないからであって、お金が必要というわけではないんですって、ミス・エイダは土曜の夜からあたしに七回も話してくれたわ。部屋について言えば、確かに廊下の先のベッドルームで、あたしのは裏庭に面してるわ。あなたのは、玄関側にあって、ちょうど通りの向こうにあるオールド・セント・ジョン墓地に面してる」

「気味が悪いわね」アンは身震いした。「できたら裏庭のほうがいいんだけど」

「あら、そんなことないわ。見ててご覧なさい。オールド・セント・ジョン墓地って、かわいい場所よ。あまりに長いこと墓地だったから、もう墓地をやめちゃって、キングズポートの観光スポットになってるのよ。あたし、昨日、そこをひとまわりして楽しくお散歩してきたんだから。大きな石の壁があって、巨大な木が列になってそのまわりをぐるっとまわってるの。古い墓石もすっごく変わっていて、へんてこな奇妙な言葉が刻まれてるわ。アン、あなた、そこで墓碑銘を調べたくなるわよ、ほんと、きっとよ。もちろん、今じゃ誰も埋葬されることはないんだけど、数年前、クリミア戦争で亡くなったノバスコシアの兵士たちを追悼する美しい記念碑が建ったの。入り口の門のすぐ向かいにあって、あなたが昔よく言ってた〝想像力を働かせる余地〟があるわよ。あたし、あなたのトランクがやっと着いたわね——男の子たちがおやすみを言いに来るわ。あたし、どうしてもチャーリー・スローンと握手しなきゃだめかしら、アン？あの人の手って、いつもじとっと冷たくて、ぐにゃっとしてるんだもの。ときどき遊びに来るように言わなきゃ。ミス・ハンナがね、『若い紳士のお客さま』は週に二回までなら夕方にお呼びしてもよいですよ、まともな時間にお帰りになるのであればねって、重々しい顔でおっしゃるの。ミス・エイダは、にこにこしながら、私のきれいなクッションに紳士方が坐らないように気をつけてくださいねっておっしゃるの。気をつけますって答えたけど、じゃあ、どこに坐らせればいいのよ、床にでも坐れって言うのかしら。だって、どこもかしこもクッションだらけなのよ。ミス・エイダったら、ピアノの上にまで、手の込んだバッテンバーグ模様（2×2の市松模様）のクッションを置いてるんだもの」

その頃には、アンも笑っていた。プリシラの狙ったとおり、その陽気なおしゃべりでアンはすっかり元気になって、とりあえずホームシックも消えてなくなり、アンがとうとう自分の小さな寝室に一人きりになったときでさえ、どっと襲ってくることはなかった。アンは窓辺へ行って、外を見た。下の通りは暗くて静かだ。通りの向こうには、オールド・セント・ジョン墓地の木々の上で月が照っていて、ちょうど記念碑の上のライオンの像の大きな黒い頭の真上にさしかかっていた。アンは、グリーン・ゲイブルズを出てきたのが、つい今朝のことだなんて信じられないと思った。たった一日、旅をしただけだったが、随分と時間が経ったような気がしていたのだった。

「今あそこにあるあの月がグリーン・ゲイブルズも照らしてるんだわ」とアンは思っ

た。「でも、考えるのはやめよう――そんなことを考えるから、ホームシックになるのよ。思いっきり泣くのもやめる。もっと適当な時期まで延期することにして、今は穏やかに、落ち着いてベッドに入って寝ることにするわ」

第4章　四月の貴婦人

キングズポートは、奇妙な古い町で、植民地時代初期にまでさかのぼる歴史があり、古風な雰囲気が漂っていた。ちょうど、しゃれた老貴婦人が、若かりし頃に流行《はや》った衣装を身につけている感じだ。そこかしこに近代化されたところがあるが、本質的には昔のままだった。めずらしい遺跡がたくさんあり、古《いにしえ》の多くの伝説のロマンが後光のようにきらめいていた。かつては荒野の端の開拓者の宿場でしかなかった町で、その当時インディアンと呼ばれた先住民との争いが続き、移住民の生活は波乱に満ちていた。やがて町は英仏の植民地争いの場となり、一方に占領されたかと思うと他方に占領され、支配から抜け出すたびに、新たな戦争の傷痕《きずあと》がつけられてきたのだった。

公園には、沿岸防備の円形砲塔が建っていて、観光客が一面に名前を書き込んでいた。町の向こうの丘の上には、廃墟《はいきょ》となった古いフランスの砦《とりで》があり、その広場には旧式の大砲が数台並んでいた。ほかにも好事家の目にとまる名所旧跡があり、なかでも風変わりでおもしろいのが、町の中央にあるオールド・セント・ジョン墓地だった。墓地を取り囲む通りには、清閑な旧式の家が両側に立ち並ぶ通りと、せわしない、にぎやかな今どきの大通りとがあった。キングズポートの市民は誰もが、オールド・セント・ジョン墓地が自分たちのものであることに胸躍るような誇りを感じていた。というのも、少しでもよい家柄の人なら、その祖先がここに埋葬されているからだ。埋葬された死者の頭のところに歪《ゆが》んだ奇妙な墓石が立っていたり、墓全体を守るように平たい石が置かれていたりして、石には死者の主な経歴が記されている。大抵、こうした墓石にはあまり技巧を凝らしたものはなく、多くはノミで荒く削られた茶色か灰色の自然石で、装飾がついているものはごく僅《わず》かだった。交差した骨と髑髏《どくろ》のデザインもあり、そんな気味の悪い装飾には智天使ケルビムの頭も一緒に刻まれていることがよくあった。多くは倒壊しており、時の神の歯によって嚙《か》み砕かれ、墓碑銘がまったく読めなくなっているものもあれば、かろうじて読めるものもあった。墓地は墓でいっぱいで、木陰が多くあった。楡《にれ》や柳《やなぎ》の並木が墓地を取り囲み、墓土の中まで縦横に走っていたからだ。その木陰で、死者たちは、頭上の風や葉のささやきを耳にしながら、すぐ向こうの雑踏の騒音をものともせず、夢も見ないでぐっすり眠っているにちがいない。

アンはこれから何度もオールド・セント・ジョン墓地を散歩することになるが、その最初の散歩をしたのは、翌日の午後だった。プリシラと一緒に午前中にレドモンドへ行き、学生として登録をすますと、その日はもうそれ以上何もやることがなかったのだ。二人は、よろこんで逃げるように帰ってきた。知らない大勢の人たちに囲まれるのはあまりうれしくなかったし、大抵の人たちは、まるで自分がどこに属しているのかわからないといったような、落ち着かない様子をしていたからだ。

女子新入生たちは、二、三人のグループに分かれて散らばって、互いに横目で眺め合っていた。男子新入生たちは、同学年でかたまるのがじょうずで、正面入り口の大きな階段に群がって大声で歓声を上げていたが、これは伝統的にライバルとされる二年生への一種の挑戦でもあった。二年生数人が偉そうに歩いていて、階段にいる「生意気な新入り」を当然のようにばかにしきって見下していた。ギルバートとチャーリーの姿はどこにも見当たらなかった。

「スローン家の人間に会えたらいいのにと思う日がくるとは思わなかったわ」キャンパスを歩きながら、プリシラが言った。「今なら、チャーリーの飛び出た目だって大歓迎！　少なくとも、見なれた目だものね」

「ああ」とアンは溜《た》め息をついた。「あそこで、自分の登録の順番を待ってたときの気持ち、とても言い表せないわ——巨大なバケツの中の、ものすごく小さな一滴の水ぐらい、自分なんかどうでもいいって感じ。自分なんかどうでもいい存在だと思うだけでもめげるけど、どうあがいても、自分がどうでもいい存在以外の何者にも絶対なりえないんだって魂に刻み込まれるのって耐えがたいわ。そんなふうに感じたの——まるで自分が、肉眼では見えないくらい小さくなって、あの二年生連中に踏みつけにされてるみたいに。あたしなんかお墓に埋められても、誰も泣いたりしないし、称《たた》えられることも、讃美歌を歌われることもないのよ」

「来年どうなってるか、見てなさい」とプリシラが慰めた。「来年には、あの二年生連中と同じぐらい、退屈しきって世間ずれしたような様子をしていることよ。もちろん、自分がどうでもいい存在だって感じるのはひどく落ち込むだろうけど、あたしみたいに大きすぎて身の置きどころがないように感じるよりずっといいわ——まるでレドモンドじゅうに覆いかぶさるみたいに——そんなふうに、あたし感じてる。みんなと一緒に並んでも、あたしだけ二インチは頭が飛び出してるんだもの。二年生に踏みつぶされる心配なんかじゃなくて、ゾウか、じゃがいもで育ち過ぎたプリンス・エドワード島の人間の見本とまちがえられるんじゃないかって心配よ」

「問題は、レドモンドが大きすぎて、こぢんまりとしたクイーン学院のようにはいかないのが許せないってことよ」アンは、いつもの陽気な哲学の糸を紡ぎ出して、裸にされた魂に着せかけた。「クイーン学院を卒業するときには、全員のことを知っていて、自分の居場所もあったわ。クイーンで終えたところからレドモンドで始められるような気がなんとなくしてたんだけど、今となっては、大地が足許《あしもと》から崩れてった感じ。リンドのおばさまやイライシャ・ライトの奥さまに、今のあたしの気分が知られてないのが――絶対知られるはずがないのが――ありがたいわ。『ほうら、ご覧なさい』って大よろこびされちゃうもの。『これで何もかもだめになるわね、終わりの始まりよ』なんて言われちゃう。だけど、ほんとはまだ、始まりが終わっただけなのよ」

「そうよ、そう。ようやくアンらしくなってきたわね。そのうちに馴染《なじ》んできて、知り合いもできれば、何もかもうまくいくわ。アン、今日の午前中ずっと、女子トイレのドアのすぐ外に一人っきりで立ってた女の子がいたの、気づいてた？　茶色の目をして、口をへの字に曲げてたかわいい人」

「ええ、気づいてたわ。まさにあたしが感じてたのと同じくらい、頼れる人がいないって孤独を感じてるみたいだったのはあの人だけだったから、特に気になってた。あたしには、あなたがいるけど、あの人には誰もいなかったし」

「一人ぼっちなんだなって、あたしも思った。何度かあたしたちのほうへやってきそうなそぶりを見せてたのに、来なかった――恥ずかしがり屋なんだと思う。来てくれたらいいのに。あたし、さっき言ったみたいに自分がゾウみたいな気分じゃなかったら、こっちから会いに行ったんだけど。でも、ああやって男の子たちが階段でわいわいやってる前を、どしんどしんとあの大きなホールを歩いていくわけにはいかないでしょ。あの子、今日見たなかで一番かわいい新入生だけど、レドモンドの一日めにおいては『麗《うるわ》しさは偽り、美しさは虚《むな》しい』〔『旧約聖書』「箴言」31:30〕ってとこかもしれないしね」

とプリシラは笑いながら結論づけた。

「あたし、ランチのあとで、オールド・セント・ジョン墓地へ行ってみるわ」とアン。「元気を出すには墓地に行くといいなんて知らなかったけど、でも、近場で木がたくさんあるとこって、あそこぐらいなもんだし、あたし、木のあるところへ行かなきゃだめなの。あそこにある古い石の板に坐《すわ》って目を閉じて、自分がアヴォンリーの森にいると想像してみるわ」

けれども、アンは目を閉じなかった。墓地には、目をあけていたくなるようなおもしろいものがたくさんあったからだ。二人は正面の門から入り、イングランドを象徴する大きなライオン像が上に飾られている簡素で巨大な石のアーチをくぐった。

　インケルマン〔クリミア戦争の戦地〕の野苺《のいちご》の茨《いばら》、血に塗《まみ》れん。
　荒涼たる丘は墓地となりて、その勇名を留《とど》めん。〔オーウェン・メレディスの詩「ルーシール」より〕

そう引用しながら、アンはぞくぞくっとしてライオンを見上げた。あたりは暗く、緑は涼しく、風がささやいていた。二人は、草の茂った長い通路を行ったりきたりしながら、今よりゆったりした時代に刻まれた、長々とした奇妙な墓碑銘を読みながら歩いた。

「郷士アルバート・クロフォード、ここに眠る」アンは、すりきれた灰色の石板を読んだ。『長年キングズポートにて英国軍兵站《へいたん》部監理官を務める。健康上の理由により一七六三年のパリ条約成立後、退役。勇敢なる士官にて、最高の夫、最高の父、最高の友なりき。一七九二年十月二十九日、八十四歳にて没す』――プリシー、これってあなたの好きそうな墓碑銘じゃない？　確かに〝想像力を働かせる余地〟があるわ。さぞかし冒険に次ぐ冒険の人生だったんでしょうねえ！　そしてその人柄について、これほどほめるって無理だと思うわ。生きてるときに、ここまで最高だって言われてたのかしら」

「ここにもあるわ」とプリシラ。「聞いて――『一八四〇年九月二十二日、四十三歳で没したアレグザンダー・ロスの思い出に捧《ささ》ぐ。故人が最大に信頼され愛された友であったことをここに記す。二十七年間故人に忠実に尽くされた者より愛をこめて』」

「とてもいい碑だわ」アンは考え深げにコメントした。「あたしでも、これ以上のものは望まないわ。あたしたちってみんな、何かに仕えていて、忠実だったってことが心をこめて墓碑に刻まれたら、それでじゅうぶんなのよ。これはまた可哀想な、小さな灰色のお墓ね、プリシー――『愛する子を偲《しの》んで』こっちにもあるわ――『よそに葬られし者を偲んで建立す』その知らないお墓はどこなのかしら。ねえ、プリス〔プリシラの愛称〕、現代の墓地って、こんなにおもしろかったりしないわね。あなたの言ったとおり――あたし、ここに通うと思う。もうすっかり気に入っちゃった。あら、どうやらここにいるのは、あたしたちだけじゃないみたい――この通りの端に、女の子がいるわ」

「ええ、今朝レドモンドで見かけた子だと思う。あたし、五分前からじっと見てるんだけど、きっかり六回、通りをこちらに歩きかけては、六回向きを変えて戻っていったの。ものすごく恥ずかしがり屋なのか、何かやましいことがあるのよ。会いに行ってみましょ。大学でよりも、墓場のほうが知り合いになれそう」

二人は草の生えた長い並木道を歩いて、巨大な柳の木の下の灰色の平石に坐っている見知らぬ子のほうへ近づいていった。確かにとてもきれいな子で、生き生きとして、変わった感じの、人を魅了するタイプのかわいさがあった。繻子《しゅす》のようにすべすべの髪の毛には、茶色い栗のようなつやがあり、まるい頬には柔らかく熟れたような輝きがあった。目は大きくて、茶色で、ベルベットのような深みがあり、その上の眉《まゆ》は奇妙にとんがっていて、歪《ゆが》んだ口はバラのような赤だった。しゃれた茶色のスーツを着ていて、下から最新流行の小さな靴がふたつ覗《のぞ》いていた。くすんだピンク色の麦わら帽子には、金茶色のケシの花がぐるりと巻いてあって、まちがいなく、どこかの帽子作家の「芸術作品」という雰囲気が漂っていた。プリシラは急に、自分の帽子を村の帽子屋で飾りつけしてもらったことをうしろめたく感じ、アンは、リンド夫人が型を取って自分で縫ったブラウスが、この見知らぬ子のしゃれた服装と比べたら、ひどく田舎臭くて野暮ったく見えるのではないかと落ち着かない気分になった。その瞬間、二人の娘は、まわれ右をしたくなったくらいだ。

けれども、二人はいったん足を止めてから、灰色の平石のほうへすでに歩きだしていたのだ。引き返すのには、おそすぎる。茶色の目をした娘は、二人が自分に話しかけようとやってきたんだと思ったらしく、パッと立ち上がって、片手を差し伸べながら近づいてきた。恥ずかしさや、やましさのかけらも見えない、陽気で親し気な微笑みを浮かべている。

「ああ、あなたたち二人、誰なのかしらと思ってたのよ」その子は熱っぽく叫んだ。「もう知りたくて知りたくてたまらなかったの。今朝、レドモンドでお見かけしたでしょ。ねえ、今朝はひどかったじゃない？　こんなことなら、田舎から出ないで結婚しちゃえばよかったと思ったくらいよ」

こんな思いがけないことを言われて、アンとプリシラは、思わずぷっと吹き出してしまった。茶色の目の子も笑った。

「ほんとよ。結婚だって、その気になればできたんだもの。ねえ、この墓石に坐って、お友だちになりましょ。むずかしいことじゃないわ。あたしたち、互いに大好きになるわ、まちがいない。今朝レドモンドでお見かけしてすぐ、そうわかったわ。飛んでいって、抱きつきたかったくらい」

「どうして、そうしなかったの？」とプリシラ。

「決心がつかなくて。あたしって、自分じゃ何ひとつ決められない性質《たち》なの——いつも優柔不断で悩んじゃうタイプ。何かしようと決めたとたんに、別のやり方のほうが正しい気がしてくるの。ひどい不幸よ。だけど、そういうふうに生まれついてるから、自分を責めてもしょうがないの。あたしを責める人もいるけど。だから、話しかけたかったんだけど、決心がつかなかったわけ」

「すごく恥ずかしがり屋なのかと思った」とアン。

「いえいえ、ちがうわ。恥ずかしがるのは、フィリッパ・ゴードンの欠点——というか美点——の中に入ってないわ。短く言うと、フィル。フィルって呼んでね、今すぐよ。で、あなたたちのことは、なんて呼べばいい？」

「こちらは、プリシラ・グラント」とアンが指さして言った。

「で、こちらは、アン・シャーリー」プリシラが、お返しに指さした。

「あたしたち、プリンス・エドワード島から来たの」二人が一緒に言った。

「あたしは、ノバスコシアのボリングブルック出身」とフィリッパ。

「ボリングブルックですって！」アンが叫んだ。「それって、あたしが生まれたところよ」

「ほんと？　じゃあ、あなたも《青い鼻》《ブルーノーズ》〔ノバスコシア人のこと〕なのね」

「いいえ、ちがうの」とアン。「厩《うまや》で生まれようと馬になるわけではないって言ったの、ダン・オコネル〔アイルランド独立運動指導者〕だったかしら？　私は、骨の髄までプリンス・エドワード島の人間よ」

「まあ、とにかくボリングブルック生まれでうれしいわ。それなら、お隣さんって感じじゃない？　ありがたいわ。秘密を打ち明けても、知らない人に話すことにならないから。あたしって、どうしても秘密を話さずにいられないの。胸にしまっておけない性質《たち》なのよ——黙っていようとしても無理。それが、あたしの一番の欠点——それと、さっき言った優柔不断とね。信じられる？　ここに来るのに、どの帽子にしようかしらって迷って、三十分もかかっちゃった——この墓地に来るのによ！　最初、羽根飾りのついた茶色のにしようかなって思ったんだけど、かぶったとたん、縁がひらひらのピンクのほうがいいなって思って。そっちをかぶってピンで留めたら、茶色いほうがよかった気がしてきて。最後は、両方ともベッドの上にくっつけて並べて、目を閉じて、帽子ピンでつっついたの。ピンはピンクに刺さったので、こっちをかぶってきたわけ。似合うでしょ？　ねえ、どう思う、あたしの顔？」

まともに答えられるはずもないそんな質問を大まじめにするものだから、プリシラはまた笑った。けれどもアンは、フィリッパの手を思わずぎゅっと握りしめて言った。

「今朝あたしたち、あなたがレドモンドで一番きれいな子だって思ってたのよ」

フィリッパの曲がった口許《くちもと》に、魅惑的な曲がった微笑がさっと浮かんで、とても白い小さな歯が覗いた。

「あたしも、そう思ってたんだ」というのが、フィリッパが次に言った驚くべき言葉だった。「でも、誰かほかの人の意見を聞いて、確信がほしかったの。あたしって、自分の外見のことさえ、自信が持てないのよ。あたしってきれいって思ったとたんに、そんなことないって、みじめな気持ちになっちゃう。それに、ひどく年取った大おばがいて、いつも、溜《た》め息つきながら、こう言うの、『赤ちゃんのときは、あんなにかわいかったのに。大きくなると、子供って変わってしまうのねえ』って。おばは好きだけど、大おばなんか大嫌い。よかったら、あたしのこと、きれいって、何度でも言ってね。自分がきれいって信じられると、すごく落ち着くのよ。それに、あたしだって、あなたたちのこと言ってあげてもいいのよ――良心に恥じることなく」

「ありがと」アンは笑った。「でも、プリシラもあたしも、自分たちの外見のことはちゃんとわかってるから、お気遣いは要らないわ。だから、気にしないで」

「あら、あたしのこと笑ってるのね。あたしが、ものすごく見栄っ張りだと思ってるんでしょ。そんなことないのよ。見栄のかけらもありません。ほかの女の子のことだって、ほめるに値する子なら、けちけちしたりしないでほめるわ。あなたたちと知り合いになれて、ほんとよかった。あたし、土曜に着いたんだけど、もうホームシックで死にそう。ものすごく落ち込んじゃってて。ボリングブルックでだったら、あたし、ひとかどの人物なんだけど、キングズポートじゃ、あんた誰よってなもんでしょ？　あたしの魂が繊細なブルーに染まってくのが感じられるときもあったわ。下宿はどこなの？」

「セント・ジョン通り三十八番地」

「あら、いいわねえ。だって、あたし、ウォレス通りのすぐ角なの。でも、その下宿、気に入らないのよ。なんか荒涼としてて、さびしくて。お部屋から見える裏庭のおぞましいことと言ったら！　世界一醜い場所よ。それにネコ――まあ、キングズポートじゅうのネコというネコがあそこに毎晩全員集合するわけじゃないんでしょうけど、半分はいると思う。暖炉の前の絨毯《じゅうたん》に寝そべって、あったかい、いい感じの火の前で居眠りしてるネコちゃんは大好きだけど、真夜中に裏庭に集まってるネコはまったく別の生き物よ。下宿に泊まった最初の晩、ひと晩じゅう泣いちゃった。ネコもひと晩じゅう鳴いてたけど。朝になったときのあたしの鼻を見せてあげたかったわ。もう、こんなとこに来るんじゃなかったって思った」
「そんなに優柔不断だったら、よくレドモンドへ来ようって決心がついたものね」と
プリシラがおもしろがって言った。
「それがちがうの。決心しなかったの。あたしにここへ行けって言ったのは、父なの。
もう決めたからって——どうしてだかわかんないけど。あたしが学士号なんかとって
どうするのって話でしょ？　まったくばかげてる。でも、できないわけじゃないのよ。
あたし、脳みそはたっぷりあるから」
「まあ！」プリシラが、呆然《ぼうぜん》とした顔で言った。
「そうなの。ただ、脳みそを働かせるのが大変なのよ。それに、学士っていうのは、
博識で、威厳のある賢明で厳かな人たちでしょ——そのはずよ。だから、だめ。あた
しは、レドモンドへなんか来たくなかった。ただ、父の言うことを聞いただけなの。
父って、ほんと、かわいい人なのよ。それに、家にいたら結婚しなくちゃならないっ
てわかってたし。母がそう言うの——絶対結婚しなさいって。母って、何でも自分で
決めちゃう人。でも、結婚なんて、まだ数年は考えたくもないわ。身を落ち着ける前
に、たっぷり楽しまなくっちゃ。それに、あたしが学士になるって考えはばかげてる
けど、あたしが結婚しておばはんになるってほうがもっとばかげてない？　あたし、
まだ十八よ。ありえないわ。あたし、結婚するくらいならレドモンドに行くって決め

たの。それに、どの男の人と結婚したらいいか決心なんかつくはずないじゃない？」

「そんなにたくさんの男の人がいたの？」アンは笑った。

「たっぷりね。あたしって、すごくもてるの――半端ないのよ。でも、相手にできるのは二人だけ。それ以外は若すぎるか、貧乏すぎ。結婚するなら金持ちがいいでしょ？」

「そうなの？」

「あなた、このあたしが貧乏人の妻になってるとこなんて、想像できる？ 自慢じゃないけど、あたし、何にもできないし、とっても金遣いが荒いの。だめだめ、夫になる人は、たっぷりお金を持ってなきゃ。で、二人に絞られるわけ。でも、その二人のどっちかを選ぶことができない。二百人のなかから選ぶぐらいむずかしいの。どっちを選んでも、もう一人のほうにしとけばよかったぁって、あとで絶対後悔するんだから」

「どちらかを――愛して――いないの？」アンは少しとまどいながら尋ねた。大きな神秘であり人生を変えてしまう愛について、知らない子に話すのはためらわれたのだ。

「とんでもないわ。このあたしが誰かを愛するなんてこと、ありえない。あたしは、そういう女じゃないの。それに、そういうの、嫌なの。人を愛すると、まったくの奴隷になってしまうって、あたしは思うの。すると、男の人が絶対的な優位に立って、こっちは傷つくのよ。怖いわ。いやいや。アレックとアロンゾはいい子たちだし、とっても好きだから、どっちが好きか、ほんとにわからないの。だから、困っちゃう。アレックはもちろん最高に美男子だし、あたし、顔がいかしてる男じゃなければ結婚なんかしないわ。彼は気立てもいいし、黒い巻き毛もすてき。あまりにも完璧《かんぺき》すぎ——完璧な夫って好きになれないと思う——けちをつけるところがないんじゃねえ」

「じゃあ、アロンゾと結婚したら？」プリシラがまじめに言った。

「アロンゾなんて名前の人と結婚できると思う？」フィリッパは憂鬱《ゆううつ》そうに言った。

「耐えられないわ。でも、ギリシャ式の古典的な鼻をしてるの。家族にそういうちゃんとした鼻の持ち主がいるっていうのは慰めになるわよね。あたしの鼻は、だめだから。これまでのところ、あたしはスコットランドの由緒正しきゴードン家の鼻を受けついでいるけど、そのうちにアイルランドのバーン家の傾向が出てくるんじゃないかって心配なの。毎日、まだゴードン家かしらって心配で確かめるのよ。母はバーン家で、まさにバーン家らしい丸い鼻をしてるの。まあ、見ててご覧なさい。あたしは、すてきな鼻が好き。あなたの鼻って、ものすごくすてきね、アン・シャーリー。アロンゾの鼻を考えると、この人でもいいかなって思いかけるんだけど、でも、アロンゾよ！　だめ、決められない。帽子みたいにして決められるなら——二人並べて、目をつぶって、帽子ピンでぐさりとやれるなら——簡単なんだけどね」

「あなたがこっちに出てくることになって、アレックとアロンゾはどう思ったのかしら？」プリシラが尋ねた。

「あら、二人ともまだ希望を持ってるわ。あたしが決心がつくまで待っててって、言ってあるの。ちゃんと待ってくれるわ。二人とも、あたしを崇《あが》めてるのよ。その一方で、あたしは、楽しむつもり。レドモンドでも彼氏がたっぷりできると思う。彼氏がいなくちゃ、つまらないでしょ。でも、新入生連中はひどく冴《さ》えないのばかりね？　一人だけすごいイケメンがいたわ。あなたたちが来る前に行っちゃったけど。友だちから、ギルバートって呼ばれてた。その友だち、目がこんなに飛び出てんのよ。あら、もう行くの？　まだ帰らないでよ」

「もう行かなくちゃ」アンは、ひどくよそよそしくなって言った。「遅くなってきたし、やることもあるので」

「でも、二人とも、あたしに会いにきてくれるわよね？」フィリッパは、立ち上がって、二人それぞれに腕をまわしながら言った。「あたしもあなたたちの下宿に遊びに行きたいわ。お友だちになりたいの。二人のこと、すっごく気に入っちゃった。あたし、ばかなことぺらぺらしゃべって、うんざりさせたりしてないわよね？」

「そんなことないわ」フィリッパの腕にぎゅっとされたアンは、心をこめて笑い返した。

「だって、あたし、見かけほどおばかじゃないのよ。神さまがお創りになったままの、フィリッパ・ゴードンを、欠点ぜんぶ込みで受け入れてくれたら、好きになってもらえると思う。この墓場って、すてきなところねえ？　あたし、ここに埋葬されたい。あら、この墓、初めて見るわ――この鉄の柵《さく》のついた墓――あら、あなたたち、ほら、見て――シャノン号とチェサピーク号の戦闘にて落命せし海軍士官候補生の墓って石に書いてあるわ。ちょっと、すごくない？」

アンは、鉄柵のところで足を止めて、すり減った墓石を見ながら、ふと興奮して胸がどきどきしていた。覆いかぶさるような木々や、木陰の長い通路のある古い墓場が、ぼんやりと見えなくなっていき、その代わりに一世紀近く前のキングズポート港が見えてきた。霧の向こうからゆっくりとやってくるのは、「イングランドの流星旗」をひるがえした輝かしい軍艦だ〔トマス・キャンベルの詩「イングランドの水兵たち」にある言葉〕。背後には、もう一隻の軍艦がつき従い、その後甲板には、星条旗に包まれた静かな英雄の遺体があった――勇敢なるローレンス少佐だ。時の指がそのページをめくり、軍艦チェサピーク号を拿捕《だほ》して、意気揚々と港に入ってくるシャノン号の姿を見せてくれたのだ。

「戻ってきて、アン・シャーリー――戻ってくるのよ」フィリッパが、アンの腕を引っ張りながら笑った。「どこか遠い昔に行っちゃってるわ。戻ってきて頂戴《ちょうだい》」

アンは、溜《た》め息をついて、我に返った。その目は柔らかく輝いていた。

「あたし、古い物語って大好きなの」とアン。「イングランドが勝利したけど、あたしがこの話が大好きなのは、あの勇敢な、負けたほうの指揮官のせいだと思う。このお墓は、その話をとっても身近に感じさせてくれるわ。この可哀想な小さな海軍士官候補生は、まだ十八だったのね。『勇敢なる戦闘中に致命傷を受けて死す』——そう墓碑に書いてあるわ。軍人としては、まさに本懐を遂げたりってところかしら」

そこから離れる前に、アンは身につけていた小さな紫のパンジーの花束をはずして、偉大なる海戦にて死亡した少年のお墓にそっと手向けた。

「それで、新しいお友だちのこと、どう思う？」フィリッパが立ち去ったあと、プリシラは尋ねた。

「気に入ったわ。いろいろおかしなこと言ってたけど、とっても愛らしいところがあるじゃない？　自分でも言ってたように、見かけほどばかじゃないのよ。愛《いと》おしくてキスしたくなるような赤ちゃんよ——あのまま成長しないんじゃないかしら」

「あたしも気に入ったわ」プリシラはきっぱりと言った。「男の子についてルービー・ギリスみたいなことを言ってたでしょ。ルービーの言うことを聞いてると、あたし、いつもいらいらしたり、むかついたりしたんだけど、フィルには、ただ笑いたくなっちゃうの。ねえ、それってどうしてかしらね？」

「ちがいがあるのよ」アンは、瞑想《めいそう》に耽《ふけ》るように言った。「ルービーの場合は、本気で男の子のことを意識しているからだと思う。愛をもてあそんで、いちゃつくのが好き。それに、あの人がボーイフレンドたちの自慢をするときって、あんたにはそんなにいないでしょって、当てこすってるでしょ。ところが、フィルがボーイフレンドの話をするときって、仲良しの話をしてるみたい。男の子を仲のいいお友だちと見なしていて、大勢が群がってきてうれしがってるのも、ただ自分が人気者だと思われたいからなのよ。アレックとアロンゾでさえ——こうなると、このふたつの名前を別々に考えるなんてできなくなるわね——フィルにしてみれば、一生フィルと遊びたがってる遊び友だちでしかないんだわ。フィルに会えてよかった。オールド・セント・ジョン墓地へ来てよかったわ。今日、あたし、キングズポートの土に小さな魂の根っこを下ろすことができた気がする。そうだといいな。いつまでもよそ者気分はまっぴらだもの」

第5章　故郷からの手紙

けれども、それから三週間、アンとプリシラは、見知らぬ土地へやってきたよそ者気分が抜けなかった。それから不意に、何もかも——レドモンドも、教授陣も、クラスも、勉強も、人づきあいも――はっきりと像を結んで、よく見えるようになっていた。ばらばらになっていた生活が、再びひとつにまとまってきたのだ。新入生は、ばらばらの知らない同士ではなく、ひとつのクラスとなり、クラスの心意気、クラスのかけ声、クラスの利害、クラスとしての反感、クラスとしての野心を一緒に抱くようになった。毎年恒例の「合戦」でも、一年生は二年生相手に勝利し、全校の尊敬を得て、大いに自信をつけた。三年連続で二年生が「合戦」に勝っていたのだ。新入生が勝利できたのは、ギルバート・ブライスが総大将となったおかげだった。ギルバートが、新しい戦術を編み出して戦陣を張ったので、二年生は総くずれとなり、一年生の圧勝となったのだ。その褒美として、ギルバートは一年生クラス代表委員に選出された。名誉ある責任重大な立場で――少なくとも一年生から見ると――羨望《せんぼう》の的である地位についたのだ。ギルバートは、また「ラムズ」――レドモンドでは学友会《ラムダ・シータ》をそう呼んでいた――に参加しないかと誘われた。これもまた、新入生としては、めったにない名誉あることだった。入会に先立つ通過儀礼として、ギルバートは、婦人用の日除《ひよ》け帽をかぶり、けばけばしい花柄の更紗《さらさ》の巨大な台所用エプロンをつけて、一日じゅうキングズポートの大通りをパレードしなければならなかった。ギルバートは、これを楽しくやってのけ、知り合いの女性に出会ったら、帽子を宮廷風に、雅《みやび》やかな様子で取って挨拶《あいさつ》してみせた。ラムズに誘われなかったチャーリー・スローンは、どうしてブライスはあんなことができるんだろうねと、アンに言った。自分だったら、あんな恥ずかしい真似はできないと言うのだ。

「チャーリー・スローンが、〝日除け帽《ぼ》〟かぶってるところ、想像してみて」プリシラがくすくすと笑った。「スローン家のおばあちゃまそっくりになるでしょうね。それが、ギルバートだと、ああいう恰好《かっこう》をしても、ちゃんとした服を着てるときとおんなじに男らしく見えるのよ」

アンとプリシラは、いつのまにかレドモンドの社交界の中心にいた。こんなに早くそうなったのは、ほとんどフィリッパ・ゴードンのおかげだった。フィリッパは、高名なお金持ちの娘で、由緒ある上流「ブルーノーズ」旧家の出だった。そのうえ、美しく、魅力的なので――会う人誰もがフィリッパの魅力を認めた――あっという間に、レドモンドじゅうのどこの派閥でもクラブでもクラスでも自由に行けるようになり、フィリッパが行くところへはどこへでもアンとプリシラも行ったのだった。フィリッパは、アンとプリシラが「大好き」で、とくにアンに夢中だった。友だちとしてとても誠意があり、気取ったところは少しもなかった。「あたしが好きなら、あたしの友だちも好きになって」というのが、フィリッパの無意識のモットーのようだった。フィリッパは二人をやすやすと自分の知り合いの輪に引き込んだのであり、その輪はどんどん大きくなるのだった。アヴォンリーの二人の娘たちはこうしてレドモンドでの人づきあいをゆうゆうと楽しむことができ、ほかの女子新入生たちに嫉妬《しっと》と驚きの目で見られた。ほかの子たちは、フィリッパに導かれることがなかったため、大学での最初の一年間、指をくわえて見ているよりほかなかったのだ。

人生をかなり真剣に考えているアンとプリシラにとって、フィリッパは、最初に会ったときと同じ、おもしろくて愛すべき赤ん坊だという印象は変わらなかった。ただ、フィリッパは、自分でも言っていたように、脳みそが「たっぷり」あったのだ。いつどこで勉強する時間があるのか謎だった。というのも、いつだって何かしら「楽しみ」を求めていて、夕刻には、フィリッパの下宿にはお客がつめかけるからだ。望み得るかぎりの最高の「ボーイフレンド」を自分のものとしていて、一年生の九割と上級生のかなりの連中が彼女の微笑みを求めるライバルだった。フィリッパは、これを単純にうれしがっていて、新たに男の子を征服するたびに楽しそうに、その不幸な恋人が聞いたら耳を真っ赤にして恥ずかしがるような言い方で、アンとプリシラに報告したのだった。

「アレックとアロンゾに、まだ恋の強敵は現れていないようね」とアンはからかうように言った。

「一人もね」フィリッパは同意した。「あたし、毎週二人に手紙を書いて、ここでのあたしのボーイフレンドたちについて教えてやるの。おもしろがってもらえてると思う。でも、もちろん、あたしが一番好きな子は手に入らないんだ。ギルバート・ブライスったら、あたしのこと、ちっとも気にかけてくれなくて、まるで、よしよしってなでてやる子ネコを見るみたいな目であたしを見るのよ。その理由は、よおーくわかってる。アン女王、あなたを恨むわよ。あなたなんか嫌いになってもいいのに、あたし、あなたに夢中なの。あなたと毎日会えなかったら、落ち込んじゃう。あなたって、これまで知ってたどんな子ともちがう。あなたがあたしのことをじっと見てるその見方に、あたし、はっとすることがあるの。そして、自分がなんてつまらない、くだらない小さな獣なんだろうって思っちゃう。もっといい子で、もっと賢くて、もっと強くなりたいって思うの。それで、よし頑張るぞって決意するの。ところが、一人でもすばらしいイケメン男子が通りかかると、そんなことすっかり忘れちゃうのよ。大学生活って、すばらしいわね？　あの最初の日、あんなに嫌がってたなんて、おかしいわ。でも、そうじゃなかったら、あなたたちと知り合えなかったしね。アン、お願いだから、あたしのこと、少しは好きよって、もう一度言ってくれない？　その言葉が聞きたくてたまらないの」

「あなたのこと、とっても好きよ──あなたは愛しい、すてきな、愛すべき、ふわふわの、爪のない──子ネコちゃんだと思うわ」とアンは笑った。「でも、あなた、それでよく勉強する時間があるわね」

フィリッパは、どういうわけか時間をひねり出して、その学年のどの科目でもちゃんとやっていたのだ。男女共学を毛嫌いし、女子をレドモンドへ入れることに大反対していた気むずかしい数学の老教授でさえ、フィリッパをやり込めることはできなかった。どの科目でも一番だったが、英語だけは例外で、英語ではアン・シャーリーに大差をつけられた。アン自身、一年生の勉強はかなりやさしいと思っていたが、それもギルバートと一緒にアヴォンリーで二年間しっかり勉強していたおかげだった。このため、友だちづきあいに大いに時間を割くことができ、アンは思いっきりそれを楽しんだのだった。けれども、アヴォンリーのことやアヴォンリーの友だちを忘れるようなことは一瞬もなかった。アンにとって、毎週一番楽しい時間は、故郷《ふるさと》からの手紙が届くときだった。キングズポートが好きになれそうだと思い始め、落ち着けると感じ始めたのは、故郷から初めて手紙が届いたときだったのだ。それまでは、アヴォンリーは何千マイルも遥《はる》か彼方《かなた》に感じられた。手紙のおかげで、近くに思え、どうしようもなく切り離されてしまったように感じられていたかつての生活が今の生活とつながって、そのふたつがひとつに思え始めたのだ。最初の手紙の束には、ジェーン・アンドルーズ、ルービー・ギリス、ダイアナ・バリー、マリラ、リンド夫人、デイヴィーからの六通が入っていた。ジェーンのは、ペン習字のお手本のようにきれいで、どのtにもきちんと横棒が引かれ、どのiにもしっかり点が打たれていたが、おもしろいことは書かれていなかった。アンが一番知りたくてたまらない学校のことにはふれず、アンが手紙で尋ねた質問にもなにひとつ答えていなかった。その代わりに、最近どれほど長くレース編みをしたとか、アヴォンリーの天候とか、新しい服はどんなふうにしたいとか、頭痛がするとどんなだとかいったことが書いてあった。ルービー・ギリスのは、むやみに感傷的な手紙で、アンがいないことを嘆き、何かにつけアンがいないことが残念がられていると書いてあったが、レドモンドの「男ども」はどうかと尋ねたあとは、自分の大勢の崇拝者たちとどんなつらい経験をしているかという自慢話ばかりだった。ばかげた、どうということもない手紙で、笑い飛ばすこともできたのだが、追伸を読んで、そうもいかなくなった。「ギルバートからの手紙によれば、彼はレドモンドを楽しんでいるようですが、チャーリーはそれほどでもないようですね」とあったのだ。

ということは、ギルバートはルービーに手紙を書いているってことじゃないの！　もちろん、そうする権利はあるけど。そんなの、あんまりだわ！　ルービーのほうから手紙を送り、ギルバートが単なる礼儀から返信したということをアンは知らなかった。むっとして、ルービーの手紙を放り投げたが、ルービーの追伸で感じた痛みを追い払うには、ダイアナの呑気《のんき》な、ニュースでいっぱいの、楽しい手紙をすっかり読む必要があった。フレッドのことをちょっと書きすぎだったが、おもしろいことがいっぱい書いてあったので、読んでいるとまるでアヴォンリーに帰った気がした。マリラの手紙は、かなり澄ましていて、おもしろみに欠け、噂話や感情を一切交えないものだった。けれども、それを読むと、グリーン・ゲイブルズでの健康的で質素な生活の気配が伝わってきて、「古《いにしえ》の平和の訪《おとの》う場所」〔テニソンの詩「芸術の宮殿」にある言葉〕の味わいと、そこでずっとアンを待ち続けてくれる変わらない不動の愛が感じられたのだった。リンド夫人の手紙は、教会の知らせでいっぱいだった。家事から解放されたリンド夫人は、これまで以上に教会の仕事に身を捧《ささ》げる時間ができ、心の底からその仕事に没頭していた。今は、アヴォンリー教会の牧師がいないため、その牧師候補としてやってくるお粗末な聖職者たちのことで憤慨していた。冒頭は次のような厳しい言葉が並んでいた。

　最近は、ばかばかり牧師になるようです。派遣された候補者のひどさ、そしてそのお説教内容ときたら！　半分はでたらめだし、さらに悪いことに、教義にかなうものとは思えません。今の候補者は最悪で、聖書の句を取り上げておきながら、別のことをお説教するのです。しかも、すべての異教徒が永遠に地獄堕《お》ちになるとは思わないなんて言うんですよ。なんてことを！　それがほんとなら、私たちが外国の伝道活動に注《つ》ぎ込んだお金はぜんぶむだだったってことでしょう、まったくもって！　先週の日曜の夜、次の日曜のお説教は泳ぐ斧《おの》についてですと予告していましたが、お説教内容は聖書だけにかぎって、とんでもない話題はやめるべきです。牧師が聖書からお説教する題材を見つけられないようでは、どうしようもありませんよ、まったくもって〔実は泳ぐ斧の話は『旧約聖書』「列王記下」6：6にある〕。アンはどんな教会に通っているのですか？　毎週通っているでしょうね。故郷から離れると、人はつい教会から足が遠のいてしまうものです。そういう意味では、大学生というのは、大いなる罪人です。大学生の多くが日曜に勉強すると聞いたことがあります。そんな体たらくなことのないように願いますよ、アン。どんなふうに育てられたか忘れないように。そして、友だちになる相手は、くれぐれも気をつけて選びなさい。大学なんてところには、どんな人間がいるか知れたものじゃありません。〝白く塗った墓〟〔『新約聖書』「マタイによる福音書」23：27〕のように外見はきれいでも、〝中身は餓《う》えた狼〟〔『新約聖書』「マタイによる福音書」7：15〕みたいなもんですからね、まったくもって。プリンス・エドワード島出身でない若い男なんかと口をきいてはいけませんよ。

うちに牧師さんがいらした日のことを話すのを忘れていました。あんなおかしなこと、見たことがありません。マリラに「アンがここにいたら、大笑いしたことだろうね」と言ってやりました。マリラでさえ、笑ったんですよ。とても背が低くて太っていて、がに股《また》なんです。それで、ハリソンさんのところのあの年寄りブタ――あの巨大なやつ――が、その日また迷い込んできて、庭へ入り込み、知らないうちに勝手口のところまで入ってきてしまい、牧師さんが勝手口を開けたときに、そこにいたんです。外へ出ようと、猛然と突っ込んでいったのですが、突っ込むところがそのがに股のあいだしかありませんでした。そこで、突っ込むには突っ込んだのですが、なにしろすごく大きなブタだから、ひどく小さな牧師さんは足をすくわれて、運ばれてしまったのです。マリラと私がドアへ駈《か》けつけたときには、帽子があっちに飛び、杖《つえ》がこっちに飛んでいるところでした。そのときの牧師さんの顔を決して忘れることはできません。それにブタは、可哀想に死ぬほど怖がっていました。聖書の、ブタが崖《がけ》を下って海へ飛び込んだ話を読むたびに、ハリソンさんのブタがあの牧師さんを乗せて丘を下っていくところ〔『新約聖書』「マタイによる福音書」8：20〜32〕を思い浮かべずにはいられなくなるでしょう。あのブタは、悪魔が体に入り込んだのではなく、背中にまたがったと思ったんでしょうね。双子がそばにいなくてよかったですよ。牧師さんがあんな情けない目にあっているのを見せるわけにはいきませんからね。

小川に着く前に牧師さんは飛び下りるか転げ落ちるかなさって、ブタはめちゃくちゃに小川を突っ切って、森へ消えていきました。マリラと私が駈けつけて牧師さんを助け起こし、上着をはたいてあげました。怪我はなさっていませんでしたが、怒っていました。あれはうちのブタではなく、夏じゅう迷惑していたのだと申し上げたにもかかわらず、マリラと私のせいだとお考えになったようです。そもそも何だって勝手口から入ってこようとなさったのでしょう？　アラン牧師は絶対そんなことなさいませんでした。アラン牧師のような人は当分望めないでしょうね。でも、「雨降って地固まる」とはよく言ったもので、それっきりあのブタは、影も形も見えなくなりました。きっと二度と現れないでしょう。

アヴォンリーは、平穏無事です。グリーン・ゲイブルズは思ったほどさびしくありません。この冬、もうひとつ木綿《もめん》でベッドカバーを編もうと思います。サイラス・スローンの奥さんが、きれいな新しいりんごの葉のパターンを持っていらっしゃるのです。

何か刺激がほしいときは、姪《めい》が送ってくれるボストンの新聞で殺人事件の裁判の記事を読んでいます。そんなもの読んだことなかったのだけれど、なかなかおもしろいです。アメリカ合衆国というのは、ひどいところのようですね。あんなところへ行かないでくださいよ、アン。まったく、近頃の娘たちが世界じゅうをうろつきまわるのは、嘆かわしいかぎりです。いつも「ヨブ記」の悪魔がうろつきまわるさまを連想します。神さまは決してそんなことをお望みになっていないはずです、まったくもって。

デイヴィーは、あなたがいなくなってから、とてもいい子にしています。悪い子だったとき、罰として、マリラがドーラのエプロンを一日じゅうつけさせたところ、エプロンをびりびりに切り刻んでしまいました。そこで、お尻《しり》を叩《たた》くと、あの子は出ていって、私の鶏を追いかけまわして死なせてしまいました。

私の家へは、マクファーソン一家が越してきました。奥さんは立派な主婦で、とてもきちんとしています。私の白い水仙《ジューン・リリー》をぜんぶ引っこ抜いてしまいました。あれがあると、お庭が片付かないそうです。私たちが結婚したとき、トマスが植えた花なのに。旦那《だんな》さんはよさそうな人ですが、奥さんは長いあいだ一人暮らしをしていた癖が抜けないのでしょう。

あまり根をつめて勉強しすぎてはいけませんよ。涼しくなってきたら、すぐに冬の下着を着なさい。

マリラはあなたのことをかなり心配していますが、あなたはひと頃よりずっと判断力がついたからだいじょうぶよ、と言ってやっています。

デイヴィーの手紙は、のっけから文句たらたらだった。

だいすきなアンへ。つりをするとき、ぼくをはしのらんかんにしばりつけないでって、てがみでマリラへいってくださいみんなにわらわれるから。アンがいないとひどくさみしだが、がっこうはすごいたのしだ。ジェーン・アンドルーズはアンよりおこりんぼだ。ゆうへはジャコランタンでリンドのおばちゃんをこわからせた。おばちゃんはカンカンだった。おばちゃんがおこったのは、おばちゃんのニワトリをおいまわしたら、しんじったからだ。しなせるつもりはなかったのにどうしてしんじったのかな、アン、おしえて。リンドのおばちゃんは、しんだやつをぶたごやにほおりこんだ。ブレアさんにうればいいのに。ブレアさんはしんだおいしいニワトリ一わにつき五十セントくれます。リントのおばちゃんは、ぼくしさんに、おばちゃんのためにいのってくださいとおねがいしてた。どんなわるいことをしたのかな、おしえて。ぼくは、大きなしっぽをつけたたこをもってるんだよ、アン。ミルティー・ボウルターがきのうがっこうですごいはなしをしてくれました。ほんとのはなし。ジョー・モウジーじいさんとレオンがせんしゅう、あるよる、もりでトランプをしていて、きりかぶのうえにトランプをおいてたら、木よりも大きなくろい人がやってきて、トランプをきりかぶごとつかんで、かみなりみたいなおとたてて、きえちゃったって。こわかったろうね。ミルティーがいうには、くろい人はアクマだっていうんだけど、そうなのかな、アン、おしえて。スペンサーベイルのところのキンボルさんがおもいびようきになって、びよういんへいった。このことば、あってるかな、マリラにきいてくるからまっててね。マリラは、キンボルさんがいったのはりょーよーじょですよだって。キンボルさんは、からだのなかにへびがいるとおもってるんだって。からだにへびがいるとどんななの、アン、おしえて。ロレンス・ベルのおばちゃんもびようきです。リンドのおばちゃんがいうには、ベルのおばちゃんは、じぶんのからだのことをきにしすぎるのがいけないんだって。

アンは、手紙をおりたたみながら、つぶやいた。

「リンドのおばさまにかかったら、フィリッパはどんなふうに言われてしまうかしら」

第6章　公園で

「今日は、何をするつもりなの？」ある土曜の午後、フィリッパがアンの部屋へ飛び込んできて尋ねた。

「あたしたち、公園にお散歩しに行くの」とアン。「ほんとはお出かけしないで、ブラウスを仕上げなきゃいけないんだけど。こんなにいいお天気なのに、縫い物なんてできやしないわ。空気の何かが血を沸きたたせて、あたしの魂が輝きだすのよ。指先がむずむずして、縫い物なんてしてたら、縫い目が曲がっちゃう。だから、今日は公園日和《びより》、松の木日和ってわけ」

「〝あたしたち〟っていうのは、あなたとプリシラ以外にもいるのかしら？」

「ええ、ギルバートとチャーリーも一緒よ。あなたも一緒だと、うれしいんだけど」

「でも」とフィリッパは憂鬱《ゆううつ》そうに言った。「あたしが行くとしたら、お邪魔虫になっちゃうわ。フィリッパ・ゴードンにとっては、そんなの初めての経験よ」

「まあ、何事も経験よ。いらっしゃいな。そしたら、しょっちゅうお邪魔虫になってる人の気持ちがわかるわよ。だけど、あなたの餌食《えじき》となった人たちはどこ行っちゃったの？」

「あら、あの人たちにはもううんざり。今日はあの人たちにつきまとわれたくないの。それに、このところ、ちょっと気分がブルーなの――まあ、薄い、はっきりしない空色ってとこだけど。別に暗ぁい気分ってわけじゃないのよ。先週アレックとアロンゾに手紙を書いたんだけどね、手紙を封筒に入れて宛名《あてな》を書いたのに、封をしなかったら、その晩、おかしなことになって。って言うのは、アレックならおかしいって思うだろうけど、アロンゾはそうは思いそうもないこと。あたし、あわててアレック宛ての手紙を――だと思っちゃったのよ――さっと封筒から取り出して、追伸を書きつけたの。それからどっちも投函《とうかん》したら、今朝アロンゾから返事が届いたの。それがねえ、追伸を書いたのはアロンゾ宛てのほうだったもんだから、アロンゾったらカンカンなの。もちろん、そのうちに立ち直ってくれるだろうけど――別に、立ち直らなくてもいいけど――それで、今日はブルーってわけ。だから、あなたたちのところへ行って元気づけてもらおうと思って。

フットボールのシーズンが始まると、あたし、土曜の午後はすっかり忙しくなるのよ。フットボールって、だぁい好き。あたし、試合に着ていくのに最高にいかした帽子とレドモンド・カラーのストライプのセーター、持ってるのよ。もちろん、遠くから見たら、理髪店のぐるぐるまわる目印が歩いてるみたいに見えるだろうけど。あなたのギルバートが新入生フットボールチームのキャプテンに選ばれたって、知ってた?」

「ええ、昨夜《ゆうべ》、本人が教えてくれたわ」プリシラは、アンがむっとして答える気がないのを見て言った。「チャーリーと一緒に来たの。来ることはわかってたから、わざわざミス・エイダのクッションを見えないところや、手の届かないところに片付けたんだけど、あの手の込んだ浮き出た刺繍《ししゅう》のすごいクッションは、隅の椅子の向こう側に落としておいたのよ。そこなら安全だと思って。ところが、信じられる? チャーリー・スローンったら、まっすぐその椅子のところへ行って、うしろのクッションに気づくと、厳かにそれを持ち上げて、その晩じゅうずっとその上に坐《すわ》ってたんだから！　もうぺっちゃんこ！　お気の毒なミス・エイダは今日あたしに尋ねたわ。微笑みながらだけど、きつく咎《とが》める口調で、どうしてあの上に坐らせたのって。坐らせたんじゃなくって——それはどうしようもないスローン家特有のドジと運命とが結びついてしまったのだから、どうすることもできなかったって言ったわ」

「ミス・エイダのクッションには、ほんと、やりきれないわ」とアン。「先週ふたつ新しいのを作ったのよ。これでもかとばかりに刺繍がしてあってパンパンにふくれてるの。もうクッションが置いてない場所なんかどこにもないもんだから、階段の踊り場の壁に立てかけてたわ。しょっちゅう転がり落ちるし、暗い中で階段を通るときは、必ずつまずくの。こないだの日曜なんか、デイヴィス先生が海難に遭った人のために祈りを捧《ささ》げてたとき、あたし、『賢く愛せないが、あまりにも深くクッションが愛されている家に住む者にも！』〔訳者あとがき参照〕って、付け加えちゃったわよ。さあ！　行きましょう。男の子たちがオールド・セント・ジョン墓地をこっちにやってきてるのが見えるわ。あたしたちと運命をともにする、フィル？」

「行くわ。プリシラとチャーリーと一緒に歩いていいなら。その程度のお邪魔虫なら、我慢できるわ。あなたのギルバートはすてきよ、アン。でも、どうしていつもあの出目金と一緒にいるのかしら？」

アンの表情がこわばった。チャーリー・スローンのことはそれほど好きではないが、アヴォンリー出身なのだから、よそ者に笑われる筋合いはないのだ。

「チャーリーとギルバートはずっとお友だちだったの」アンは、冷たく言った。「チャーリーはいい子よ。目がああなのは、本人のせいじゃないわ」

「あら、何言ってるの！　本人のせいよ。前世の悪行の因縁かなんかで、あんな目になったに決まってるんだから。プリスとあたしとで、今日の午後あの人をからかってやるわ。面と向かってばかにしても、あの人、気がつきゃしないわよ」

アンが二人の名前の頭文字をとって「やりたい放題のP組」と呼んでいるプリシラとフィリッパは、その無邪気ないたずらを実行した。ところが、チャーリー・スローンはおめでたいことに、気がつかないのだ。自分がこんな女子学生を二人も連れて歩くなんてすごいと思っていて、とりわけ学年一の美女の誉れ高いフィリッパ・ゴードンと並ぶなんて大したものだと思っていたのだった。これでアンも見直してくれるだろう。ぼくの真価がわかってくれる女子だっているんだと、アンにもわかるはずだ。

ギルバートとアンは、三人よりも少しあとをゆっくり歩いた。秋の午後、公園の松の並木のしんと静まり返った美しさを楽しみながら、港の岸に沿ってうねる道を登っていった。

「ここの静けさは、お祈りみたいね」アンは、輝く空を仰いで言った。「松の木って大好き！　昔からずっと続く物語へと深く根を伸ばしているよう。こうしてときどき松の木とちゃんとお話をするのは、ほっとするわ。ここにくると、いつも幸せを感じる」

「山の孤独のその力
聖なる魔力と奉《たてまつ》る。
憂《うれ》う心は、松の葉が
落ちるが如くに消え果つる」〔フランシス・ブレット・ハートの詩「野営地のディケンズ」より〕

と、ギルバートが詩の一節を引用した。

「松の木に比べたら、ぼくらのささやかな野心などかわいいものだね、アン？」

「もし大きな悲しみがやってきたら、松の木に慰めてもらいにくるわ」アンは夢見るように言った。

「大きな悲しみなんて君の許《もと》に来てほしくないよ、アン」そう言ったギルバートには、隣にいる活発で陽気な人を悲しみと結びつけて考えられなかったのだ。大いなる高みへ舞い上がる者はどん底へ落ちることもあるし、誰よりも激しく歓喜する者は誰よりも深く傷つくということがわかっていなかったのだった。

「でも、そんなこともあるわよ――いつか」アンは思いに耽《ふけ》るようにして言った。

「人生は、今は、口許にある栄光の盃《さかずき》のように思えるけど、苦い味がするはず――どんな盃でもね。いつかそれを味わうことになる。それでも耐えられるほど、強く勇敢でありたいわ。それに、苦汁をなめるのが自分の落ち度ゆえでないといいな。このないだの日曜の夕方に、ディヴィス先生がおっしゃってたこと憶《おぼ》えてる？――神がわれらに与える悲しみは慰めと力とをもたらすが、自らの愚行や邪悪さが招いた悲しみは、耐えがたいものであるって？　でも、こんなすてきな日に悲しみの話なんてよしましょ。ただひたすら生きるよろこびを味わうべき午後ですものね」

「できることなら、君の人生から、幸せとよろこび以外のものはすべてなくしてしまいたいよ、アン」そう言うギルバートの口調には、「それ以上先へ進むと危険」と思わせる例の調子があった。

「そんなの、ぜんぜん賢くないわ」アンはあわてて反論した。「人生っていうのは、試練とか悲しみとかがあるから、進歩し、円熟したものとなるのよ――まあ、そんなことが言えるのは、かなり余裕があるときだけだけどね。さあさあ、行きましょ――みんな、休憩所に着いて手招きしてるわ」

全員で小さな休憩所に腰を下ろし、燃えるように赤く、薄い金色の秋の夕陽を眺めた。左手には、キングズポートの町が広がり、家々の屋根や尖塔《せんとう》がすみれ色の煙に霞《かす》んでいる。右手には港があり、夕陽のほうへ伸びていく海はバラ色と銅色がどんどん濃くなっていた。目の前にはサテンのようになめらかな、銀ねず色の水がきらきら光り、その先には、木がひとつもないウィリアムズ島が靄《もや》の中から浮かび上がり、たくましいブルドッグのように町を守っていた。島の灯台の光が、不吉な星のように靄を貫き、遥《はる》か水平線の彼方《かなた》から別の灯《ともしび》がこれに応《こた》えていた。

「こんな力強い場所って、見たことある？」フィリッパが尋ねた。「ウィリアムズ島は別になくてもいいけど。まあ、要るって言っても、もらえるわけじゃないか。あの砦《とりで》のてっぺんにいる見張りの人、見てよ。旗のすぐ下。まるで昔の物語から抜け出してきたみたいじゃない？」

「物語と言えば」とプリシラ。「ヒースを探してたのよ──でも、もちろん、見つからなかった。今の季節じゃ、もう無理なのね」

「ヒースですって！」とアンが叫んだ。「ヒースは、アメリカじゃ生えないでしょ？」

「全アメリカ大陸の中で、二か所だけあるの」とフィリッパ。「ひとつは、まさにこの公園。もうひとつは、ノバスコシアのどっか。どこだか忘れた。有名なスコットランド高地連隊ブラックウォッチがある年ここで野営して、春になってベッドの麦わらを振るったら、ヒースの種がこぼれて根を下ろしたのよ」

「まあ、すてき！」アンはうっとりして言った。

「帰りは、スポフォード街を通って帰ろうよ」とギルバートが提案した。『お金持ちの貴族たちが住む立派な邸宅』〔テニソンの詩「バーレイ卿」にある言葉〕がすっかり見られるよ。あそこは、キングズポートで最高におしゃれな住宅街だ。百万長者じゃないと、あそこに家は建てられない」

「ええ、そうしましょう」とフィリッパ。「あなたに見せたい、とってもうっとりするところがあるのよ、アン。あれは百万長者が建てた家じゃないわ。公園を出てすぐのところにあって、スポフォード街がまだ田舎道だったころに生えてきたんだと思うわ。生えてきたのよ——建てられたんじゃないの！　あの通りの家は好きじゃないわ。どれもこれもできたてで、板ガラスみたいにピカピカ。でも、あの小さなお家《うち》は夢みたいなの。しかも、その名前が——でも、見てもらうまでは言わないわ」

公園から出て松の木に囲まれた丘を登っていくと、その家が見えてきた。丘の上まで来るとスポフォード街は普通の道へと変わってしまうのだが、ちょうどそこに、小さな白い木造の家があったのだ。家の両側に生えた松が、低い屋根を守るかのように枝を伸ばしている。家は赤と金色の蔦《つた》に覆われ、その隙間からのぞく窓には緑色の鎧《よろ》戸《いど》が下りていた。家の前の小さな庭は、低い石壁に囲まれている。十月にもかかわらず、庭には、すてきな、昔懐かしい、この世のものとも思われぬ花々や草木がよい香りを放っていた——「すてきな五月」と呼ばれる芍薬《しゃくやく》、サザンウッド、レモン・ヴァーベナ、アリッサム、ペチュニア、マリゴールド、それに菊。ヘリンボーン柄に並べられた〔れんがの長辺と短辺を組み合わせてV字にした〕小さなれんがの壁が門から玄関まで続いていた。まるでどこかの田舎村から、すっぽりとここへ移し替えられたかのような家だったが、品のよさがあって、すぐ隣にある大きな芝生で囲まれた煙草王の豪邸が、ひどくけばけばしい下品なものに感じられた。フィリッパが言ったとおり、そこで生まれたものと造られたものとのちがいがあったのだ。

「こんなにすてきな場所、見たことないわ」アンはよろこんで言った。「昔みたいに、胸がきゅんと痛くなって、うれしいんだけどへんな感じ。ミス・ラベンダーの石のお家《うち》よりもかわいくて、変わってるわね」

「とくにその名前に注目してほしいの」とフィリッパ。「見て——白い文字で、門の上のアーチに書いてあるでしょ。『パティのお家《うち》』って。うっとりするでしょ？　とりわけ、パインハースト荘だの、エルムウォルズ邸だの、シダークロフツ屋敷だのといった、ものものしい家がならぶこの通りに、『パティのお家《うち》』なんだもの、びっくりよ！　もう、だぁい好き」

「パティって誰だか、知ってるの？」プリシラが尋ねた。

「パティ・スポフォードというのが、この家の所有者だって、つきとめたわ。姪御《めいご》さんとここに住んで、もう何百年も——まあ、そこまではいかないでしょうけどね、アン。誇張したのは、ただの詩的空想の飛躍よ。お金持ちの人たちがここを買収しようと何度か試みたんだけど――今となっては、ちょっと値が張るでしょうね――でも、パティさんはどんなことがあっても売ろうとしなかった。そして、家の裏には裏庭じゃなくて、りんご園があるのよ――もう少し先へ行けば見えるわ――スポフォード街に、本物のりんご園があるのよ！」

「今晩、『パティのお家《うち》』の夢を見そうだわ」とアン。「もう、ここの家に住んでる気分。ひょっとして、中を拝見できないかしら」

「それは無理じゃない？」とプリシラ。

アンは謎めいた笑みを浮かべた。

「そう、無理でしょうね。でも、きっとできるようになるわ。あたしは奇妙な、むずむずするような、予感みたいなものを感じるの――『パティのお家《うち》』とあたし、きっともっとお近づきになれる気がする」

第7章　再び故郷へ

レドモンドでの最初の三週間は長く思えたが、そのあとの学期は、風の翼に乗るように流れていった。レドモンドの大学生たちは、いつの間にかクリスマスの期末試験の猛勉強中となり、そして、どうにかこうにか好成績を修めた。一年生のトップの栄誉は、アンとギルバートとフィリッパのあいだで奪いあうことになった。プリシラもよい成績を修めた。チャーリー・スローンはかろうじて切り抜けたにもかかわらず、まるで全教科トップであるかのように得意そうにしていた。

「明日《あした》の今頃はグリーン・ゲイブルズにいるなんて信じられない」アンが出発の前の晩に言った。「でも、そうなのよね。そして、フィル、あなたはボリングブルックで、アレックとアロンゾに会うのね」

「早く会いたいわ」フィリッパは、チョコレートをかじりながら認めた。「とってもいい子たちなのよ。ダンスパーティーをして、馬車でお出かけして、どんちゃん騒ぎをしまくるの。あなたを決して赦《ゆる》さないわ、アン女王、あたしと一緒にお休みをうちで過ごしてくれないなんて」

「あなたの言う『決して』は、『三日間は』の意味でしょ、フィル。誘ってくれて、ありがとう――いつかはボリングブルックへぜひ行きたいわ。でも、今年は無理――あたし、お家《うち》へ帰らなくちゃならないの。どれほどお家《うち》が恋しいか、あなたにはわからないでしょうね」

「大しておもしろいこともないんじゃない？」フィリッパは、ばかにしたように言った。「キルト作りの会が一、二回あるくらいで。おばあちゃんたちが、あなたに面と向かっておしゃべりして、それから、こそこそ陰口叩《たた》くのよ。あなた、さみしくて死んじゃうわよ」

「アヴォンリーで？」アンは、かなりおもしろがって言った。

「ねえ、あたしと一緒に来てくれたら、完璧《かんぺき》にすてきな時を過ごせるわよ。ボリングブルックの人たちはもうあなたに夢中になるわ、アン女王――その髪にも、そのスタイルにも、ああ、何もかもに！　あなたって、ほんと、変わってるもの。あなた、大人気者になるわ。そしてあたしは、その栄光のお裾分《すそわ》けにあずかるの――『バラならざれど、バラのそばに』〔フランスのロマン主義小説家・政治家アンリ＝バンジャマン・コンスタン・ド・ルベックの言葉〕ってね。ね、やっぱり、いらっしゃいよ、アン」

「あなたの言う大人気のイメージはとてもすてきだけど、フィル、でも、それよりすてきなイメージを教えてあげるわ。あたしの帰る故郷《ふるさと》には、かつては緑色だったんだけど、今ではすっかり色褪《いろあ》せてしまった古ぼけた田舎の農家があって、葉の落ちたりんごの果樹園に囲まれています。下のほうには小川が流れ、その向こうには十二月の樅《もみ》の森。雨風の指が奏でるハープの音が聞こえます。近くには池があって、今頃は濁って、じっとしているでしょう。家には少し老けた二人の女性がいて、一人は背が高くやせていて、もう一人は低くて太っています。それから、二人の双子、一人はとびきりいい子ちゃん。もう一人は、リンドのおばさまが言う『どうしようもない、とんでもない子』です。玄関の上の小さな部屋には、昔の夢がどっしりつまっていて、下宿のマットレスで寝たあとでは贅沢《ぜいたく》の極致と思えそうな、大きなふっくらしたすてきなベッドがあります。どう、この絵は、フィル？」

「かなりつまらなそう」フィリッパは、顔をしかめて言った。

「あら、でも、それをぜんぶ変えてしまうものがひとつあるのよ」アンは、そっと言った。「そこには愛情があるの、フィル――忠実で、やさしい愛情。世界じゅうのほかの場所では決して見出《みいだ》せない愛情――あたしを待ってくれている愛情が。それがあると、あたしの絵は傑作になるでしょ？　色はあまり鮮やかでなくとも？」

フィリッパは黙って立ち上がり、チョコレートの箱を投げ捨てると、アンのところへ行き、両腕をアンにまわした。

「アン、あたしもあなたのようになりたいわ」フィリッパはまじめに言った。

次の日の夜、ダイアナがカーモディ駅までアンを迎えにきてくれて、二人で、しんと静かな星のきらめく夜空の下を、馬車に乗って家へ帰った。家へ続く小道に入っていくと、グリーン・ゲイブルズはまるでお祭りのようになっていた。どの窓にも明かりが灯《とも》り、光が暗闇の中へこぼれるさまは、〝お化けの森〟の暗闇めがけて燃えるような赤い花を投げつけたかのようだった。庭には大きなかがり火があって、そのまわりを小さなふたつの影が楽しそうに踊っている。そのうちの一人が、馬車がポプラの木の下に入ってくると、この世のものとも思われない叫び声をあげた。

「ディヴィーは、インディアンの戦《いくさ》の叫び声のつもりなの」とダイアナが言った。「ハリソンさんのところで雇われている子から教わったの。それであなたを迎えるんだって言ってずっと練習してたわ。リンドのおばさまは、あれを聞くと神経がボロボロになるっておっしゃってる。あの子ったら、わざわざおばさまの背後に忍び寄って叫ぶの。あなたのためにかがり火を焚《た》くんだって言って聞かなくて。この二週間小枝を集めまくって、火をつける前に灯油をかけてくれってマリラに頼み込んで、あの匂いからすると、かけたのね。リンドのおばさまは、そんなことしたら、ディヴィーだけじゃなくてみんな吹き飛ばされちまうよって、最後までおっしゃってたんだけど」

アンは、その頃には馬車から降りていた。ディヴィーが恍惚《こうこつ》としてアンの膝《ひざ》に抱きつき、ドーラさえもがアンの手にしがみついた。

「すっごい焚き火でしょ、アン？　つっつくところ、見せてあげる――ほら、火花が飛んだ。アンのためにやったんだよ。アンがお家《うち》に帰ってきてくれて、とってもうれしいから」

台所のドアが開いて、マリラのやせた体が、室内からこぼれる明かりのなかで暗く見えた。アンを暗がりで迎えたいとマリラが思ったのは、うれしさのあまり泣きだしてしまうのではないかとひどく心配だったからだ――厳格で、気持ちを押し殺すマリラには、激しい感情をさらけだすのはみっともないと思えたのだ。その背後には、リンド夫人が、相変わらずどっしりとして、やさしく、頼もしい様子で立っていた。アンがフィリッパに語った愛が待ちかまえていて、アンを取り囲み、その祝福と幸福感とで包み込んでくれた。懐《なつ》かしい絆《きずな》、懐かしい友だち、懐かしいグリーン・ゲイブルズほど、すばらしいものは、やはりない！　ご馳走《ちそう》がずらりと並んだ夕食のテーブルに着いたとき、どんなにアンの目がうるんでいたことだろう。どんなにその頬が紅潮したことだろう。どんなにその笑い声が銀の鈴のように透き通っていたことだろう！

そして、ダイアナも今晩は泊まることになった。まるで、懐かしい昔とそっくりだ！

そして、テーブルに出ているのは、あのバラの蕾《つぼみ》のお茶セット！　マリラにとって、それが精一杯のよろこびの表現だったのだ。

「あなたとダイアナは、今晩はひと晩じゅう語り明かすんだろうね」マリラは、二人の娘が二階へ上がるのを見て、皮肉を言った。マリラは、自分の気持ちをさらけ出したあとは必ず皮肉を言うのだ。

「そうよ」アンは陽気に言った。「でも、まずはデイヴィーを寝かしつけてからだわ。どうしてもと言って聞かないから」

デイヴィーは、アンと一緒に廊下を歩きながら言った。

「あのさ、ぼく、お祈りを誰かに聞いててほしいんだよ。一人で言ってもつまんないんだもん」

「ディヴィー、お祈りは一人で言っているんじゃありませんよ。いつだって神さまがお聴きになっていらっしゃいます」

「でも、神さまって見えないしさあ」ディヴィーは文句を言った。「見える人に向かって言いたいよ。だけど、リンドのおばちゃんやマリラには、絶対言わないんだもん！」

けれども、灰色のフランネルのパジャマに着替えると、ディヴィーはなかなかお祈りを始めようとしなかった。アンの前に立って、裸足《はだし》の足をもじもじさせながら、なにやら迷っている様子だった。

「さあ、跪《ひざまず》いて」とアン。

ディヴィーはやってきて、アンの膝に頭を埋《うず》めたが、跪かなかった。

「アン」とディヴィーは、くぐもった声で言った。「やっぱり、お祈りする気になれない。もう一週間もその気になれなかった。ぼく――昨夜《ゆうべ》も、その前の晩も、お祈りしなかったの」

「どうして、ディヴィー？」アンは、やさしく尋ねた。

「アン――言っても怒らない？」

アンは、小さな灰色のフランネルのパジャマを着た少年を膝の上に抱きかかえて、片腕でその頭を抱きしめた。

「デイヴィーが何か言って、あたしが怒ったこと、ある？」

「ううん。ないよ。でも、悲しくなるでしょ。それって、もっとつらい。このことを話したら、アンはすっごく悲しくなるよ――ぼくのこと、恥ずかしいって思うと思う」

「いけないことをしたの、デイヴィー？　それで、お祈りが言えないの？」

「ううん。いけないこと、してないよ――まだ。でも、そうしたい」

「何なの、デイヴィー？」

「ぼく――悪い言葉を言いたいんだ、アン」デイヴィーは、必死に頑張って語り始めた。「ハリソンさんのところで雇われてる子から、先週聞いたんだけど、それからずっとその言葉を言いたかったの――お祈りをしているあいだも」

「じゃあ、言ってみて、デイヴィー」

デイヴィーは驚いて、真っ赤になった顔をあげた。

「でも、アン、ものすごく悪い言葉だよ」

「言いなさい！」

デイヴィーは、もう一度信じられないという顔をしてから、低い声でその恐ろしい言葉を言った。次の瞬間、デイヴィーはアンの胸に顔を埋めた。

「ああ、アン。もう二度と言わない――二度と。もう二度と言いたくない。悪いってわかっていたけど、こんな――こんなだと思ってなかった。これほどだと思ってなかったんだ」

「そうね。もう二度と言いたくないわね、ディヴィー――考えたくもないわね。それから、もしあたしがあなたなら、ハリソンさんのところの子とは、あまり一緒にいないわ」

「戦の雄叫《おたけ》びがじょうずなんだけどなあ」ディヴィーは、少し残念そうに言った。

「でも、悪い言葉で心がいっぱいになりたくないでしょ、ディヴィー――そんな言葉ばかり憶《おぼ》えると、心に毒がまわって、立派な男らしい考えがなくなってしまうのよ」

「嫌《や》だよ」ディヴィーは反省して、フクロウのように目を丸くした。

「じゃあ、そんな言葉を使う人とは、つきあわないで。さあ、これで、お祈りを言えるかな、ディヴィー？」

「もちろんだよ」ディヴィーは、アンの膝からもぞもぞと下りて、いそいそと跪《ひざまず》いた。「もうちゃんと言えるよ。さっきの言葉を言いたかったときは、お祈りの文句の『目覚める前に死んでしまったら』ってところが怖かったけど、もうだいじょうぶ」

たぶんアンとダイアナは、その晩、互いに心の内を打ち明け合っただろうが、その内緒話の記録は残っていない。二人は、はめをはずして何時間もはしゃいだり告白しあったりした若者ならではの、生き生きとした様子で、目を輝かせて朝食の席についた。このときまでは雪は降っていなかったが、ダイアナが古い丸木橋を渡って家へ帰るとき、白い雪片がひらひらと、ぐっすり眠る赤灰色の野原や森に舞い始めた。やがて遠くの坂道や丘が、紗《しゃ》がかかったようにぼんやりと霞《かす》み、まるで髪に霧のヴェールをつけて、冬の花婿を待つ白い秋の花嫁さながらとなった。こうして、結局はホワイト・クリスマスとなり、とても楽しい日となった。午後には、ミス・ラベンダーとポールから手紙や贈り物が届いた。アンは、居心地のよいグリーン・ゲイブルズの台所でそれを開けた。台所には、ディヴィーがくんくんと嗅《か》いで、うっとりして言う「おいしい匂い」が満ちていた。

「ミス・ラベンダーとアーヴィングさんは、新居に落ち着いたそうよ」とアンは報告した。「ミス・ラベンダーはすっかりお幸せでしょうね──手紙の書き方でわかるわ──シャーロッタ四世からの手紙もあって、ボストンがちっとも好きになれなくて、ひどいホームシックになっているんですって。ミス・ラベンダーは、私が帰省中に、いつかエコー・ロッジの様子を見てきてくださいって。暖炉に火を焚いて、湿気を追い払って、クッションがかびてないか見てほしいそうよ。来週、ダイアナと一緒に行ってくるわ。夕方、セオドラ・ディックスのところに寄れるもの。セオドラに会いたいわ。ところで、ルードヴィック・スピードは、まだセオドラとつきあってるの？」

「そういう噂ね」とマリラ。「そのまま続けるんだろうね。あのままじゃ、どうにもならないんじゃないかって、もっぱらの噂だけど」

「私がセオドラだったら、もう少し彼を急《せ》かしますけどね、まったくもって」とリンド夫人。確かにリンド夫人だったら、そうするにちがいなかった。

フィリッパからも、彼女らしい走り書きの手紙が来ており、アレックとアロンゾのことばかりで、二人が何を言った、何をした、会ったときはどんな様子だったということが書いてあった。

「でも、どっちと結婚するかまだ決心がつかない」として、フィリッパは次のように書いていた。


アンが一緒に来て、私の代わりに決めてくれたらいいのですが。誰かが決めなきゃならないから。アレックと会ったとき、心臓がドキンとしたので、「この人かも」と思いました。それから、アロンゾが来ると、また心臓がドキンとしたのです。だから、ドキンでは決められません。これまで読んだ小説によれば、それで決まるはずなのですが。アン、あなたの心臓は、正真正銘の麗しの王子さま《プリンス・チャーミング》にしかドキンとしないんでしょうね？　私の心臓は根本的におかしいのです。でも、完璧《かんぺき》にすてきな時間を過ごしています。あなたがここにいてくれたらよかったのに！　今日は雪が降っていて、私は有頂天。今年のクリスマスは雪が降らないんじゃないかと心配していたんです。雪のないグリーン・クリスマスなんて、大っ嫌い。だって、雪がないと、汚らしくて、まるで百年前からずっとびしょびしょのまま放っておかれて、灰色だか茶色だかわからなくなるのに、それを緑のクリスマスなんて呼ぶのよ！　なぜだか聞かないで頂戴《ちょうだい》。お芝居〔トム・テイラーの喜劇『我らがアメリカのいとこ』〕に出てくるダンドリアリー卿《きょう》が言うとおり、「誰にもわからぬこともある」ってやつよ。

アン、路面電車に飛び乗ってから、運賃を払うお金を持っていなかったって気づいたこと、ある？　私は、先日そうでした。みじめだったわ。乗ったときには五セント玉を持ってたの。上着の左ポケットに入ってるって思ってた。席に落ち着いたところで手探りをしてみたら、ないのよ。背筋がゾッとしたわ。反対側を探っても、ないの。また、ゾッ。それから、小さな内ポケットを探って、やっぱりダメ。二連続で、ゾッゾッ。

手袋をはずして、席に置いて、ありとあらゆるポケットを捜したわ。ないの。立ち上がって体を揺すってみて、床も見てみた。車両はオペラ帰りの客で満員で、みんな、私をじっと見てるの。でも、そんなこと、かまっちゃいられなかったわ。でも、五セントは見つかりません。口にでも入れて、うっかり呑《の》み込んじゃったのかしらって思った。

どうしたらいいかわかりませんでした。車掌さんは、電車を止めて、不面目と恥に苦しむ私を降ろすでしょうか。私は単なる不注意の犠牲者であって、お金をなくしたふりしてタダ乗りしようなんていう不埒《ふらち》な人間ではないのだと、車掌さんに信じてもらえるでしょうか。アレックかアロンゾがいてくれたらと、どれほど願ったことでしょう。でも、いてほしいときに限っていないのです。いてほしくなければ、一ダースぐらいいたでしょうにね。車掌さんがやってきたら、何て言えばいいのか、決心がつきませんでした。ひとつの言い訳を考えだすと、とたんに、そんなの誰も信じやしないという気がして、別のを考えなければなりませんでした。こうなったら、運を天に任せるしかないと思いました。すると、笑い話に出てくるおばあさんになった気分でした。ほら、嵐の中、船長さんから運を天に任せるしかないと言われて、「おや、船長さん、そんなに天気が悪いんですか」って聞いたっていう、あれ。

　あらゆる希望が消え去り、車掌さんが私の隣のお客に箱を突き出した、まさにそのとき、私は、あの忌々《いまいま》しいコインをどこにしまったか、ふと思い出したのです。結局のところ、呑《の》み込んだのではなかったのです。私はこそこそと、手袋の人差し指のところからコインを取り出して、車掌さんの箱へ押し込みました。そしてみんなの顔を見てにっこり笑い、この世は美しいと感じたのでした。

エコー・ロッジへの訪問は、休暇中の楽しい遠出のなかでもとりわけ楽しいものだった。アンとダイアナは、ランチ・バスケットを携《たずさ》えて、懐かしいブナの森を通っていった。ミス・ラベンダーの結婚式以来閉められていたエコー・ロッジは、再び風と日光を入れるために短いあいだ開け放たれ、暖炉の火で家じゅうが照らされた。ミス・ラベンダーのバラのポプリの香りが、まだあたりにこもっていた。ミス・ラベンダーが今すぐにも軽やかに現れないのが、不思議なくらいだった。例の茶色の目をきらきらさせて、いらっしゃいと迎えてくれ、あのシャーロッタ四世が、青い蝶結《ちょうむす》びのリボンをつけて、にっこり笑って、ドアから顔を覗《のぞ》かせないなんて。ポールも、妖精《ようせい》を夢見ながら、あたりをうろついているように感じられた。

「まるで、昔の時代に帰ってきた亡霊の気分だわ」アンは笑った。「外へ出て、こだまがまだここに住んでいるか試してみましょう。あの古い角笛を持ってきて頂戴な。まだ台所のドアのうしろに掛かってるから」

　こだまは、まだ、いた。白い川の上に、相変わらず銀の鈴のように透き通って、あたり一面に響き渡った。こだまの返事が聞こえなくなると、二人はエコー・ロッジを元どおりに閉めて、冬の夕陽があたりをバラ色とサフラン色に染めていく日没直後の最高に美しい三十分のうちに家へ向かったのだった。

第8章　アンの初めてのプロポーズ

その年の暮れ方は、ピンクと黄色の夕焼けを浴びて、雪のない黄昏《たそがれ》のうちに静かに消えていくというものではなかった。激しい吹雪《ふぶき》となったのだ。その夜は強風が、凍った牧場や黒々とした窪地《くぼち》に吹き荒れて、地獄に堕《お》ちた人のように軒先でうめき声をあげ、震える窓ガラスに激しく雪を叩《たた》きつけた。

「こんな夜は誰だって、毛布にくるまって、神さまのお恵みに感謝すべきでしょうね」とアンは、その日の午後遊びにきて、そのまま泊まることになったジェーン・アンドルーズに言った。けれども、玄関の上にあるアンの小さな部屋で、二人が毛布にくるまると、ジェーンが考えていたのは、お恵みのことではなかった。

「アン」と重々しい声でジェーンは言った。「話したいことがあるの。いいかしら」

アンは、前の晩にルービー・ギリスが開いたパーティーのせいで、かなり眠かったので、ジェーンの打ち明け話を聞くよりは、寝たいと思っていた。どうせつまらない話に決まっている。どんな話をされるのか見当もつかなかった。ひょっとすると、ジェーンも婚約したのかもしれない。噂では、ルービー・ギリスが、娘という娘が熱をあげているスペンサーベイルの学校教師と婚約したと言う。

「あたしだけが、仲良し四人組のなかで、恋を知らない乙女になりそうだわ」とアンはうとうとしながら思いつつ、声に出して「もちろんよ」と返事をした。

「アン」ジェーンは、いっそうまじめになって言った。「あたしの兄さんのビリーのこと、あなた、どう思う？」

アンは、この思いがけない質問に息を呑《の》んだ。そして、考えをまとめようとして、やみくもにもがいた。まあ、なんてこと？　あたしが、ビリー・アンドルーズをどう思うかですって？　そんなこと、ちっとも考えたことがなかった――丸顔で、まぬけで、いつもへらへらしている、人のいいビリー・アンドルーズ。いったい、ビリー・アンドルーズのことを思ったことのある人なんて、誰かいるかしら？

「ど、どういうことかしら、ジェーン」アンは口ごもった。「何が聞きたいの――はっきり言って？」

「ビリーのこと、好き？」ジェーンはズバリと聞いた。

「そりゃ――そりゃ――そうね、好きだわ、もちろん」アンはあえいで、文字どおりの真実を述べているかしらと思った。確かに、ビリーのことを嫌いではない。でも、たまたま彼がこちらの視界に入ってきても、どうでもいいので追い払いもしないという許容を好きと言ってしまってよいのだろうか。ジェーンは何を言おうとしてるのかしら？

「兄を夫にしてもいいと思う？」ジェーンは静かに尋ねた。

「夫ですって！」アンは、ビリー・アンドルーズに対する自分の意見をはっきりさせようと頑張るために、ベッドの上に身を起こしていたのだが、これを聞いて、枕の上にひっくり返ってしまった。息もできない。

「夫って、誰の？」

「あなたのよ、もちろん」とジェーン。「ビリーは、あなたと結婚したがってるの。ずっと、あなたに夢中なの――それで今、父が上の畑を兄に与えて、兄の名義に書きかえてくれたから、もう結婚の準備は整ったの。でも、ひどく恥ずかしがり屋だから、自分で結婚を申し込めなくて、それであたしに頼んできたわけ。あたし、嫌だったんだけど、あんまりうるさく言うもんだから、あたし、じゃあ、チャンスがあったら聞いてあげるって言っちゃったの。どう思う、アン？」

これは夢だろうか？　よくある悪夢みたいなやつで、気づいたら、嫌いな人とか知らない人とかと婚約か結婚をしていて、いったいどうしてそんなことになってしまったのか見当もつかないっていうやつだろうか。いいえ、アン・シャーリーは、はっきり目を覚まして自分のベッドに坐《すわ》っており、そばにいるジェーン・アンドルーズは、落ち着いて自分の兄ビリーはどうかと提案しているのだ。アンは、身悶《みもだ》えしたいのか、笑いだしたいのかわからなくなったが、ジェーンの気持ちを傷つけたくなかったので、どちらもしなかった。

「あ――あたし、ビリーとは結婚できないわよ、ジェーン」アンは、なんとかあえぎながらも言った。「だって、そんなこと、思いもしなかったもの――一度だって！」

「そうだと思うけど」ジェーンは同意した。「ビリーは、あまりにも奥手で、自分から口説くなんて思いもよらないから。でも、考えてみてくれないかしら、アン。ビリーはいい人よ。それは、ほんと。兄だから言うんじゃないわよ。悪い癖はないし、一所懸命働くし、頼りになる人。『手の中にある一羽の鳥は、茂みのなかの二羽の価値がある』って諺《ことわざ》があるでしょ。高望みしないで、ほどほどのところで確実な手を打つほうがいいってことよ。あなたがそうしたいなら、あなたが大学を卒業するまで待つのはまったくかまわないって伝えてくれって兄に言われてるの。ただ、できれば、植えつけが始まる前のこの春に結婚したいって。兄はあなたにとってもやさしくしてくれるわよ、それは確か。それに、アン、あたし、あなたの義理の妹になりたいわ」

「ビリーとは結婚できないわ」アンはきっぱり言った。ようやく頭がはっきりして、少々怒りさえ感じてきていた。こんなこと、ばかげている。

「考えるまでもないことよ、ジェーン。ビリーに対してそんな気持ちにはなれない。そう伝えて頂戴《ちょうだい》」

「まあ、そうだとは思ってたけど」ジェーンは、自分がやるべきことはやったと思って、あきらめたような溜《た》め息をついた。「アンに聞いたってむだよって、ビリーには言ってたの。でも、どうしてもって言うもんだから。まあ、あなたはそういう決断をしたってことよね、アン。それで後悔しないことを期待してるわ」

ジェーンの言い方はかなりそっけないものだった。ビリーはのぼせ上がっているだけで、アンを結婚に同意させることなどできやしないと、ジェーンにははっきりわかっていたのだ。それにもかかわらず、身寄りも親戚《しんせき》もない、所詮《しょせん》は養子となった孤児でしかないアン・シャーリーに自分の兄を――アヴォンリーの由緒正しいアンドルーズ家の人間を――拒絶されて、ジェーンは少しむっとした。まあいいわ、驕《おご》れる者も久しからずよと、ジェーンは穏やかでないことさえ考えた。

アンは、自分がビリー・アンドルーズと結婚しなかったことを悔やむかもしれないという考えに、暗闇の中で一人で微笑んだ。

「ビリーが気を悪くしなければいいんだけど」アンは、やさしく言った。

ジェーンは、枕の上で頭をつんとふりあげるようなそぶりをした。

「あら、落ち込んだりしないわよ。ビリーは、そういうところは分別があるから。ネティー・ブルーイットのこともかなり気に入っていて、母は、兄がネティーと結婚すればいいって思ってるの。あの子は家の切り盛りがじょうずで、締まり屋だし。だから、あなたがだめだとわかったら、兄はネティーにすると思う。でも、このこと、誰にも言わないでね、アン？」

「もちろんよ」とアンは言った。そもそもビリー・アンドルーズが自分と結婚したがっていて、結婚相手として比べた相手がこともあろうにネティー・ブルーイットだなんてことは死んでも言いたくなかった。ネティー・ブルーイットだなんて！

「じゃあ、もう寝ましょうか」とジェーン。

ジェーンはすやすやと、さっさと寝てしまった。ところが、マクベスではないが、ジェーンはアンの「眠りを殺してしまった」のだった。結婚を申し込まれた乙女は明け方まで悶々《もんもん》として寝つかれず、しかもその頭にあった思いは少しもロマンチックなものではなかった。とは言え、翌日の朝になると、この出来事全体を笑い飛ばせるようになった。ジェーンが家に帰ったとき――アンが、アンドルーズ家と縁組みする名誉をありがたいと思うそぶりさえ見せずに、あまりにもきっぱりと断ったことに対して、依然として声も態度もいささか冷たい様子を見せていたが――アンは自分の部屋にこもり、ドアを閉め切って、ついに大笑いをしたのだった。

「このばかげた話を誰かに話せたらいいのに！」アンは思った。「でも、だめ。ダイアナにしか話せないけど、ジェーンに秘密を守るって誓わなかったとしても、ダイアナには今は言えないわ。あの人、何もかもフレッドに話してしまうもの――絶対そう。

ともかく、あたし、初めてのプロポーズを受けたんだわ。いつかは、そうなるとは思ってたけど――まさか代理のプロポーズだなんて思ってもみなかった。ひどく滑稽《こっけい》だわ――でも、どこか、つらい」

アンは、どこがつらいのかよくわかっていたが、言葉にするのはやめた。きっと誰かがプロポーズしてくれると思っていて、その初めての場面を密《ひそ》かに夢見ていたのだった。夢の中では、そのプロポーズはとてもロマンチックで美しいのだ。しかも、相手が、うっとりとして「はい」と答えたくなるような麗しの王子《プリンス・チャーミング》さまであれ、あるいは残念ながらも、美しい言葉遣いでお断りすることになる相手であれ、その〝誰か〟はとても美男子で、黒い目をしていて、立派な風貌《ふうぼう》で雄弁であるはずなのだ。お断りする場合でも、その言葉はとても繊細に表現されるものだから、承諾するのと同じぐらいすてきで、相手はアンの手にキスをしてから、いつまでも変わらず一生お慕い申し上げておりますと誓って去っていくはずなのだ。それはずっと美しい記憶となって、いささか悲哀がありながらも、誇りにできるものだったはずなのだ。

ところが、この胸ときめかせるはずの経験は、ひどくグロテスクなものとなってしまった。ビリー・アンドルーズは、父親から上の畑を与えられたという理由で、妹に代理で求婚させたのだ。そして、アンが承諾しないなら、ネティー・ブルーイットがするというのだ。これがロマンチックな話だろうか！　ひどすぎる。アンは笑った―

―それから、溜め息をついた。夢見る乙女心が咲かせていた花が落ちてしまったのだ。こんなつらいことが続くうちに、何もかもが散文的で平凡になってしまうのだろうか。

第9章　お呼びでない恋人、大歓迎の友

レドモンド大学での二学期は、一学期と同様にすばやく過ぎていった――「うなりをあげて過ぎ去ったのよ」とフィリッパは言った――アンは、大学生活のあらゆる面を満喫した。刺激的な学年の首位争いを頑張り、新しい友だちができ、助けあう友情を深め、にぎやかな集まりでは人目を惹《ひ》き、いろいろな会の活動もし、知見と興味を広げた。英語の科目でソーバーン奨学金を獲得することに決めたので、必死で勉強もした。これを勝ち取れば、マリラの少ない貯金に手をつけずとも、翌年レドモンドに帰ってこられるのだ――マリラの貯金にだけは、なんとしても手をつけたくなかった。

ギルバートも、全力で奨学金を狙っていたが、セント・ジョン通り三十八番地をしばしば訪問する時間はたっぷりひねり出した。学校行事のほとんどにおいてアンのエスコートをするのはギルバートであり、二人の名前が結びつけられてレドモンドで噂になっていることはアンも知っていた。アンはそのことに憤慨していたが、どうする

ことができなかった。ギルバートのような旧友を捨てるわけにはいかなかったし、それに彼が急に大人びて慎重な行動をとるようになったので、なおさらだった。宵の明《みょう》星《じょう》のように魅惑的な灰色の目をした、このすらりとした赤毛の女子学生の隣にいるという自分の立場を横取りしたがっているレドモンドの男子学生が一人や二人ではないという危険な状況にあったために、ギルバートとしては慎重にならざるを得なかったのだ。フィリッパは一年生のあいだ、よろこんで言いなりになりたがる男子の群れを従えて闊歩《かっぽ》していたが、アンにはそうした連中は群がらなかった。ただ、やせっぽちで頭のいい一年生、陽気で小柄で真ん丸の二年生、背の高い博識な三年生といった連中がセント・ジョン通り三十八番地にやってきては、クッションだらけの客間に坐《すわ》って、「〇〇学」や「〇〇論」から軽い話題に至るまでアンと語らったのだった。ギルバートはその誰もが気に入らず、誰かが自分より先んじてアンに対して真情を示すようなことのないように、よくよく気をつけていた。アンにとって、ギルバートは再びアヴォンリー時代の仲間となったのであり、ギルバートも、そう振る舞うことで、恋のライバルとしてやってきた連中の優位に立ったのだ。仲間としては、ギルバートほど満足のいく人はいないということをアンは心の底から認めていた。ギルバートがばかな考えをすっかりやめてくれたのは、ほんとによかったとアンは密かに思っていたのだ——が、実は、どうしてやめたのかしらと長いこと考えてもいたのだった。

その冬、ひとつだけ不愉快な事件が起こった。チャーリー・スローンが、ある晩ミス・エイダの一番大切にしているクッションの上にドスンと坐って、アンに「いつかミセス・チャーリー・スローンになる」と約束してくれないかと尋ねたのだ。ビリー・アンドルーズの代理プロポーズのあとだったものだから、これはアンのロマンチックな感受性を揺るがすほどショックではなかった。しかし、やはり、胸が張り裂けるような幻滅ではあった。今までチャーリーに期待を抱かせるような、思わせぶりな態度は少しも見せてこなかったはずだから、腹も立った。とは言え、レイチェル・リンド夫人が嘲《あざけ》って言うように、スローン家の人間がまともに振る舞うことを期待するほうがまちがっているのだ。チャーリーの態度全体、言い方、雰囲気、言葉に、スローン家らしさが満ち満ちていた。本人は、大きな栄誉を与えているつもりなのだ――それはまちがいない。そして、アンが、その栄誉を一切感じることなしに、アンなりに繊細に気を遣いながら――スローン家の人間にだって不当に傷つけてはならない感情くらいはあるから――お断りをすると、スローン家の本性がさらに露呈した。チャーリーは、アンの想像の中で拒絶された求婚者が取るような優雅な態度を取るはずもなく、怒ったのだ。そして、それを隠そうともせず、まったく癪《しゃく》に障ることを二言、三言言った。アンはついカッとなって、痛烈な短い言葉を返した。それはいかに鈍感なチャーリーであろうと、胸にグサリと刺さるものだったので、彼は帽子をひっつかむと、真っ赤な顔をして家の外へ飛び出していった。アンは、階段でミス・エイダのクッションに二度もつまずきながら、二階へ駈《か》け上がり、ベッドに突っ伏し、屈辱と怒りの涙に暮れた。スローン家の人間と口論をするほど落ちぶれてしまった自分が信じられなかった。チャーリー・スローンごときが言ったことで怒ってしまうなんて、あり得るのだろうか。ああ、まったくの堕落だ――ネティー・ブルーイットの恋敵にされるよりも、ひどい！

「あんなひどい人、二度と会いたくない」アンは、恨みの涙を枕にこぼした。

二度と会わないわけにはいかなかったが、腹を立てたチャーリーのほうでも、その後できるだけアンに近づかないように気をつけるようになった。ミス・エイダのクッションはこうしてぺしゃんこにされなくなり、通りや大学の講堂でアンと会ったときのチャーリーの会釈は、極めてそっけないものとなった。かつての級友だった二人の関係は、こうしてひん曲がったまま一年近く続くことになるのだ！　それからチャーリーは傷ついた恋愛感情を、ふっくらしたバラ色の肌に丸い鼻と青い目をした小柄な二年生に向けた。その子が愛情を受け入れてくれたので、チャーリーはアンを赦《ゆる》して、再び礼儀正しく振る舞ってやることにした。アンが手に入れ損なったものを教えてやろうという、偉そうな態度だった。

ある日、アンは、興奮してプリシラの部屋へ駈け込んできた。

「これ、読んで」とプリシラに手紙を投げつけて叫んだ。「ステラからなの——来年レドモンドに来るんだって——どう思う、この計画？　すごい計画よ。実現できればだけど。できるかしら、プリス？」

「何の話かわかったら、お答えできると思うけど」プリシラはギリシャ語辞典を横へ置いて、ステラの手紙を取りあげながら言った。ステラ・メイナードは、クイーン学院時代の二人の友人であり、その後、学校教師をしていたのだった。ステラの手紙には、こうあった。

　教師をやめようと思います、アン。そして来年、大学へ行きます。クイーンで第三学年を修了したから、二年生に編入できるのです。辺鄙《へんぴ》な田舎の学校で教えるのは、もうこりごりです。いつか、「田舎の女教師の試練」について論文を書きます。恐ろしいまでに現実を見すえた論文になるでしょうね。田舎教師は気楽に暮らして、ただ学期ごとにお給料をもらうほかやることがないなんてみんな思ってるようだけど、この論文で真実を教えてやるわ。だって、「随分お給料をもらってるわりには、楽な仕事をしているね」なんて言われないで一週間でも過ごせるなら、あの世へ昇天する衣装を注文して即刻この世におさらばしてもいいって思っちゃうもの。「まあ、楽に稼げる仕事だな」って、地方税を払ってるどこかの住民が嫌味ったらしく言うのです。「ただ坐って、子供のおさらいを聞いてやればいいんだからねえ」ですって。最初は、そんなことありませんって反論してたけど、今はそんなことをしてもむだと知りました。事実は揺るがせにできませんが、誰かが賢くも言ったように、誤解の頑強さほど強くはありません。だから、今では雄弁なる沈黙のうちに孤高の笑みを浮かべるのみです。だって、うちの学校には一年から九年まであって、私はどの学年も少しずつ教えなければならないのよ。ミミズの体内を調べることから、太陽系の研究に至るまで。一番下は四歳で――母親が「邪魔だから」って学校に送り込んだの――一番上は二十歳――その子は、畑仕事をするより学校へ行って教育を受けたほうがずっと楽だって「突然気がついた」んですって。あらゆる科目を一日六時間の授業時間になんとかおしこめようとしているため、活動写真〔「映画」の古い言い方〕を見に連れていかれた子のように、「今のが何だったのかわからないうちに、次を見なくちゃならない」って気分に子供たちがなっても無理はないわ。私だってそんな気分なんだから。

しかも、私が受け取る手紙といったら！　アン！　トミーの母親からの手紙には、トミーが思ったほど算数ができていないと書いてあります。トミーはまだ簡単な引き算しかやってないけど、ジョニー・ジョンソンは割り算をやっていて、ジョニーはトミーの半分も頭がよくないのだからわけがわからないと母親は言うの。スージーの父親は、どうしてうちの子は言葉の半分も綴《つづ》りをまちがえずに手紙ひとつ書けないのかと聞いてくるし、ディックのおばさんは、隣に坐っているブラウン少年が悪い子でいけない言葉を教えてくるから、席替えをしてくれと書いてきます。

お金のことで言えば——でも、それはやめておきましょ。神々は、破滅させたい者を、まず田舎の女教師になさるんだわ！

いろいろ毒を吐き出して、少しすっきりしました。何のかの言って、この二年間は楽しく過ごしたのです。でも、レドモンドへ行きます。

そこで、アン、ちょっとした計画があります。私が下宿嫌いだということはご存じのとおり。四年間下宿をして、もううんざり。もう三年耐える気はさらさらないわ。そこで、あなたとプリシラと私が組んで、キングズポートのどこかに小さな家を借りて、一緒に住むってのはどうかしら？　その方法が一番安上がりにもなるの。もちろん、家政婦が必要になるけど、一人、当てがあります。ジェイムジーナおばさんの話をしたことあるでしょ？　名前に似合わず、世界一やさしいおばさん。名前は、自分じゃどうしようもないものね！　どうしてジェイムジーナっていうかと言うと、父親がジェイムズで、おばさんが生まれるひと月前に海でおぼれたからなの。私はいつもジムジーおばさんって呼んでます。それでね、おばさんの一人娘が最近結婚して、外国伝道に行ってしまったの。ジェイムジーナおばさんはすごく大きなお家《うち》に一人暮らしで、ひどく孤独なの。私たちがお願いすれば、キングズポートへ来て、家政婦をしてくれるわ。あなたたち二人とも、おばさんが大好きになるわよ。この計画、考えれば考えるほど、すてきだと思う。とってもすばらしい、独立した時間が過ごせることでしょう。

というわけで、あなたとプリシラが賛成なら、現地にいるあなたたちがまわりを見まわして、この春、手頃な家が見つからないか探してみるってのはどうかしら？　秋まで放っておくより、そのほうがいいでしょ。家具付きの家があるといいんだけど、なくても、自分たちのとか、家族の古い知り合いの屋根裏からでもかき集められると思う。ともかく、すぐに決断してお返事をください。ジェイムジーナおばさんが来年どういう計画を立てたらよいかわかるように。

「いい考えだと思うわ」とプリシラ。

「あたしも」アンもよろこんで同意した。「もちろん、この下宿はすてきだけど、まあ何のかんの言っても、下宿はお家《うち》じゃないものね。だから、試験期間になる前に、すぐ家探しに出かけましょう」

「ほんとにちょうどいい家を探すのは至難の業よ」とプリシラは警告した。「期待しすぎちゃだめよ、アン。いいところにあるいい家なんて、高すぎてとても手が出ないわ。名も知らぬ人々が暮らすどこかの通りのみすぼらしい家で我慢することになるでしょう。そして内面の暮らしをよくして、外見を補うしかないわ」

こうして、二人は家探しを始めたが、ほしい家はプリシラが心配した以上に見つけにくいことがわかった。物件は家具付きにせよ、家具なしにせよ、たくさんあるのだが、大き過ぎたり小さ過ぎたり、高過ぎたり、レドモンドから遠過ぎたりした。試験が始まり、終わり、学期末の最後の一週間となったが、まだ「夢のお家《うち》」とアンが呼ぶものは、絵に描いた餅《もち》のままだった。

「あきらめて、秋まで待つしかないわね」プリシラが疲れたようにそう言ったのは、二人して四月の公園を散歩しているときだった。爽《さわ》やかな青空に、そよ風が気持ちよく、港は真珠色の靄《もや》に包まれてクリームのようにとろけ、きらめいていた。

「その頃には、あたしたちの住める掘っ立て小屋でも見つかるわよ。でなきゃ、ずっと下宿暮らしだわ」

「ともかく、今はそんなこと忘れるわ。このすてきな午後を台なしにしたくないもの」アンは、そう言って、あたりを歓喜の思いで見つめた。新鮮な冷たい空気には微《かす》かに松ヤニの香りがしており、頭上の空は透き通るように青く——天の恵みがいっぱいの大盃《たいはい》を伏せたようだった。

「今日は、春があたしの血の中で歌ってるわ。そして四月の誘惑が宙を漂っている。あたし、幻が見えるわ。夢が見えているのよ、プリス。なぜなら、西風が吹いているから。西風って、だあい好き。いつも希望と歓《よろこ》びの歌を歌ってるでしょ？　東風が吹くと、いつも軒を叩《たた》くつらい雨や灰色の岸に寄せる悲しい波を思っちゃう。年取ったら、東風のときにリウマチになりそう」

「それに、初めて毛皮や冬の服を脱ぎ捨てて、こうして春服で颯爽《さっそう》と出かけるのって、楽しくない？」プリシラは笑った。「まるで自分が生まれ変わった感じ」

「春は、何もかも新しくなる」とアン。「春自体もすごく新しい。どの春もこれまでの春とは変わってる。必ずどこか独特なところがあって、特別なすてきさがある。見て、あの小さな池のまわりの芝生、なんてきれいな緑でしょう。柳も芽を吹いてる」

「そして試験も終わって、もうすぐ終業式ね——今度の水曜で。来週の今日は、あたしたち、帰省してるのよ」

「うれしいわ」アンは、夢見るように言った。「やりたいことが山ほどあるの。勝手口の石段に坐《すわ》って、ハリソンさんの畑に吹くそよ風を感じたい。〝お化けの森〟で羊歯《しだ》を集めて、〝すみれの谷〟ですみれを摘むの。あたしたちの黄金のピクニックの日のこと、憶《おぼ》えてる？　プリシラ。カエルが歌うのを聴いて、ポプラのささやきに耳を傾けたいわ。でも、キングズポートも大好きになったから、今度の秋に帰ってくるのも楽しみ。ソーバーン奨学金がもらえてなかったら、戻ってこられなかったと思うけど。マリラの僅《わず》かの蓄えに手をつけるなんて、絶対できなかったもの」

「お家《うち》さえ見つかればねえ！」プリシラが溜《た》め息をついた。「あっちのキングズポートのほうを見て、アン――家よ。どこもかしこも家だらけ。なのに、あたしたちの家はないんだわ」

「やめてよ、プリス。『最高のものは、これより来たる』〔ロバート・ブラウニングの詩「ラビ・ベン・エズラ」にある言葉〕よ。古代ローマ人のように、家が見つからなければ、建てるのよ。こんな日には、あたしの輝ける辞書に不可能という語は載ってないわ」

二人は、日が暮れるまで公園をぶらぶらし、春まっ盛りの驚くべき奇蹟《きせき》と栄光と不思議さを味わった。そして、いつものように、パティのお家《うち》を見るのを楽しみに、スポフォード街を通って帰った。

「何か神秘的なことが今すぐにも起こりそうな気がするわ――『親指がヒクヒクする』〔シェイクスピアの『マクベス』の魔女の言葉〕からわかるの」二人で坂を登っているとき、アンが言った。「何だか、御伽噺《おとぎばなし》の中にいるいい感じ。あら――あら――あら！　プリシラ・グラント、あそこ見て。あれってほんとかしら。それとも、あたしの幻想？」

プリシラはそちらを見た。アンのヒクついた親指と目にまちがいはなかった。パティのお家《うち》の門の上のアーチから、小さな慎ましい看板が下がっていて、そこには「貸し家。家具付き。問い合わせは中で」と書いてあったのだ。

「プリシラ」とアンはささやいた。「あたしたちがパティのお家《うち》を借りるなんて、できると思う?」

「できないと思う」プリシラは断乎《だんこ》として言った。「そんなすてきなこと、ありえないわよ。現代では、御伽噺みたいなことは起こらないの。あたしは期待しないわよ、アン。がっかりするのは、つらすぎるもの。絶対、あたしたちに払えるような額じゃないわよ。だって、いい? ここはスポフォード街よ」

「とにかく確かめなきゃ」アンはきっぱりと言った。「今晩はもう遅いから、明日《あした》、行ってみましょう。ああ、プリス。このすてきな家に住めたら! あたし、パティのお家《うち》とは何かご縁がありそうって、ひと目見たときからずっと感じてたのよ」

第10章　パティのお家《うち》

次の日の夕方、二人は、決意を胸に、小さな庭のヘリンボーン柄の煉瓦《れんが》の小道を歩んでいた。四月の風は松の木々を歌で満たし、木立ではコマドリがピピピピとにぎやかだった——大きくて肥えていて生意気な数羽は、小道をわがもの顔で歩いていた。

二人の娘がびくびくしながら呼び鈴を押すと、厳格そうな年取ったお手伝いさんがドアを開けてくれた。入ってすぐの部屋は大きな居間で、元気よく燃える小さな暖炉のそばに二人の婦人が坐っていて、どちらも厳格そうなおばあさんだった。一人は七十ぐらいで、もう一人は五十ぐらいだったが、それ以外はそっくりだった。二人とも驚くほど大きな明るい青い目をして、鉄縁の眼鏡をかけていた。どちらも縁なし帽をかぶって、灰色のショールを掛けている。どちらも急ぐことなくせっせと編み物をしており、どちらもゆったりと椅子を前後に揺らし、何も言わずにアンたちを見つめた。どちらの背後にも、一匹ずつ大きな白い陶製の犬が坐っていて、体じゅうに緑の点々がついていて、鼻も耳も緑色だった。アンはたちまちこの犬たちが気に入った。パティのお家《うち》の双子の守り神のように思えた。

しばらくのあいだ、誰も口をきかなかった。アンたちはあまりに緊張していて何と言ってよいかわからず、おばあさんたちも陶製の犬たちも口をきくつもりはないようだった。アンは部屋を見まわした。なんてすてきなところだろう！　そこから別のドアを開けると、松林へと出られる。コマドリたちが大胆にも戸口の段の上までやってきている。床には、マリラがグリーン・ゲイブルズで作るような円い三つ編みの敷物があちこちに置かれていた。アヴォンリーでさえ時代遅れと思われているこんなものが、このスポフォード街にあるなんて！　磨かれた大きな振り子の柱時計がチクタクと音をたて、厳かに部屋の角に鎮座していた。暖炉の上にはすばらしい小さな戸棚があって、ガラス扉の向こうにはめずらしい陶器が光っていた。壁には古い版画や人のシルエットを描いた絵が掛かっている。一角には二階へ上る階段があり、最初の低い踊り場に細長い窓と坐り心地のよさそうな腰掛けがあった。まさにこうでなくっちゃとアンが思っていたとおりだった。

この頃には、黙っているのがさすがにつらくなり、プリシラが、何か言ってよとアンを肘《ひじ》でつついた。

「あのう――あたしたち――この家が貸し家だという看板を見てまいりました」アンは、年長のほうの婦人がミス・パティ・スポフォードだと思って、恐る恐る声をかけた。

「ああ、そうだった」とミス・パティは言った。「あの看板、今日にもはずすつもりだったんですよ」

「じゃあ――じゃあ、遅すぎたのでしょうか」アンは、悲しそうに言った。「もう借り手はついたのですか？」

「いいえ、貸すのはやめにしようと決めたんです」

「あら、それは残念です」アンは思わず叫んだ。「このお家《うち》をとっても愛しているんです。できたらお貸しいただきたいんですけど」

すると、ミス・パティは編み物を下ろして、眼鏡をはずし、布で拭《ふ》いて、またかけて、初めてアンのことを人間として見た。もう一人の婦人も完璧《かんぺき》に同じようにしたので、まるで鏡に映った像のようだった。

「愛していいるですって」ミス・パティは強調して言った。「本当に愛していると言うの？　それとも、外見が気に入ったということかしら？　最近の娘はそういう大げさな表現をするもんだから、何を言っているのかまったくわかりませんね。私らが若い頃はそうじゃありませんでした。昔の娘は、かぶを愛しているなんて言いませんでしたからね。母親を愛するとか主イエスを愛するとかいう意味で」

アンには、うしろめたいところはなかった。

「本当に愛しているんです」アンはやさしく言った。「去年の秋に初めて見たときから、愛しているんです。大学のお友だち二人とあたしとで、来年は下宿の代わりに家を借りたいと思って、小さな貸し家を探していたんです。それで、この家が貸し家になっているのを見て、あたし、とてもうれしかったんです」

「あなたが愛してくださるなら、あなたに貸しますよ」ミス・パティは言った。「マリアと私は、これまで借りたいと言ってきた人の誰も気に入らなかったので、やっぱり貸すのはやめようと今日決めたんです。別に貸さなくてもいいんですからね。貸さなくたって、ヨーロッパ旅行はできます。家計の足しにはなるけれど、お金のために、これまでこの家を見にきた人の手に渡したくはない。あなたはちがいますね。本当にこの家を愛して、大切にしてくれそうですね。あなたに貸しましょう」

「そ——それは、ご提示になるお家賃をあたしたちがお支払いできたら、ということですが」アンはためらいがちに言った。アンとプリシラは顔を見合わせ、プリシラは首を振った。

「残念ながら、そんなにお支払いできません」とアンは自分の落胆を押し隠しながら言った。「あたしたち、ただの大学生で、貧乏なんです」

「いくらなら払えるの？」ミス・パティは、編み物の手を止めずに尋ねた。

アンは額を言った。ミス・パティは厳かにうなずいた。

「それでいいでしょう。申し上げたとおり、別に家を貸す必要はないんです。うちは金持ちではありませんが、ヨーロッパ旅行はできますからね。私は生まれてこのかたヨーロッパに行ったことがないけれど、行こうとか行きたいとか思ったことはありませんでした。でも、ここにいる私の姪《めい》のマリア・スポフォードが行きたいと言いだしましてね。それでまあ、マリアのような若い人を一人で世界旅行に出すわけにもいきませんからね」

「ええ——そ——そうですね」アンは、ミス・パティが完全にまじめに言っているのがわかって、口ごもった。

「もちろんです。だから、私が同行して面倒を見るんです。私も楽しもうと思いますよ。七十歳ですが、まだ生きるのに疲れてはいません。もし自分でその気になっていたら、とっくにヨーロッパに出かけていたことでしょう。二年間、ひょっとすると三年間留守にします。六月に出航したら、鍵《かぎ》を郵送しましょう。あなた方がいつでも好きなときにここに住めるよう、ぜんぶこのままにしておきますよ。とくに大切にしている数点はしまいますが、それ以外はぜんぶ置いていきますからね」

「この陶器の犬も置いていかれますか」アンは、おずおずと尋ねた。

「そうしてほしいの？」

「ええ、ぜひ、お願いします。とってもすてきだから」

ミス・パティの顔にうれしそうな表情が浮かんだ。

「この犬たちのことは大切に思っているのです」ミス・パティは誇らしげに言った。「もう百歳を超えていますね。私の兄のエアロンが五十年前にロンドンから持ち帰ってきたときからずっとこの暖炉の両側に坐《すわ》っているんです。スポフォード街は、兄エアロン・スポフォードにちなんで名づけられたんです」

「すてきな人でした」とミス・マリアが初めて口をきいた。「ああ、最近はあれほどの人にはお目にかかれません」

「おまえには、よいおじだったね、マリア」とミス・パティは明らかに感動して言った。「憶《おぼ》えていてくれて、ありがたいよ」

「決して忘れたりしません」ミス・マリアは重々しく言った。「今でも、その暖炉の前に立っていらっしゃる様子が目に浮かびます。両手を燕尾服《えんびふく》の尻尾《しっぽ》の下に入れて、にこにこと私たちに微笑みかけて」

ミス・マリアはハンカチを取り出して、目を拭《ぬぐ》った。しかし、ミス・パティは感傷的な領域からビジネスへと毅然《きぜん》として戻っていた。

「よくよく気をつけると約束してくれるなら、このまま犬たちは残していきましょう。名前はゴグとマゴグです。ゴグは右を向いているほうで、マゴグは左です。それからもうひとつ。この家を『パティのお家《うち》』と呼ぶことに反対しないでくれるでしょうね」

「はい、もちろんです。この家のとてもすてきなところのひとつですもの」

「あなたは、ものがわかる人ですね」ミス・パティはかなりほっとした口調で言った。「信じられるかしら？　これまでこの家を借りにきた人たちはみんな、家を借りているあいだ、あの名前を門からはずしてもいいかと聞いてきたんですよ。私は、名前と家とは切り離せないと、ぴしゃっと言ってやりました。兄エアロンが遺書でここを私に遺《のこ》してくれてからというもの、ずっと『パティのお家《うち》』だったのであり、私が死にマリアが死ぬまでは、それは変わらないのです。そのあとは、次の所有者がどんなばかな名前をつけようが知ったことじゃありません」とミス・パティは言い終えたが、それはまるで「あとは野となれ、山となれ」と言っているかのような口調だった。

「さて、契約書を交わす前に、家の中をご覧になってはいかが？」

家じゅうあちこち見るたびに、娘たちはさらによろこんだ。大きな居間のほかに、台所と小さな寝室が階下にあった。二階は三室で、一室は大きく、二室は小さな部屋だった。アンは、大きな松の木々に面した小さな部屋がとくに気に入って、それが自分の部屋になるといいなと思った。薄い青色の壁紙が貼ってあって、蠟燭《ろうそく》を立てる台が突き出した小さな昔風の化粧台があった。菱形《ひしがた》の窓には青いモスリンのフリルのカーテンが掛かり、その下には勉強したり夢見たりするのにちょうどいい腰掛けがあった。

「あまりにもすばらしすぎて、目が覚めたら、一夜の儚《はかな》い夢だったなんてことになるんだわ」二人で家の中を見てまわっているとき、プリシラが言った。

「ミス・パティとミス・マリアは、『夢を織り成す糸』〔シェイクスピアの『テンペスト』第四幕第一場にある言葉〕には見えないわ」とアンは笑った。「あの二人が〝世界旅行〟するなんて想像できる？――しかも、あのショールと帽子で？」

「ほんとに世界を巡るときは、あれは脱ぐでしょう」とプリシラ。「でも、編み物は世界じゅう持ってくと思う。あの二人から編み物をとりあげることはできないわ。ウエストミンスター・アベイを歩きながら編み物をするんだわ。そのあいだに、アン、あたしたち、パティのお家《うち》に住むことになるのよ——スポフォード街に。なんか、もう百万長者になった気分」

「あたしは、よろこびの歌を歌う明けの明星の気分」とアン。

その夜フィリッパ・ゴードンが、セント・ジョン通り三十八番地へ、這《は》うようにやってきて、アンのベッドに身を投げ出した。

「ああ、もう、くったくたで死にそう。あの〝故郷のない男〟〔エドワード・エヴァレッツ・ヘイルの小説〕の気分——それとも、あれって、影法師を失った男だったかしら？　忘れたわ。とにかく、あたし、荷造りしてたの」

「どうせ疲れ切ったのは、何を最初につめるべきか、どこにつめるべきか、決心がつかなかったからでしょ」とプリシラが笑った。

「まさにそう。そして、とにもかくにも、ぜんぶつめ終えて、家主さんとお手伝いさんに上に坐ってもらって、鍵を閉めたところで、終業式に必要なものぜんぶ、底の底につめちゃったって気づいたのよ。また鍵を開けて、手を突っ込んで、お目当てのものを取り出すのに一時間もかかっちゃった。手探りして、これだなと思って、えいやっと引っ張りだすと、ちがってるの。いいえ、アン、あたし、罵《ののし》ったりしてないわよ」

「そんなことしたなんて、言ってないわよ」

「なんだか、そういう顔つきしたじゃない。でも、確かに、ばち当たりすれすれの気分だったわね。あたし、クスンと洟《はな》すすって、クソォって溜《た》め息ついて、くしゃみばかりしてた――クスン、クソォ、クシャンって、同じ音で始まる頭韻的苦悩じゃない？　アン女王さま、何か元気づけるようなことを言って頂戴《ちょうだい》な」

「今度の木曜の夜には、アレックとアロンゾの故郷《ふるさと》に帰ってるってこと、思い出しない」とアンが提案した。

フィリッパは、憂鬱《ゆううつ》そうに首を振った。

「また頭韻。いいえ、鼻風邪をひいてるときにアレックとアロンゾにいてほしくないわ。だけど、あなた方二人、どうしたの？　よく見たら、内側から虹色《にじいろ》の光がさしてるみたいに輝いてるじゃない？　ねえ、ほんとに光り輝いてるわ。何があったの？」

「あたしたち、今度の冬からパティのお家《うち》に住むの」アンが大得意になって言った。

「住むのよ、いい？　下宿するんじゃないの！　あの家、借りたのよ。それでステラ・メイナードも来て、ステラのおばさまが家政婦をしてくださるの」

フィリッパは飛びあがり、鼻を拭《ふ》いて、アンの前に跪《ひざまず》いた。

「どうか――どうか――あたしも交ぜて。ああ、とってもいい子になります。もしあたしの部屋がなかったら、果樹園の小さな犬小屋に寝るんでもいいわ――見たことがあるの。ただどうか、あたしも入れて」

「立ちなさいな、おばかさん」

「今度の冬に一緒に暮らしていいって言ってくれるまで、絶対動かないわ」

アンとプリシラは顔を見合わせた。それから、アンがゆっくり言った。「ねえ、フィル。あたしたちだって、あなたと一緒に暮らしたいわ。でも、はっきり言ってしまうほうがいいと思う。あたしは貧乏――プリスも貧乏――ステラ・メイナードも貧乏――あたしたちの家計はとっても質素で、食卓もささやかなものにしなくちゃならないの。一緒になるとしたら、あなたもそんな暮らしをしなくちゃならなくなるのよ。だけど、あなたはお金持ち。あなたの下宿のご馳走《ちそう》がその事実を証明してるわ」

「おお、そんなこと、気にするもんですか」とフィリッパは芝居がかって、哀れに言った。「一人きりの下宿で肥えた牛を食べるより、お友だちと一緒に青菜の食事をするほうがいいって、聖書にもあるとおりよ〔『旧約聖書』「箴言」15:17〕。あたしが、胃袋だけの人間だと思わないで。パンと水があれば生きていけます――ほんのすこおしジャムがあれば――だから、あたしも入れて」

「それに」とアンは続けた。「いろいろ家事をしなきゃならないわよ。ステラのおばさんにぜんぶ任せられないから。自分たちのことは自分たちでやるの。だけど、あなたは――」

「『働きもせず、紡ぎもしない』〔『新約聖書』「マタイによる福音書」6:28〕でしょ。でも、家事を憶《おぼ》えるわ。

一度だけやり方を教えてくれさえすれば。そもそも自分のベッドを整えることはできるわ。それに憶えておいて。お料理はできなくとも、癇癪《かんしゃく》を起こさないことはできるわ。それってすごくない？　それにお天気のことで、絶対うなったりしない。もっとすごいでしょ。ああ、お願い、お願い！　あたし、こんなに何かをお願いしたこと、生まれて初めてよ――しかも、このひどくかたい床にずっと跪《ひざまず》いてるのよ」

「もうひとつだけあるのよ」とプリシラが思いきって言った。「フィル、あなたは、レドモンドじゅうの人が知るように、ほぼ毎晩お客をもてなしてるわ。ところが、パティのお家《うち》では、それは無理。お友だちを呼ぶのは金曜の晩だけにしようって決めたの。一緒になるなら、その規則を守ってもらわなくちゃならないわ」

「そんなこと、あたしが気にすると思う？　むしろ、うれしいくらいだわ。あたしだって、自分でそういうルールを作るべきだって思ってたんだけど、決断力がないし、作っても守れないのよ。あなたたちがルールを守らせてくれたら、こんなうれしいことはないわ。運命をともにさせてくれないなら、あたしがっかりして死んじゃうわ。そして、化けて出るわよ。パティのお家《うち》の玄関先に居坐《いすわ》ってやるから、お化けのあたしにけつまずかずに、家を出ることも入ることもできなくなるわよ」

　再びアンとプリシラは、目で相談した。

「そうね」とアン。「もちろんステラと相談するまでは、約束はできないけど、ステラも反対しないと思うし、あたしたちとしては、よろこんであなたを歓迎するわ」

「もし質素な暮らしに飽きたら出ていってもいいわ。とやかく言わないから」とプリシラが言い添えた。

フィリッパは飛び上がって、歓声をあげて二人を抱きしめ、うれしそうに帰っていった。

「うまくいくといいけど」プリシラがまじめに言った。

「うまくいかせなきゃ」とアン。「きっとフィルは、あたしたちのささやかな〝楽しいわが家〟にうまく溶け込むわ」

「そりゃ、フィルは一緒におしゃべりするには、いいお友だちだわ。それに、もちろん、人数が多いほうが、ほそぼそとした家計のやりくりもしやすいし。でも、一緒に暮らせるかしら？　夏冬通して暮らしてみないことには、一緒にやっていけるかわからないわね」

「まあ、そういうことで言えば、あたしたち全員が試されることになるのよ。あたしたちは、分別ある者らしく振る舞い、他人の生き方も受け入れて生きなきゃ。フィルは、ちょっとおっちょこちょいだけど、わがままな子じゃないわ。みんなで、すばらしくうまく、パティのお家《うち》でやっていけると思うわ」

第11章　巡《めぐ》りゆく人生

アンは、ソーバーン奨学金を得た栄誉に輝く顔でアヴォンリーへ帰省した。みんなはアンに、あまり変わっていないねと、驚いたような口調で声をかけ、変わっていないのが少し残念そうだった。アヴォンリーもあまり変わっていなかった。少なくとも最初はそう見えた。けれども、アンが帰省して最初の日曜に、教会のグリーン・ゲイブルズの席に坐って会衆を見渡したとき、いくつか小さな変化に気づいた。あれやこれやの変化がいっぺんにわかり、アヴォンリーにおいてさえ、時間はじっとしてはいないのだとアンは思い知った。説教壇には新しい牧師がいた。会衆席からは、お馴染《なじ》みの顔がひとつ以上永遠に失われていた。「エイブおじさん」の予言はもう二度と聞かれないし、溜め息ばかりついていたピーター・スローン夫人も最後の溜め息で亡くなったし、ティモシー・コトンは、レイチェル・リンド夫人によれば「二十年間死ぬ練習をした末についに本番を迎え」た。そして、ジョサイア・スローンじいさんは、そのひげをきれいに刈り込んでしまったので、棺《ひつぎ》の中で誰だかわからなくなっていた。みんな、教会の裏の小さな墓地に眠っている。そして、ビリー・アンドルーズは、ネティー・ブルーイットと結婚していた！　二人は、その日曜に初めて一緒に「お目見え」したのだ。誇らしげに幸せそうに微笑んだビリーが、羽根飾りをつけて絹の衣装をまとった花嫁をハーモン・アンドルーズ家の座席へ導いたとき、アンは瞳《ひとみ》が躍り上がるのをかくすために、目を伏せた。ジェーンがビリーの代理でプロポーズをしたあのクリスマス休暇の嵐の冬の日のことを思い出していたのだ。アンが断っても、ビリーは失恋の痛手など経験しなかったわけだ。ジェーンは、ネティーにも代理でプロポーズしたのかしら、とアンは考えた。それとも、力を振り絞って、自分で運命の質問をしたのかしら。アンドルーズ家の人たちは、その席に坐るハーモン夫人から聖歌隊のジェーンに至るまで、みんなビリーの誇りとよろこびをともにしているようだった。ジェーンはアヴォンリーの学校を辞職して、秋には西部へ行くことになっていた。

「アヴォンリーじゃ、結婚相手が見つからないからですよ、まったくもって」レイチエル・リンド夫人が軽蔑《けいべつ》するかのように言った。「西部のほうが健康にいいとか言ってますけどね。ジェーンの体が悪かったなんて聞いたことがありませんよ」

「ジェーンはいい子よ」とアンは忠実に言った。「ほかの誰かみたいに、自分から気を惹《ひ》くようなことはしなかっただけ」

「そりゃ、男の子を追いかけたりはしませんでしたよ」とリンド夫人。「でも、あの子だって、ほかの子と同じように結婚はしたいわけでしょ、まったくもって。そうじゃなきゃ、なんだって西部くんだりまで出かけますか。あんな辺鄙《へんぴ》なところ、男がわんさかいて、女が少ないぐらいしか、いいとこないじゃありませんか。わかってますよ！」

けれども、その日、アンが驚いて暗い思いで見つめた相手は、ジェーンではなく、聖歌隊でジェーンの隣に坐っていたルービー・ギリスだった。いったいルービーはどうしてしまったのだろう？　今まで以上にきれいだったが、その青い目はあまりにもきらきらと輝きすぎで、頬も異様に紅潮していた。それにかなりやせていた。讃美歌の本を持つ両手はあまりにも細くて、透き通らんばかりだった。

「ルービー・ギリスは病気なの？」教会からの帰り道、アンはリンド夫人に尋ねた。

「ルービー・ギリスは急性の肺結核で死にかかっているのよ」リンド夫人はぶっきらぼうに言った。「みんな知ってる。知らないのは本人と家族だけ。認めようとしないのよ。あの人たち、聞いてご覧なさい。まったくだいじょうぶって答えますよ。冬に喀血《かっけつ》してから学校で教えられなくなったんだけど、秋にはまた教えるって言うの。ホワイト・サンズ校を希望してる。可哀想に、ホワイト・サンズ校の新学期が始まるころにゃ、あの子はお墓の中だろうよ、まったくもって」

アンはびっくりして、黙ったまま聞いていた。学校時代の友だち、ルービー・ギリスが死ぬ？　そんなこと、ありえるの？　この数年会わなかったけれど、学校時代の古い絆《きずな》は堅固で、この知らせを聞いてアンの胸がぎゅっと締めつけられ、絆がいっそう強く感じられた。あの華やかで、陽気で、色っぽいルービーが！　死と結びつけて考えることなんてできやしない子なのに。教会の礼拝のあと、ルービーはアンに陽気に声をかけ、明日の晩は遊びにきて、と心をこめて誘ってくれた。

「あたし、火曜と水曜の晩はいないのよ」ルービーは自慢げにささやいた。「カーモディのコンサートと、ホワイト・サンズのパーティーがあるから。ハーブ・スペンサーが連れてってくれるの。あたしの最新の彼氏。絶対明日来てね。あなたとお話ししたくてもう死にそうなんだから。レドモンドの話、ぜひ聞きたいわ」

ルービーは本当は自分が最近どの子といちゃついているか話したいだけなのだと、アンにはわかっていたが、アンは行く約束をし、ダイアナも一緒に行くと言った。

「長いことルービーに会いに行きたかったんだけど」次の日の夕方、二人でグリーン・ゲイブルズを出発したとき、ダイアナはアンにこう言った。「一人じゃ行けなくって。いつものようにルービーのおしゃべりを聞きながら、あの子に何の問題もないような顔をしてるなんてつらいでしょ。咳《せき》がひどくて、ろくろく話もできないくらいなのに。必死で生きようと闘っているのに、まったく助かる見込みはないんですって」

二人は、赤い夕焼け道を黙って歩いた。コマドリが高い梢《こずえ》で夕べの祈りを歌い、黄金色の空気を歓喜の声で満たしていた。沼や池からは銀の笛のようなカエルの声が聞こえてきて畑全体に広がり、その畑では、降り注ぐ日光や雨のおかげで種が芽吹いて命の躍動が始まっていた。あたりには、ラズベリーの若木の野性的で、甘くて、健全な匂いがたちこめていた。しんと静かな窪地《くぼち》には白い靄《もや》がかかっており、小川の水面《みなも》にはすみれ色の星々が青く光っていた。

「なんて美しい夕陽でしょう」とダイアナ。「見て、アン。まるでひとつの国みたいじゃない？　あの低くたなびく、細長い紫色の雲が岸で、その向こうの晴れた空が黄金の海よ」

「ポールが昔作文に書いていた月明かりの船――って憶《おぼ》えてる？――あれに乗ってあそこまで行けたら、どんなにいいでしょうね」アンは白昼夢から目覚めながら言った。「あそこに行ったら、〝われらのすべての昨日たち〟〔シェイクスピアの『マクベス』第五幕第五場にある言葉〕が見つかるかしら、ダイアナ？――あたしたちの過ぎ去りし春や花が？　夕陽の国でポールが見た花壇には、かつてあたしたちのために花開いたバラが咲いていたんじゃないかしら？」

「やめて！」とダイアナ。「まるで何もかも終わってしまったおばあさんの気分になってくるわ」

「可哀想なルービーのことを知ってからというもの、あたし、ほとんどそんな気分なの」とアン。「あの人が死にかけているのがほんとなら、ほかのどんな悲しいことだってありえるわ」

「イライシャ・ライトのところにちょっと寄っていってもいい？」とダイアナ。「アトッサおばさんにこのゼリーをお渡しするようにって、母から頼まれてるの」

「アトッサおばさんって誰？」

「あら、知らない？　スペンサーベイルのサムソン・コーツの奥さん――イライシャ・ライトの奥さんのおばに当たる人。うちの父のおばでもあるのよ。ご主人が去年の冬亡くなって、とっても貧乏で一人ぼっちになってしまったから、ライト家で引き取ったの。母は、うちが面倒を見るべきだって思ってたけど、父が絶対嫌だって。アトッサおばさんと一緒に暮らすのだけは、ごめんだって」

「そんなにひどい人なの？」アンは、ぼんやりと尋ねた。

「どんな人かは、あの家から退却するまでにわかるわよ」ダイアナは意味ありげに言った。「斧《おの》みたいな顔をしてるって、父は言ってる――空気を切り裂くから。でも、その舌はそれよりも鋭いの」

遅い時間だったが、アトッサおばさんはライト家の台所で種イモにするジャガイモを切っていた。色褪《いろあ》せた古い部屋着を着て、白髪はぼさぼさだった。アトッサおばさんは、機嫌よくしているところを見られるのが嫌いで、わざわざぶっきらぼうに振舞うのだった。

「ああ、それじゃ、あんたがアン・シャーリー？」ダイアナがアンを紹介すると、おばさんは言った。「噂は聞いてるよ」まるでよい噂はひとつも聞いたことがないという口調だった。「アンドルーズの奥さんが、あんたが帰省中だって教えてくれたからね。あんた、随分ましになってきたそうじゃないか」

まだまだましになる余地があるとアトッサおばさんが考えているのは明らかだった。おばさんは、勢いよく種イモを切る手を休めなかった。

「掛けなさいと勧めても意味ないだろうね？」皮肉な口調だ。「もちろん、ここにはあんたがたにとっておもしろいもんは何ひとつないからね。ほかの人たちは、みな出払ってるし」

「母から、このルバーブ・ゼリーの小瓶をお渡しするよう託《ことづ》かってきました」ダイアナは愛想よく言った。「今日作ったので、少しお分けしたいそうです」

「あら、どうも」アトッサおばさんは不機嫌に言った。「あんたの母さんのゼリーは、どうも苦手でねえ——いつだって、甘くしすぎるんだよ。でも、少しは食べてみようかね。この春どうも食欲が出なくって。ぜんぜん元気じゃないんだよ」アトッサおばさんは仏頂面をして続けた。「でも、仕事は続けてるのさ。ここじゃ、働けない者は用なしだからね。もし、ご迷惑でなければ、そのゼリーを食料庫に置いてきていただけないだろうかねえ？　こっちは急いでこのジャガイモを今晩じゅうにやっつけなきゃならないんでね。あんたがたお嬢さまは、こんなことしたこともないだろ。手をだめにしちまうからね」

「農場を貸しに出す前は、あたしもよく種イモを切っていました」アンは微笑んだ。

「あたしは今もやっています」とダイアナは笑った。「先週は三日間、種イモを切りました。もちろん」とダイアナはからかうように言い添えた。「そのあとは、レモン汁を手につけて子ヤギの革の手袋をはめて毎晩寝てますけど」

アトッサおばさんは、フンと言った。

「そんな思いつきは、あんたらがよく読むばかげた雑誌から仕入れたんだろ。あんたの母親もよくまあ許しておくもんだ。でも、あの人は甘やかす人だからね。ジョージがあんたの母親と結婚したとき、ありゃいい嫁にはならないと、みんな思ったもんだ」

アトッサおばさんは、まるでジョージ・バリーの結婚のときの不吉な予感がすべて的中して悪い結果になってしまったかのように、大きく溜《た》め息をついた。

「もう行くかね？」二人が立ち上がると、おばさんは尋ねた。「私みたいなばあさん相手に話をしても、大しておもしろくもないだろうからね。男連中がいなくて残念だったね」

「あたしたち、ちょっとルービー・ギリスに会ってこようと思って」とダイアナが説明した。

「そりゃ、言い訳はなんだってできますからね、もちろん」アトッサおばさんは愛想よく言った。「パッときて、ろくに挨拶《あいさつ》もしないうちに、パッと出てっちまう。そういうのを大学風って言うんだろうね。ルービー・ギリスとは距離を置いたほうがいいよ。肺病はうつるって医者は言うからね。去年の秋にボストンくんだりまでふらふら出かけて、何か病気でももらってくると思ってましたよ。家にじっとしていられないような人は、何かしら病気をもらってくるんだ」

「出かけない人も病気に罹《かか》ります。死ぬ人だっています」とダイアナは厳かに言った。

「そういうときこそ、悪いのは本人じゃないって言えるんじゃないか」アトッサおばさんは勝ち誇って言い返した。「あんた、六月に結婚するんだって、ダイアナ？」

「そんな噂、真っ赤な嘘です」ダイアナは真っ赤になった。

「まあ、あんまり引き延ばすんじゃないよ」とアトッサおばさんは意味ありげに言った。「あんたの容姿なんか、すぐに衰えるからね――あんたの取り柄ときたら、その肌つやと髪しかないんだから。それにライト家はひどく移り気だからね。あんたは帽子をかぶりなさいよ、ミス・シャーリー。その鼻、恥ずかしいほど、そばかすだらけじゃないか。おまけに赤毛ときたもんだ！　まあまあ、神さまがお創りになったんだから、仕方ないがね。マリラ・カスバートによろしく言っておくれ。私がアヴォンリーに来てから会いにも来やしない。でもまあ、文句を言ってもしょうがない。カスバート家はいつだって、このあたりの者よりも自分たちのほうが偉いと思ってるんだからね」

「ね？　ひどいでしょ？」二人が逃げるようにして小道を走っていくとき、ダイアナがあえぎながら言った。

「ミス・イライザ・アンドルーズよりもひどいわ」とアン。「でもねえ、アトッサなんて名前で一生生きていくことを考えたら！　それだけで、誰だってうんざりしない？　おばさんは、自分の名前がコーディーリアだったらって想像すべきだったのよ。そしたら、少しはなんとかなったと思う。あたしが、アンって名前が嫌だったときに、それでかなり救われたもの」

「ジョウジー・パイが大人になったら、あんなふうになるんでしょうね」とダイアナ。「ジョウジーの母親とアトッサおばさんは、いとこなのよ。あーあ、終わってほっとしたわ。すっごく意地が悪いんだもの――何もかも、嫌なものにしちゃうの。父は、おばさんについてとってもおかしな話をしてたわ。ある日、スペンサーベイルに牧師さまがきて、とても立派な聖職者だったんだけど、かなり耳が悪かったの。普通の会話がぜんぜん聞こえないくらい。で、日曜の夕方はお祈りの会をしていて、教会に集まった人たちは立ち上がって順に祈るか、聖書の言葉について話をしたの。ところがある晩、アトッサおばさんがパッと立ち上がって、祈りもしなければ話もせず、教会じゅうの人たちに食ってかかって、名前を呼びつけにして、過去十年間の喧嘩《けんか》やスキャンダルを並べたてて、みんながどんなことをしてきたか洗いざらいぶちまけたの。最後におばさんは、スペンサーベイルの教会には吐き気がする、二度とここへやってこない、恐ろしい天罰がこの教会にくだるだろうって言って、それで息が切れて坐《すわ》ったの。すると、おばさんの言ってることがひと言も聞きとれてなかった牧師さまが、まさにその瞬間にとても敬虔《けいけん》な声で『アーメン〔そうなりますよう〕！　神がわれらが姉妹の願いを聞き届けたまいますよう』って言ったのよ。この話、父が話すと、すっごく笑えるんだから」

「話と言えば、ダイアナ」とアンは、意味深長な、打ち明け話のような調子で言った。「あたし、最近、短編小説を書けないかなって思ってるのよ――出版してもらえるぐらいのいい小説を」

「あら、もちろん、書けるでしょ」ダイアナは、この驚くべき提案の意味を理解すると、言った。「昔、物語クラブで、ものすごくわくわくするお話を書いてたじゃない？」

「ああいうのじゃないのよ」とアンは微笑んだ。「最近ちょっと考えているんだけど、試してみるのが怖いの。だって、うまくいかなかったら、恥ずかしいし」

「前に一度プリシラから聞いたんだけど、モーガン夫人の最初の小説も採用されなかったんだって。でも、あなたのはだいじょうぶよ、アン。だって、最近の編集者はもっと判断力があるだろうから」

「マーガレット・バートンっていう、レドモンド大学の三年生が去年の冬、小説を書いて、『カナダ婦人』に掲載されたの。あれくらいだったら、あたしにも書けそうな気がする」

「それで、『カナダ婦人』に掲載してもらうの？」

「まずはもっと大きな雑誌に挑戦してもいいかも。どんな小説を書くかで応募先も変わってくるわ」

「どんな話にするの？」

「まだわかんない。いい筋を見つけたいな。それって、編集者からすると、まさに必要な点なのよ。決まってるのは、ヒロインの名前だけ。アヴァリル・レスターっていうの。とってもかわいいと思わない？　これ、誰にも言わないでね、ダイアナ。あなたとハリソンさんにしか、まだ話してないんだから。あの人、あんまり励ましてくれなかった——最近じゃ、くだらん小説ばっかりだっていうのに、大学に一年も通ったんだから、もっとましなことを考えるかと思ってたですって」

「ハリソンさんに何がわかるって言うのよ？」ダイアナは、ばかにしたように尋ねた。

二人が着いてみると、ギリス家にはにぎやかに明かりが灯《とも》り、お客が来ていた。スペンサーベイルのレオナード・キンボルと、カーモディのモーガン・ベルが、客間の両側に立ってにらみ合っていた。何人かの陽気な娘たちも来ていた。ルービーは白いドレスを着て、その目と頬はとても輝いていた。のべつまくなしに笑っては、おしゃべりをして、ほかの女の子たちが帰ったあと、アンを二階へ連れていって、新しい夏服を見せてくれた。

「まだ、青のシルクのが仕上がってないんだけど、夏服にはちょっと重たいのよ。秋までとっておこうかしらと思ってるの。あたし、ホワイト・サンズ校で教えることになってるでしょ。この帽子、気に入った？　昨日あなたが教会にかぶっていったのは、かなり小さくて上品だったわね。でも、あたしにはもっと派手なほうが似合うと思うの。下にいたあのばかな二人の男の子たち、気がついた？　二人とも絶対相手より先には帰らないつもりよ。どっちも少しも好きじゃないのに。あたしが好きなのはハーブ・スペンサー。ときどき、彼こそ運命の人だって、本気で思うの。クリスマスのとき、スペンサーベイルの学校の先生が運命の人だと思った。でも、その先生についてあることがわかって、好きになれなくなった。あたしが、彼をふったとき、あの人、ほとんど気がふれたようになったの。あの二人の男の子が今晩来なければよかったのに。あなたとしっかりお話がしたかったんだもの、アン。積もる話がしたかったの。あなたとあたし、いつだって、仲良しだったでしょ？」

ルービーは、虚《うつ》ろな笑い声を短くあげて、その腕をアンの腰へまわした。けれども、ちょうどそのとき、二人の目が合い、ルービーの瞳《ひとみ》の輝きの奥にアンは胸が痛くなるものを見たのだ。

「しょっちゅう遊びに来てくれるわね、アン？」ルービーがささやいた。「一人で来て――あなたが必要なの」

「あなた、だいじょうぶ、ルービー？」

「あたしが？　あら、完璧《かんぺき》にだいじょうぶよ。こんなに絶好調だったことないくらい。もちろん、去年の冬の肺病で少しやられちゃったけどね。でも、あたしの顔色を見て頂戴《ちょうだい》よ。あたし、病人みたいじゃないでしょ？」

ルービーの声は、とげとげしいほどだった。ルービーは、まるで嫌いになったみたいにアンから手を離すと、階下へ駈《か》け下り、今まで以上にはしゃぎまわり、どうやら、二人の恋人をからかうのに夢中な様子だったので、ダイアナとアンは場ちがいな感じがして、早々に立ち去った。

第12章　「アヴァリルの贖《あがな》い」

「何の夢を見ているの、アン？」

二人の娘は、ある晩、小川の〝妖精《ようせい》の窪地《くぼち》〟をぶらついていた。そこでは羊歯《しだ》がうなずき、小さな草が青く茂り、野生の梨の花がすてきな香りを放つ白いカーテンのようにぶらさがっていた。

アンは幸せな溜《た》め息をつきながら白昼夢から目覚めた。

「小説のこと、考えてたのよ、ダイアナ」

「あら、ほんとに書き始めたのね？」ダイアナは、瞬時に、興味津々になって叫んだ。

「ええ。まだ数ページだけだけど、かなりうまく構想を考えたの。ちゃんとした筋にするのに随分時間がかかったわ。思いついた筋のどれひとつとしてアヴァリルって名前の女の子にふさわしくないんだもの」

「その名前を変えるわけにはいかなかったの？」

「だめよ。それは無理。変えようとしてみたんだけど、あなたの名前を変えられないのと同じように変えられなかったわ。アヴァリルって、あたしにはあまりにリアルなものだから、ほかの名前にしようとしてみても、どうしてもその子のことをアヴァリルだって思ってしまうの。でも、とうとう彼女に似合う筋ができたわ。それから、すべての登場人物の名前を選ぶというわくわくする段階に入ったわけ。それがどんなに楽しいか、あなたにはわからないでしょうね。名前を考えていて何時間も夜ふかしをしたわ。主人公の名前はパーシヴァル・ダリンプルっていうの」

「登場人物ぜんぶに名前をつけたの？」ダイアナはものほしそうに言った。「まだだったら、あたしにも、一人でいいから、名前をつけさせてって頼もうと思ってたのに――誰かあまり重要でない人。そしたら、あたしも物語に一枚かんでるって気がするでしょ」

「レスター家で一緒に暮らしている幼い雇いの少年に名前をつけてもいいわ」とアンは譲歩した。「あまり重要じゃないけど、名前がついてないのは、その子だけだから」

「その子をレイモンド・フィッツオズボーンって呼んで」とダイアナは言った。かつてアンとジェーン・アンドルーズとルービー・ギリスが学校時代に作っていた「物語クラブ」の名残で、ダイアナはそうした名前をたくさん憶《おぼ》えていたのだった。

アンは、感心しないというふうに首を振った。

「それは、雑用係の少年にはちょっと貴族的すぎるわよ、ダイアナ。フィッツオズボーン家の人間がブタに餌をあげたり、薪《たきぎ》を拾ったりしてるところ、想像できないでしょ。できる？」

ダイアナは、想像力が少しでもあるんだったら、それくらい想像してもいいんじゃないかと思ったが、たぶんアンの言うことが正しいのだろう。雑用係の子は、結局ロバート・レイと名づけられ、必要に応じてボビーと呼ばれることになった。

「その小説でどれくらいもらえると思う？」ダイアナは尋ねた。

けれども、アンは原稿料のことはまったく考えていなかった。ほしいのは名声であって、けがらわしい儲《もう》けなどではなかったのだ。そしてアンの文学的夢は、まだ金銭勘定で汚されてはいなかった。

「あたしに読ませてくれるでしょ？」ダイアナが頼んでいた。

「完成したら、あなたとハリソンさんに読んで聞かせてあげる。そして、厳しい批評をしてほしいわ。二人のほかには、出版されるまで誰にも見せない」

「結末は？――ハッピーエンド？　その逆？」

「わからないわ。悲劇的に終えたいと思う。そのほうがずっとロマンチックだもの。でも、編集者って、悲しい終わりかたに偏見をもっているらしいの。ハミルトン教授が、天才以外は悲劇的な結末を書こうとすべきではないと前におっしゃっていたわ。あたしは決して天才じゃないし」とアンは慎ましく言葉を結んだ。

「ああ、あたしはハッピーエンドが好きよ。主人公をヒロインと結婚させなさいよ」

そう言うダイアナは、フレッドと婚約して以来というもの、結婚こそがあらゆる物語の結末だと思っていたのだった。

「でも、物語を読んで泣くの、好きでしょ？」

「ええ、好きよ、お話の途中ではね。だけど、最後はめでたしめでたしがいい」

「悲しい場面をひとつ入れることにするわ」アンは考えながら言った。「ロバート・

レイが事故で怪我をして、死ぬ場面にするかも」

「だめよ、ボビーを殺して消さないで」とダイアナは笑って抗議した。「あたしのものなんだから、生かして成功させて。どうしても殺すなら、別の人にして」

それから二週間、アンは、作品を書くその気分に応じて、悶《もだ》えたり、よろこんだりしていた。すばらしいアイデアを思いついて歓喜しているかと思えば、ひねくれ者の人物がちゃんと動いてくれないからと絶望したりしていた。ダイアナにはわけがわからなかった。

「あなたが考えているとおりに動かせばいいんじゃないの？」

「できないのよ」アンはうめいた。「アヴァリルっていうのは、手に負えないヒロインなの。あたしが思ってもみないことをしたり、言ったりするのよ。すると、それまでの計画がパアになるから、最初から書き直しよ」

しかしながら、とうとう小説は完成し、アンはそれを玄関の上の自分の部屋にこもってダイアナに読み聞かせた。ロバート・レイを犠牲にせずに「悲しい場面」を入れてあった。読みながら、ダイアナがどう反応するかしらと注意深くダイアナを見ていた。ダイアナはその場面に来ると、ちゃんと泣いてくれたが、結末が来ると、少しがっかりしたようだった。

「どうしてモーリス・レノックスを殺したの？」ダイアナは責めるように言った。

「悪いやつだから。罰せられなきゃ」

「あたしは、あの人が一番好き」理不尽にもダイアナは言った。

「でも死にました。そして死んだままです」アンはかなりむっとして言った。「生かしておいたりなんかしたら、アヴァリルとパーシヴァルをずっと苦しめ続けるわ」

「ええ――あなたが改心させれば、別だけど」

「それじゃロマンチックじゃなくなるわ。それに話が長くなりすぎちゃう」

「まあ、とにかく、すっごくエレガントなお話だわ、アン。これであなたは有名になるわよ、まちがいないわ。題はつけたの？」

「ええ、題は随分前に決めたの。『アヴァリルの贖《あがな》い』っていうの。頭韻があって、すてきな響きでしょ？　ねえ、ダイアナ、正直に言って頂戴。あたしの小説、どこかおかしくない？」

「ええっと」とダイアナはためらった。「アヴァリルがケーキを焼くところは、あまりロマンチックじゃなくて、作品全体と合わないんじゃない？　あんなの誰だってやることよ。ヒロインは料理をするべきじゃないって、あたしは思うわ」

「あら、そこがおもしろいんじゃないの。作品全体の中でも一番いいところよ」とアンは言った。そして、この点に関してはアンが正しかったと言うべきだろう。

ダイアナは賢くも、それ以上批判するのを控えたが、ハリソンさんは、ずっと手ごわい相手だった。まず、小説に情景描写が多すぎると言われた。

「この飾りたてた文章はすべて削除するんだな」と手厳しいのだ。

　アンは、嫌だと思いながらも、ハリソンさんの言うとおりだとわかっていたので、大好きな描写のほとんどを削除せざるを得なかった。三回書き直して、ようやく、気むずかしいハリソンさんもオーケーを出したのだった。

「日没以外の描写はすべて削りました」とアンはとうとう言った。「日没はどうしてもなくせません。一番よく描けているんです」

「筋と何の関係もないだろう」とハリソンさん。「それに、金持ちの都会の人間を中心にすえるべきじゃなかった。おまえさんは、連中の何を知っているんだね？　舞台はここアヴォンリーにしたらどうだ――もちろん名前を変えなきゃならん。さもないとレイチェル・リンド夫人が自分がヒロインだと思い込んじまうだろうからね」

「あら、そんなの、だめです」アンは抗議した。「アヴォンリーは世界で一番大切なところだけど、物語の場面にするほどロマンチックじゃないもの」

「アヴォンリーにだって、たくさんロマンスはあったさ――悲劇もね」ハリソンさんはすげなく言った。「だが、おまえさんの書く人間は、どこかに住んでる本当の人間に見えんのだよ。話しすぎるし、大げさな言葉遣いをするし。あのダリンプルのやつが二ページもぶっ続けにしゃべって、相手の娘にひと言も口をはさませないところがあったろ。もしあんなことを実際にやったら、娘に投げ飛ばされていただろうよ」

「そんなことないわ」とアンはきっぱり否定した。アヴァリルに対して言われたような美しい詩的な文句を男性からささやかれたら、どんな乙女心もいちころだわと、アンは密《ひそ》かに思っていたのだった。それに、堂々たる女王のようなアヴァリルが誰かを「投げ飛ばす」だなんて、おぞましい言い方だわ。それを言うなら、「求婚をお断りする」でしょ。

「ともかく」無慈悲なハリソンさんは、話を続けた。「どうしてモーリス・レノックスがアヴァリルをものにできなかったのか、わからんね。こいつは、ほかの連中より二倍も男らしい。悪いことはするが、そういう男だからね。パーシヴァルときたら、ただぼけっとしてるだけじゃないか」

「ぼけっとしてる」ですって。「男を投げ飛ばす」よりもひどいわ。

「モーリス・レノックスは悪いやつなんです」アンは憤慨して言った。「どうしてみんな、パーシヴァルよりモーリスのほうがいいのか、わからないわ」

「パーシヴァルは、いいやつすぎるんだ。いらいらしてくるね。今度男性を描くなら、少しは人間性のスパイスをきかせるんだな」

「アヴァリルはモーリスとは結婚できません。悪い人なんだから」

「アヴァリルが改心させてやればいいんだ。男ってのは、改心させることができるんだよ。もちろん、ぐにゃぐにゃした骨なし男は改心させられないがね。おまえさんの小説は悪くない――まあ、おもしろい、それは認める。だが、読むに値する話を書くには若すぎる。あと十年待つんだな」

アンは、次に小説を書いたら、誰かに批評を求めたりはすまいと、心に決めた。あまりにもがっかりさせられる。ギルバートには、小説の話はしたが、読んで聞かせるつもりはなかった。

「もし成功作なら、出版されたときに読んで、ギルバート。でも、失敗作なら、誰にも読んでほしくないの」

マリラはこの計画のことを何も知らなかった。アンは、自分が雑誌から物語をマリラに読んで聞かせているところを想像していた。何も知らないマリラに仕向けて、その物語をほめさせる――想像ならなんだって可能なのだ――それから、パンパカパーン、あたしが書いたんですと発表するのだ。

ある日、アンは郵便局に、細長くて分厚い封筒を持っていった。宛先《あてさき》は、若さと世間知らずゆえの楽天的な自信をもって、「大手」雑誌社のうちでも最大手の会社にしてあった。ダイアナは、アンと同じくらい、興奮していた。

「どれくらいで返事が来ると思う?」ダイアナが尋ねた。

「二週間以上ってことはないでしょうよ。ああ、もし採用されたら、どんなにうれしくて得意になるかしら！」

「もちろん採用されるわよ。そして、もっと送ってくださいって頼まれるのよ。あなた、いつか、モーガン夫人みたいに有名になるわ、アン。そしたら、あたし、あなたを知ってるって得意になるわ」そう言うダイアナには、友だちの才能や美点を手放しでほめ上げるというすばらしい長所だけはあった。

楽しい夢のような一週間が続き、それから、苦い目覚めがやってきた。ある晩、ダイアナは、アンが自分の部屋で、信じられないという目をしているところを見つけた。テーブルの上には、長細い封筒と、くしゃくしゃになった原稿があった。

「アン、あなたの小説が返されたんじゃないでしょうね？」ダイアナは、不信の思いで叫んだ。

「ええ、そう」とアンは短く答えた。

「そんな、編集者はどうかしてるんだわ。どういう理由で？」

「理由は書いてないわ。ただ、不採用だって書いた紙きれが入ってるだけ」

「あんな雑誌、大したことないって前から思ってたのよ」ダイアナは熱くなって言った。「あの雑誌の小説は、『カナダ婦人』の半分もおもしろくないじゃない。値段はずっと高いくせに。編集者はヤンキーじゃない人間に対して偏見をもってるんだと思う。がっかりしないで、アン。モーガン夫人の小説も突き返されたってこと、思い出して。

今度は『カナダ婦人』に送ってみなさいよ」

「そうするわ」とアンは、気を取り直して言った。「そして、掲載されたら、そこにしるしをつけて、このアメリカの編集者に一冊送りつけてやる。でも、夕陽の描写はカットするわ。ハリソンさんの言うとおりなんだと思う」

こうして夕陽も削除された。しかし、この英雄的な決意で身を切るような思いをしたにもかかわらず、『カナダ婦人』の編集者は「アヴァリルの贖《あがな》い」をあまりにも即座に送り返してきたため、憤激したダイアナは、ろくに読んでもいないにちがいないと言い、直ちに購読を中止すると誓ったのだった。アンは、この二度めの不採用を、静かな絶望をもって受け取めた。かつての「物語クラブ」のときの物語が眠っている屋根裏のトランクに原稿をしまって鍵《かぎ》をかけたのだ。しかし、その前に、ダイアナの懇願に負けて、写しを一部渡した。

「これで私の文学的野望はおしまいだわ」アンは苦々しげに言った。

ハリソンさんにはこのことを言わなかったが、ある晩、ハリソンさんは、小説は採用されたのかとぶっきらぼうに聞いてきた。

「いいえ、編集者から却下されました」アンは短く答えた。

ハリソンさんは、アンの紅潮した繊細な横顔を、横目で見た。

「まあ、あきらめずに書き続けるんだな」と励ましてくれた。

「いいえ、もう二度と小説なんか書かないわ」とアンは、目の前でドアを閉められて希望を失った十九歳の娘ならではの断乎たる口調で答えた。

「わしだったら、すっかりあきらめはしないだろうな」ハリソンさんは、考えるように言った。「ときどきは書いてみる。だが、いちいち編集者に送りつけたりしない。自分の知っている人々や場所のことを書く。登場人物には日常的に使う言葉を話させる。そして、太陽がのぼったり沈んだりするときに、いちいちそのことで大騒ぎしないで、静かに描く。もし悪いやつを入れるなら、そいつにチャンスを与える。アン――チャンスを与えるんだ。この世にはものすごく悪いやつもいるだろうが、そこまで悪いのにはそうしょっちゅう出会わない――リンド夫人は、わしらはみんな悪人だと言うだろうがね。だが、大抵みんな、どこかまともなところがあるもんだよ。書き続けなさい、アン」

「いいえ。やってみようと思ったあたしがばかだったの。レドモンドを卒業したら、教師に集中するわ。教えることはできる。小説は書けなくても」

「大学を出たら、夫をつかまえて結婚しなくちゃね」とハリソンさん。「結婚をぐずぐず先送りにするのは感心せんよ――わしみたいにね」

アンは立ち上がって、ドスドスと家へ向かった。ハリソンさんって、ほんとに耐えられなくなるときがあるわ。「男を投げ飛ばす」だの「ぼけっとしてる」だの「夫をつかまえて結婚」だの。ああ、もう！

第13章　罪人の道〔『旧約聖書』「箴言」13：15にある言葉〕

デイヴィーとドーラは日曜学校へ行く用意ができていた。二人だけで行くのだ。めったにないことだった。これまではリンド夫人がいつも日曜学校に付き添ってくれていたのだが、リンド夫人は足首をひねって動けなくなり、今朝は家にいることになったのだ。二人は教会で一家を代表することにもなる。というのも、アンは前の晩にカーモディの友だちと日曜を過ごしに出かけてしまい、マリラはいつもの頭痛がしていたからだ。

デイヴィーはゆっくりと階段を下りていた。ドーラが、リンド夫人に身なりを整えてもらって、廊下でデイヴィーを待っている。デイヴィーは自分で準備をしたのだった。日曜学校への献金のための一セント玉と、教会への献金用の五セント玉をポケットに入れていた。片手には聖書、もう一方の手には日曜学校の季刊誌を持っていた。お勉強も、聖句も、教理問答もすべて完璧《かんぺき》に記憶していた。先週の日曜の午後じゅうずっと、リンド夫人の台所で――無理やり――勉強させられたのだった。だから、デイヴィーは、穏やかな心持ちでいるはずだった。ところが、聖句も教理問答も暗記したにもかかわらず、心は牙《きば》をむく狼さながらだった。

デイヴィーがドーラのところへ下りてくると、リンド夫人が足を引きずりながら台所から出てきた。

「きれいにしてありますか？」夫人は厳しく尋ねた。

「はい——見えるところは」デイヴィーは反抗的に顔をしかめて答えた。

リンド夫人は溜《た》め息をついた。デイヴィーの首と耳を疑っていたのだ。けれども、そこを調べようものなら、デイヴィーは逃げ出すだろうとわかっていた。今日は追いかけることはできない。

「まあ、お行儀よくしてくださいよ」と警告した。「土埃《つちぼこり》の中を歩かないこと。教会の入り口で立ち止まってほかの子たちとおしゃべりしないこと。坐《すわ》ったらもぞもぞしたりせず、じっとしていること。聖句を忘れないで。献金のお金をなくさない。入れるのを忘れない。お祈りのときにひそひそ話をしない。そして、お説教をちゃんと聞くんですよ」

デイヴィーは返事をしなかった。ドスドスと小道を歩き去り、弱気なドーラがそのあとを追った。けれども、はらわたは煮え繰り返っていた。レイチェル・リンド夫人がグリーン・ゲイブルズに来てからというもの、夫人にいろんなことを言われ、されて、随分ひどい目に遭ってきたと思っていたのだった。というのも、リンド夫人は、相手が九歳だろうと九十歳だろうと、きちんとしようとしない人とは一緒に暮らせない人だったからだ。そしてつい前日の午後、ディヴィーにコトン家の子供たちと魚釣りに行ってよいと言うマリラに口出しをして、これをやめさせたのだった。ディヴィーはこのことで、いまだにむしゃくしゃしていたのだった。

小道から外へ出たとたんにディヴィーは立ち止まって、この世のものとも思われぬ恐ろしいあっかんべーをしてみせたので、ディヴィーがそういうことはじょうずだとわかっているドーラにしても、二度と顔が元に戻らなくなるのではないかと、本気で心配したほどだった。

「くそばばあ！」ディヴィーは爆発した。

「あら、ディヴィー、だめよ、罵《のの》りの言葉を言っちゃ」ドーラは困ってあえいだ。

「ばばあっていうのは、罵りじゃない――ほんとの罵りじゃないよ。別にどうだっていいけどさ」デイヴィーはやけになって言った。

「ひどい言葉を言いたくても、日曜はやめて」とドーラは訴えた。

ディヴィーには後悔する様子はまったくなかったが、心の奥底では、少しやり過ぎたかなと思っていた。

「自分で自分の罵りの言葉を発明するんだ」とディヴィー。

「そんなことしたら、ばちが当たるわよ」ドーラが真剣に言った。

「そんなら、神さまは、意地悪じいさんだ」ディヴィーは言い返した。「神さまは知らないのか、男ってもんは、むしゃくしゃしたらどうなるもんなんだ」

「ディヴィーったら！」ドーラは、ディヴィーが天罰を受けてその場で死んでしまうかと思ったが、何も起こらなかった。

「とにかく、リンドのおばちゃんに、ああしろ、こうしろって言われるのは、もううんざりだ」ディヴィーはぶつぶつと言った。「アンとマリラだったら、ぼくに指図する権利はあるけど、おばちゃんにはないもん。おばちゃんがやるなって言ったこと、ぜんぶやってやる。見てろ」

ドーラが恐怖のあまり魅入られたようにディヴィーを見つめるなか、わざとむっつりと黙ったディヴィーは道端の緑の草から飛び出して、四週間雨が降らなかったために道の上にたまった細かな埃の中にかかとまで浸《つ》かって、悪意をこめて足を引きずりながら歩いたものだから、ディヴィーはもうもうたる土埃に包まれてしまった。

「これが始まりだ」ディヴィーは勝ち誇って宣言した。「教会の戸口で、話しかける相手がいるかぎりおしゃべりしてやる。もぞもぞ動きまわって、ひそひそ話をして、聖句なんて憶《おぼ》えてないって言ってやる。それから、献金はどっちも今すぐ投げ捨ててやる」

そしてディヴィーは、一セント玉と五セント玉を、バリー家の塀越しに思いっきり投げた。

「悪魔の仕業だわ」ドーラが責めるように言った。

「ちがわい」ディヴィーが怒って叫んだ。「自分で考えたんだ。ほかにも考えてやる。日曜学校にも教会にも行かないんだ。コトン家の子たちと遊びに行くんだ。今日日曜学校には行かないって、昨日言ってたからね。お母さんが留守で、家には誰も行けって言う人がいないからだって。来いよ、ドーラ。おもしろいことになるぜ」

「あたし、行かない」とドーラ。

「来なきゃだめだ」とディヴィー。「来なかったら、こないだの月曜、学校でフランク・ベルがおまえにキスしたって、マリラに言っちゃうぞ」

「あたしのせいじゃないもん。そんなことされるって知らなかったんだもん」真っ赤になりながら、ドーラは叫んだ。

「だけど、フランクをひっぱたかなかったし、怒りもしなかったぜ」とディヴィー。「来ないなら、それも言ってやる。この野原を通って近道するぞ」

「あの牛が怖いわ」ドーラは、逃れられるのではないかと期待して言った。

「あんな牛が怖いだって」とディヴィーは、ばかにした。「おまえより年下だぞ」

「あたしより大きいもん」とドーラ。

「何もしやしないさ。さあ、来いよ。こいつはすごいぞ。大人になったら、教会なんか、絶対行くもんか。自分で天国へ行けるもん」

「安息日を守らないと、地獄へ行っちゃうわよ」自分の意にまったく反しながらもデイヴィーのあとを追う不幸せなドーラは言った。

けれども、ディヴィーは恐れを知らなかった——まだこのときは。地獄はかなり遠く、コトン家の連中と魚釣りをするよろこびはかなり近くにあった。ドーラにもっと勇気があればいいのにと思った。ドーラは今にも泣きだすんじゃないかという具合にうしろを振り返ってばかりいるので、「男の楽しみを台なしにしちまう。女の子なんて、くたばれだ」と思った。今度はディヴィーも「くそ」とは言わなかったし、思いもしなかった。さっき言ってしまったことは——まだ——後悔していなかったが、そもそも、一日にこんなにも神の見えざる力に対して挑戦するべきではなかったのだ。

コトン家の子供たちは裏庭で遊んでいて、ディヴィーがやってくると、歓声をあげて歓迎した。ピート、トミー、アドルファス、そしてミラベル・コトンという子供たちだけだった。母親と年上の姉たちは留守だった。ドーラは少なくとも女の子のミラベルがいたことにほっとした。男の子ばかりの中に自分一人女の子になるのではないかと心配していたのだ。ミラベルは男の子のようないたずら者だった——男の子のようにやかましく、日に焼けていて、やんちゃだった。けれども、少なくともスカートははいていた。

「魚釣りに行こうぜ」とディヴィー。

「やったあ」とコトン家の子供たち。みんな、すぐにミミズを掘りに駆《か》け出した。ミラベルがブリキ缶を手に先頭に立つ。ドーラは坐《すわ》り込んで泣きたい気分だった。ああ、あの嫌なフランク・ベルがキスしてこなければよかったのに！　そしたらディヴィーを言い負かして、大好きな日曜学校に行けたのに。

もちろん、教会に行く人たちから見つかってしまう池で釣りはできない。コトン家の裏にある森の中の小川へ行かなければならない。そこにはマスがいっぱいいて、その日の午前中みんなは楽しく過ごした――少なくともコトン家の子供たちは楽しみ、ディヴィーも楽しんでいる様子だった。まったく思慮を失ったわけではないディヴィーは、靴と靴下を脱いで、トミー・コトンのオーバーオールを借りた。その恰好《かっこう》なら、ぬかるみも沼地も藪《やぶ》も恐れることはない。ドーラは、ひどくみじめだった。聖書と季刊誌をしっかりと握りしめながら、水たまりから水たまりへと、みんなのあとをついてまわりながら、今頃は大好きな先生の前に坐って日曜学校を楽しく過ごせていたはずなのにと、つらい思いで考えていた。それが、なかば野蛮人のようなコトン家の子供たちと一緒に森の中をさまよい、靴が汚れないように、かわいい白い服を破かぬように、汚さぬようにと気を配っていたのだ。ミラベルがエプロンを貸してやろうかと言ってくれたが、ドーラは軽蔑《けいべつ》をこめて断った。

日曜日はいつもそうだが、マスはよく餌に食いついた。一時間で、罪人たちはほしいだけ魚を釣ったので、家へ帰り、ドーラはほっとした。ドーラは、ほかの連中が騒がしく鬼ごっこをしているあいだ、庭の鶏小屋の上に澄まして坐っていた。それから、みんなはブタ小屋の屋根に登って、屋根の支え板に自分たちのイニシャルを刻んだ。屋根の平らな鶏小屋とその下にあるわらの山を見て、ディヴィーはおもしろい遊びを思いついた。その屋根に登っては、ヒャッホーと叫びながら、わらの中へジャンプするという遊びで、三十分間おもしろおかしく過ごした。

けれども、いけない楽しみにも終わりがある。池の橋の上を馬車がゴトゴトと通っていくと、教会から人々が帰っていくのだとわかり、ディヴィーも帰らなければと思った。トミーのオーバーオールを脱ぎ捨て、自分のきちんとした服に戻り、紐《ひも》に通した自分の釣ったマスから溜《た》め息をつきながら顔をそむけた。家に持って帰るわけにはいかない。

「ねえ、すっごく楽しかったよね？」丘の斜面に広がる畑を下りていくとき、ディヴィーは挑むように尋ねた。

「ちっとも」ドーラはきっぱり言った。「ディヴィーだって――ほんとは――楽しくなんかなかったはずよ」ドーラにしてはめずらしく鋭い洞察だった。

「楽しかったさ」とディヴィーは叫んだが、〝誓いがくどすぎる〟〔シェイクスピアの『ハムレット』第二幕第二場にある言葉〕者の口調だった。「ドーラは楽しいはずないさ——ただ坐ってただけなんだから——ラバみたいに」

「あたし、コトン家の子たちとは遊ばないの」ドーラは、つんとして言った。

「コトン家の子たちはいい子たちだよ」とディヴィーは言い返した。「ぼくらよりずっと楽しんでたよ。好きなことをやって、誰の前でも好きなことを言うんだ。ぼくだって、これからは、そうしてやる」

「ディヴィーには、みんなの前では言えないことがたくさんあるわよ」ドーラは言い張った。

「ないもん」

「あるわ。じゃあ、じゃあ、牧師さんの前で『オスネコ』って言える？」ドーラは重々しく質問した。

これは難問だった。言論の自由についてここまで具体的な例を考えたことは、ディヴィーにはなかった。けれども、ドーラが相手なら適当なことが言える。

「もちろん、言えないさ」むっとして認めた。

「『オスネコ』って、神聖な言葉じゃないもん。牧師さんの前で、そんな動物の話なんかしないよ」

「でも、しなきゃいけなかったら？」しつこくドーラは尋ねる。

「男のネコって言うと思う」

「紳士のネコのほうが、もっと丁寧よ、あたしの考えでは」ドーラは考え考え言った。

「おまえの考えだって！」デイヴィーは、相手をすくませるような軽蔑をこめて言い返した。

デイヴィーは落ち着かない気持ちだったが、それをドーラに認めるくらいなら死んだほうがましだった。ずる休みして遊んだ楽しい気分が消えると、良心がうずき始めた。やっぱり日曜学校と教会に行ったほうがよかったのだろう。リンド夫人は口うるさいかもしれないが、台所の戸棚にはいつもクッキーの箱を用意してくれているし、けちけちしていない。間の悪いことに、今になってデイヴィーは、先週、新しい学校のズボンを破ったときリンド夫人がきれいに繕ってくれて、マリラにはひと言も言わないでいてくれたことを思い出した。

けれども、デイヴィーの悪徳の盃《さかずき》は、まだいっぱいになっていなかった。ひとつ罪を犯すと、それをごまかすために別の罪を犯すことになることがまだわかっていなかったのだ。その日、リンド夫人と昼食をして、最初に尋ねられた質問は、こうだった。

「今日、日曜学校には、みんな来てたかい？」

「はい」デイヴィーは、ごくんとつばを呑《の》み込みながら答えた。「みんな来てた――

一人を除いて」

「聖句と教理問答は言えましたか?」

「はい」

「献金は出しましたか?」

「はい」

「マルコム・マックピアソン夫人は教会にいらしてた?」

「わかんない」これは少なくとも本当のことだと、哀れなデイヴィーは考えた。

「来週は婦人会の集まりがあるって言っていましたか?」

「はい」——声が震えた。

「お祈りの会は?」

「わ——わからない」

「聞いていなきゃ。お知らせにはきちんと耳を傾けなさい。ハーヴィー牧師は聖書のどこをお読みでしたか?」

デイヴィーはあわてて水をごくんと一杯飲み、それとあわせて最後の良心の抵抗も呑み込んで、数週間前に憶《おぼ》えた聖句をすらすら暗誦《あんしょう》した。さいわい、リンド夫人の質問はこれで終わったが、デイヴィーは昼食がちっともおいしくなかった。プディングも一皿しか食べられなかった。

「どうしたの？」当然ながら驚いたリンド夫人が尋ねた。「気分が悪いの？」

「ううん」デイヴィーは口ごもった。

「顔色が悪いわ。今日の午後は、外に出なさんな」リンド夫人が命じた。

「お兄ちゃん、いくつリンドのおばちゃまに嘘ついたか知ってる？」昼食後二人きりになるとすぐ、ドーラが責めた。

デイヴィーは、窮地に追いこまれて、やけくそになった。

「知らないよ。どうでもいい。黙ってろ、ドーラ・キース」

それから可哀想なデイヴィーは、薪《まき》を積み重ねた陰に引っ込んで、自分がやってしまったことをいろいろ考えた。

アンが帰宅したとき、グリーン・ゲイブルズは暗闇と静寂に包まれていた。アンはくたくたで眠かったので、すぐにベッドに入ろうとした。前の週にアヴォンリーでは、随分遅くまで続く宴会がいくつもあったのだ。アンは枕に頭をつけると、なかば眠りに落ちていた。ところが、そのとき、ドアがそっと開いて、訴えるような声が「アン」と言った。

アンは、朦朧《もうろう》としてベッドの上に起きあがった。

「デイヴィー、あなたなの？　どうしたの？」

白いパジャマ姿が駈《か》け寄ってきて、ベッドに飛び上がっていた。

「アン」とディヴィーはすすり泣きながら、両腕をアンの首にまわした。「お家《うち》に帰ってきてくれて、よかった。ぼく、誰かに話さなきゃ、眠れないんだ」

「何を話すの？」

「ぼくがどんなにみじめかってこと」

「どうしてみじめなの、ディヴィー？」

「今日、悪い子だったからだよ、アン。ああ、すっごく悪い子だったんだ――こんなに悪い子だったことないくらい」

「何をしたの？」

「ああ、言うのが怖いよ。ぼくのこと、嫌いになるかもしれないよ、アン。今晩、お祈りが言えなかった。神さまに自分のしたことが言えなかった。神さまに知られるのが恥ずかしかったんだ」

「でも、神さまはご存じよ、ディヴィー」

「ドーラもそう言うんだけど、あのときは神さまも気づいてないかもしれないと思うんだ、もしかすると。とにかく、まずアンに話すね」

「何をしたの？」

一気に何もかもが語られた。

「日曜学校をさぼって――コトン家の子たちと魚釣りに行って――リンドのおばちゃ

んにたくさん嘘っぱち言って――ああ、六つぐらい――それから――それから――ぼく――罵《ののし》りの言葉を言っちゃった、アン――罵りっぽい言葉――それから神さまの悪口も言った」

沈黙があった。ディヴィーは、それをどう受け取ればよいのかわからなかった。アンはあまりにもショックを受けて、二度とぼくに話しかけられなくなってしまったのかな？

「アン、ぼくをどうする？」ディヴィーはささやいた。

「何もしないわよ。もう、罰は受けたと思うから」

「まだだよ。ぼく、何も受けてないよ」

「悪いことをしてからずっと、嫌な気持ちだったんでしょ？」

「そのとおりだよ！」ディヴィーは強い口調で言った。

「それは、あなたの良心があなたを罰していたからよ、ディヴィー」

「良心ってなに？　教えて」

「それは、あなたの中にあるものなの、ディヴィー。あなたが悪いことをすると教えてくれて、それをやめないとあなたを不幸せにするのよ。気づかなかった？」

「気づいたけど、それが何なのかわからなかった。そんなのないほうがいいな。楽しいことといっぱいしたいもの。ぼくの良心ってどこにあるの、アン？　教えて。お腹の中？」

「いいえ、あなたの心の中よ」アンは部屋が暗くてよかったと思いながら答えた。真剣な話をするには重々しくしなければならないから。

「じゃあ、なくすことはできないね」ディヴィーは溜《た》め息をついた。「マリラとリンドのおばちゃんにぼくのこと言いつける、アン？」

「いいえ。誰にも言わないわ。悪い子だったこと、後悔しているんでしょ？」

「もちろんだよ！」

「そして、二度とそんなふうに悪いことはしないわね？」

「しないけど――」ディヴィーは慎重に付け加えた。「いつか、しちゃうかも」

「悪い言葉を言ったり、日曜学校をさぼったり、自分の罪を隠すために偽りを言ったりしないわね？」

「しない。しても、いいことないもん」

「では、ディヴィー。神さまにごめんなさいをして、赦《ゆる》してもらうようにお願いしなさい」

「アンは赦してくれたの？」

「ええ、ディヴィー」

「じゃあ」とディヴィーはうれしそうに言った。「神さまが赦してくれるかどうか、どうでもいいや」

「デイヴィー！」

「ああ――神さまにお願いする――神さまにお願いするよ」アンの口調から、自分が何か恐ろしいことを言ってしまったと思ったデイヴィーは、ベッドから這《は》い下りながら、急いで言った。「神さまにお願いするのはかまわないんだ、アン――どうか神さま、今日、悪い子だったのはごめんなさい。これから日曜日は必ずよい子になりますから、どうか赦してください――ほらね、アン」

「じゃあ、いい子らしく、もう寝なさい」

「わかった。ねえ、もうぼく、みじめじゃないよ。いい気分だ。おやすみなさい」

「おやすみ」

アンはほっと溜め息をついて、すべるように枕に頭を乗せた。ああ――眠い――こと！　次の瞬間――

「アン！」デイヴィーが戻ってきて、枕元にいた。アンは無理やり目を開けた。

「今度は何なの、デイヴィー？」いらだちを声に出さないように努めながら尋ねた。

「アン、ハリソンさんがつばを吐くの見たことある？　ぼくも練習したら、あんなふうにつばを吐けるかな？」

アンは起きあがった。

「デイヴィー・キース。すぐにベッドに入りなさい！　今晩二度と出てくるんじゃありません！　行きなさい！」

デイヴィーは、何と命令されたのか気にとめることもなく、あわてて出ていった。

第14章　天のお召し

アンはルービー・ギリスと一緒に、太陽がギリス家の庭をゆっくりと通りすぎて消えていったあとまで、その庭に坐《すわ》っていた。暖かく、ぼんやりと霞《かす》んだ夏の午後だった。世界は、咲き誇る花で輝いていた。のどかな谷には靄《もや》がたちこめ、森の小道には影が射し、野原にはアスターの紫色が広がっていた。

アンは、月明かりの中をホワイト・サンズの砂浜へ馬車を走らせるのをあきらめて、その晩、ルービーと一緒に過ごすことにしたのだった。その夏はそんなふうにして幾晩も過ごしたのだが、こんなことをして何になるのかしらと何度も思ったし、もう二度と行くまいと決心して帰ってくることもあった。

夏が薄れていくにつれ、ルービーの顔色もどんどん青ざめ、ホワイト・サンズ校で教えるのも断念せざるを得なかった。「父が年が明けるまでは、教えないほうがいいって言うから」とルービーは言ったが、大好きな刺繍《ししゅう》も、疲れきった手からしばしば取り落とされることになった。けれども、いつも陽気で、常に希望を失わず、ずっと恋人たちの話や恋敵たちやその絶望の話をぺちゃくちゃとささやくのだった。アンが訪問をつらいと思うのは、そのせいだった。かつてはたわいもなく、おもしろかったことが、今や恐ろしく思える。気まぐれな生命という仮面の向こうから死が覗《のぞ》いているのだから。それでもルービーは、アンにしがみついてきて、また遊びにくると約束するまでは放そうとしなかった。リンド夫人は、アンがそうしょっちゅう訪問することにぶつぶつ言って、病気がうつるわよと注意したので、マリラさえも心配した。

「ルービーのところへ行って帰ってくるたびに、疲れきってるじゃないか」とマリラ。

「あまりにも悲しくてつらいの」アンは低い声で言った。「ルービーは自分の体のことをちっともわかっていないみたい。だけど、何かしてあげなきゃと思うの――ルービーはそれを求めてる――だから助けてあげたいけど、できない。一緒にいるあいだずっとルービーは見えない敵と戦っているんだけど、その敵を押し返す力さえもうルービーには残ってないのよ。私はただそれを見守るしかできない。だから、あたし、疲れきって帰ってくるの」

けれども、この日の晩は、それほど強くそう思わなかった。ルービーはいつになく押し黙っていたのだ。パーティーのことも、馬車でのお出かけや、ドレスや、男の子たちのことも、ひと言も言わない。ハンモックに横になり、刺繍には手をつけないまま脇へ置き、白いショールを細い肩に巻いていた。長い金髪をお下げにして――かつて学校時代、この美しいお下げが、アンにはどれほど羨《うらや》ましかったことだろう！ ――顔の両側に垂らしていた。ピンはすっかりはずして――頭が痛くなるの、とルービーは言った――病的な紅潮も今はなくなり、青白く、子供っぽい顔に見えた。

銀色の空に月が昇り、まわりの雲を真珠色に染めた。下では、池がそのおぼろな輝きを受けてきらめいている。ギリス家の屋敷のちょうど向こうに教会が見え、隣には古い墓場があった。月明かりは、その白い墓石を照らし、うしろの暗い木々を背景にくっきりと浮かび上がらせた。

「月の光で見ると、墓地って気味が悪いわねえ！」不意にルービーが言った。「何だかぞっとするわ！」と身震いをする。「ねえ、アン。あたしがあそこに眠るのも、それほど先のことじゃないわ。あなたとダイアナとほかのみんなは、元気いっぱいに生きていくのに――あたしは、あそこにいるの――あの古い墓地に――死んで！」

アンは驚いて、どぎまぎした。しばらく何も言えなかった。

「あなたも、それは知ってるでしょ？」ルービーは強く尋ねた。

「ええ、知ってるわ、ルービー」アンは低い声で言った。「知ってる」

「みんな、知ってることよ」ルービーは強い口調で言った。「あたしも、この夏じゅう知ってたけれど、認めたくなかった。そして、「ああ、アン」ルービーは手を伸ばして、思わず、訴えるようにアンの手を取った。

「あたし、死にたくない。死ぬのが、怖い」

「どうして怖がることがあるかしら、ルービー？」アンは静かに尋ねた。

「だって──だって──ああ、天国に行くのが怖いんじゃないのよ、アン。あたし、教会の信者だもの。でも──何もかも、変わってしまうでしょ。あたし──あたし──とっても怖いの──それに──たぶん──この世に帰りたいって思うんじゃないかしら。もちろん、天国はとても美しいところにちがいないけれど、聖書にもそう書いてあるし──だけど、アン、知らないところだもの」

アンの心には、フィリッパ・ゴードンが以前話していた笑い話──来世について同じようなことを言ったおじいさんの話──が、ふっと入り込んでいた。あのときはおかしかったのだ──プリシラと一緒に大笑いしたのを思い出した。ところが、ルービーの青白い、震える唇から語られると、ちっとも愉快ではなかった。悲しくて、悲劇的で──そのとおりなんだもの！　天国は、ルービーが知らないところにまちがいない。ルービーのこれまでの陽気で、浮ついた生き方や、あさはかな理想や望みの何ひとつをとっても、ルービーがこの大きな変化を受けるにふさわしいとは思えない。来世が、異質で非現実的で、嫌なものだと思えてしまうのも仕方ない。アンは、何を言ってあげれば助けになるかしらと考えて、途方に暮れた。何か言ってあげられるだろうか。

「ねえ、ルービー」アンは、おずおずと話し始めた——現世と来世という大きな神秘について、かつての子供じみた考えではなく、自分の中でもようやく少しずつ形を成してきた新しい考え、心の奥底にある思いを誰かに話すのはむずかしいことだ。とりわけ、ルービー・ギリスのような子に話すのは、とても大変だった。

「思うんだけど、たぶん、天国について、あたしたちかなりまちがった印象を抱いているんじゃないかしら——それが何であり、そこに何があるか。大抵の人が思っているほど、今ここにある人生と変わらないんじゃないかしら。今こうして生きているのと同じように生き続けるはずよ——やっぱり、あたしたちは、あたしたちなの——ただ、善良であることがよりたやすくなって——最高の高みに達することもできるようになる。あらゆる障害や不安はなくなり、はっきりものがわかるようになるのよ。怖がらないで、ルービー」

「仕方がないの」ルービーは、情けなさそうに言った。「天国があなたが言うとおりのところだとしても——あなたにはわからないでしょ——あなたが想像してるだけかもしれない——まったく同じってことはないわ。そんなはずない。あたしは、ここで生き続けたいの。まだすごく若いんだもの、アン。まだ人生を生きてないのよ。一所懸命生きようとしてきて――それがむだで――死ななきゃならないなんて――大切にしてきたものを何もかも失くしてしまうなんて」

アンは、つらくてつらくて、居たたまれなかった。気休めの偽りなど言えない。しかも、ルービーが言ったことは、恐ろしいまでに真実だったのだ。ルービーは大切にしてきたものを何もかも失くしてしまうのだ。この地上にのみ宝を蓄えて、人生の些《さ》細《さい》なもの――過ぎ去ってしまうもの――を追いかけて生きてきてしまい、永遠に続く偉大なものを忘れているからだ。その偉大なものは、あの世とこの世の隔たりに橋をかけ、死とはここからあちらへ――日の出前の薄明かりから、雲ひとつない明るい世界へ――と移ることにすぎないとわからせてくれるはずなのだが。あちらへ行けば神さまがルービーを導いてくださるだろう――アンは信じた――ルービーは学ぶのだ――けれども、今、自分が知っていて愛しているものにがむしゃらにしがみつこうとしているのも無理はない。

ルービーは、腕をついて体を起こすと、その明るく美しい青い目で、月明かりの空を見上げた。

「あたし、生きたい」と震える声で言う。「ほかの子みたいに生きたい。あたし……あたし、結婚したいの、アン。そして……そして……赤ちゃんがほしい。あたしが赤ちゃん大好きなの、知ってるでしょ、アン。こんなこと、あなたにしか言えないわ。

あなたならわかってくれる。それから、可哀想なハーブ……あの人……あたしを愛してくれていて、あたしも彼を愛してるの、アン。ほかのことはどうでもいいけど、ハーブだけは気になるの……もし生きられるなら、あの人の奥さんになって幸せになったのに。ああ、アン、つらいわ」

ルービーは枕に顔を埋《うず》め、ひきつけるようにすすり泣いた。アンは、可哀想でならず、ルービーの手を握りしめた。この無言の同情が、きれぎれの不完全な言葉よりも力があったのだろう。やがて、ルービーは落ち着いてきて、すすり泣きもやんだ。

「あなたに話せてよかったわ、アン」ルービーはささやいた。「すっかり話してすっきりしたわ。この夏じゅうずっと——あなたが来るたびに——話したかったの。あなたに相談したかった……でも、できなかった。自分が死ぬって言ったら、あるいは誰かに言われたり、ほのめかされたりしたら、死を確かなものにしてしまう気がして。口にはしたくなかったし、考えるのも嫌だった。昼間は、みんなに囲まれて陽気に過ごしていれば、考えずにいられたけど、夜になると眠れないの——恐ろしかったわ、アン。そうすると、もう逃れられないの。死がやってきて、あたしの顔をじっと見つめるのよ。怖くて、叫びだしたかった」

「でも、もう怖くないでしょ、ルービー？ 勇気を出して、もうだいじょうぶなんだって信じられるでしょ？」

「やってみる。あなたが言ってくれたことを考えて、信じようとしてみるわ。そして、あなたもできるだけしょっちゅうきて頂戴《ちょうだい》ね、アン？」

「ええ、ルービー」

「もう……もう長いことはないと思うの、アン。あたしには、わかる。ほかの人じゃなくてアンにそばにいてほしい。学校のお友だちの中であなたが一番好き。昔も今も。ほかの子みたいに、やきもち焼いたり、意地悪したりしないし。可哀想なエマ・ホワイトが、昨日あたしに会いにきたのよ。学校に通ってたとき、エマとあたし、すっごく仲良しだったって憶《おぼ》えてるでしょ？　それが学校のコンサートのときに喧嘩《けんか》しちゃって、あれからずっと口をきいてなかったの。ばかみたいね？　そうしたこと何もかもが、今となっては、ばかげて思えるわ。けれども、エマとあたし、昨日、あのときはごめんって言い合った。何年も前からあたしと話をしたかったのに、あたしが口をきいてくれないだろうって思ってたんだって。こっちも、口をきいてもらえないと思って話しかけなかったのに。人って、ほんと不思議な誤解をするもんよね、アン？」

「人生の大抵の問題は、誤解から生じるんだと思うわ」とアン。「もう行かなきゃ、ルービー。遅くなってきたから――それに、あなた、夜露に濡《ぬ》れちゃだめよ」

「またすぐ来てね」

「ええ、すぐに。あと、力になれることがあったら言ってね」

「わかってる。すでに力になってくれてるわよ。もう怖くないわ。おやすみなさい、アン」

「おやすみなさい」

アンは、月明かりの中をゆっくりと歩いて家へ帰った。今晩のことで、アンの中で何かが変わったのだ。人生は、これまでとはちがった意味をもち、より深い目的があるのだと思うようになった。表面上は何も変わっていないようなのだが、深いところで揺さぶられたのだ。アンにとっての人生は、哀れな蝶々《ちょうちょう》のようなルービーと同じであってはならないのだ。人生の終わりにきたとき、来世がまったくちがう世界だとおびえたりしてはならない。慣れ親しんだ考え方や理想や希望では太刀打ちできないのではないかと、怖がってはいけない。そのときどきで、すてきですばらしいと思えるような人生のちょっとしたことばかり追いかけて生きてはならないのだ。もっと高みを目指して生きていかなければならない。天国での暮らしは、この地上から始まっているのだ。

その庭でのおやすみなさいが、最後の別れとなった。アンは、生きているルービーと二度と会うことはなかった。次の日の夜、アヴォンリー村改善協会は、西部へ出発するジェーン・アンドルーズのお別れ会を開いた。そして、軽やかな足が踊り、明るい目が笑い、陽気な舌がおしゃべりをしているときに、アヴォンリーのひとつの魂は天に召されたのだ。翌朝、ルービー・ギリスが死んだと、家から家へ伝えられた。苦しまず、静かに眠りのうちに亡くなり、顔には微笑みが浮かんでいた。まるで、死がルービーが恐れていたような不気味な幽霊ではなく、結局のところ、あの世へ導いてくれるやさしい友であったかのようだった。

レイチェル・リンド夫人は、葬式のあと、ルービー・ギリスほど美しい遺体を見たことがないと強調して言った。アンが敷きつめてあげた繊細な花に囲まれて、白い服を着て横たわっていたルービーの愛らしさは、何年にもわたってアヴォンリーで思い出され、語り草となった。ルービーはこれまで、いつも美しい子だった。けれども、それはこの世の美しさで、あたかも見る者に対してひけらかすかのような高慢なところがあった。そこには精神性が光っているわけでもなければ、知性が磨きをかけているわけでもなかった。けれども、死がふれると、神聖なものとなり、いまだかつて見られたことのないような姿と純粋さを生み出したのだ。ルービーが人生を生き、愛情と、大いなる悲しみと、女としての深いよろこびを経験したらこんな顔になるだろうという顔をしていた。アンは、涙の靄《もや》を通して、旧友を見下ろしながら、この顔は神さまがルービーにお与えになろうとしていた顔なのだと思い、その後もずっとそのように思い出したのだった。

ギリス夫人は、葬列が家を出る前に、アンを誰もいない部屋へ呼んで、小さな包みを渡した。

「あなたにこれをもらってほしいの」とルービーの母親はすすり泣いた。「ルービーがあなたにあげようとしていたもので、あの子が刺繍《ししゅう》をしていたテーブルセンターよ。まだ仕上がってないけど――針は、あの子が死ぬ前の日の午後、最後に細い指で刺したところにそのまま刺さっているわ」

「いつだってやり残した仕事ってもんは、あるものですよ」とリンド夫人は目に涙を浮かべて言った。「でも、必ず、それを完成させる誰かがいるのね」

「ずっと知ってた人が本当に死んでしまうなんて、どうしても信じられないわ」ダイアナと一緒に家へ帰る道すがら、アンは言った。「ルービーは、学校のお友だちのなかで最初に逝ってしまった人。一人ずつ、遅かれ早かれ、あたしたち全員あとを追うんだわ」

「そういうことよね」ダイアナは落ち着かずに言った。そんなことは話したくなかったのだ。葬式のこまごましたことについて話すほうがよかったと思った――ギリス氏がルービーのためにどうしてもと用意した白いベルベットを張ったすばらしい棺《ひつぎ》のこととか――「ギリス家は、葬式さえも派手にするのよ」とレイチェル・リンド夫人は言った――ハーブ・スペンサーの悲しげな顔とか、ルービーの姉が半狂乱になって悲嘆にくれていたこととか。しかし、アンはそうしたことを話そうとはしなかった。アンはすっかり思いに耽《ふけ》っているようで、ダイアナはそこに入りこめないことをさみしく感じたのだった。

「ルービー・ギリスは、よく笑う人だったよね」不意にディヴィーが言った。「アヴォンリーとおんなじように天国でも笑うかな、アン？　教えて」

「そうね、そうでしょうね」とアン。

「まあ、アンったら」ダイアナは、ひどくショックを受けたような笑みを浮かべて抗議した。

「だって、そうじゃない？　ダイアナ？」アンは、まじめに言った。「天国では人は笑わないと思うの？」

「そ、それは……わからないわ」ダイアナは口ごもった。「なんとなく、ふさわしくないように思うの。だって、教会で笑ったりしたらひどいでしょ？」

「でも、天国は教会とはちがうでしょ――いつも同じとはかぎらない」とアン。

「ちがっててほしいな」とディヴィーが語気を強めて言った。「ちがわないなら、天国には行かない。教会ってものすごくつまんないんだもの。とにかく、当分は天国になんか行かないよ。ホワイト・サンズのトマス・ブルーイットさんみたいに、百歳まで生きるんだ。あんなに長生きしてるのは、いつも煙草を吸って黴菌《ばいきん》をぜんぶやっつけちゃうからなんだって。ぼくも、もうすぐ煙草を吸ってもいい、アン？」

「だめよ、デイヴィー。煙草は一生吸わないで」アンはぼんやりと言った。
「じゃあ、黴菌がぼくをやっつけちゃったら、アンはどうするの？」デイヴィーは、くってかかった。

第15章　ひっくり返った夢

「あと一週間で、レドモンドに戻るんだわ」とアンは言った。また勉強を再開し、クラスやレドモンドの友だちと一緒になるのだと思うとうれしくなった。これから住むパティのお家《うち》についても、楽しい思いがあれこれふくらんだ。まだ一度も住んだことがないのに、温かく居心地のいいわが家のように思えた。

とは言え、夏休みだって、とても楽しかったのだ。それは、夏の太陽や青空とともに生きるよろこびを嚙《か》みしめる時であり、健全でいられることに深い歓喜を覚える時、旧交を温め、深める時、より気高く生き、より辛抱強く働き、より思いっきり遊べる時だった。

「人生の教訓は大学では学べない」とアンは思った。「人生から学ぶんだわ、どこででも」

けれども、残念ながら、その楽しい夏休みの最後の一週間は、夢が悪夢と化したかのようなひどい出来事のために、台なしになってしまった。

「最近、小説は書いているのかね」とハリソンさんが、ある夕方、アンがハリソン夫妻とお茶をしているときに、にこやかに尋ねた。

「いいえ」アンは、にべもなく答えた。

「何も悪気があって聞いたんじゃないんだ。ハイラム・スローンの奥さんが先日教えてくれたんだが、ひと月前、郵便局にモントリオールのローリングズ純正ベイキング・パウダー宛《あ》ての大きな封筒が投函《とうかん》されて、あの会社のベイキング・パウダーの名前を入れた宣伝の懸賞小説に誰か応募したのかしらと思ったそうだ。おまえさんの筆跡じゃなかったそうだが、わしはおまえさんかなと思ってね」

「ちがいます！　懸賞の広告は見たけど、応募しようなんて夢にも思いませんでした。ベイキング・パウダーの宣伝のために小説を書くなんて、あまりにも恥知らずです。ジャドソン・パーカーが薬の広告を柵《さく》に描かせようとしたのと同じぐらいひどいわ」

アンは鼻をつんと上げてそう言ったが、まさか屈辱の谷間へ落ちこむことになろうとは夢にも思っていなかった。まさにその夕方、ダイアナが目を輝かせて、バラ色の頰をして、手紙を手にアンの部屋へ飛び込んできたのだ。

「ねえ、アン。これ、あなた宛ての手紙。あたし、郵便局に行ったから、持ってきてあげようと思ったの。すぐ開けてみて。あたしの思ってるとおりだったら、うれしくておかしくなっちゃうわ」

アンは、訝《いぶか》しく思いながら、手紙を開封し、タイプライターで打たれた次の文面に目を走らせた。

ミス・アン・シャーリー
グリーン・ゲイブルズ
アヴォンリー、プリンス・エドワード島

拝啓
貴女《あなた》の魅力的な小説『アヴァリルの贖《あがな》い』がこのたびの弊社のコンテストで賞金二十五ドルを獲得したことを謹んでお知らせいたします。小切手を同封いたしました。いくつかのカナダの大手新聞社に小説の掲載を手配させていただいております。また、弊社の株主様へのパンフレットにも掲載させていただく予定でおります。
弊社にご関心をお寄せいただき、ありがとうございました。

敬具

ローリングズ純正ベイキング・パウダー株式会社

「どういうことかしら」とアンは面食らって言った。

ダイアナは手を叩《たた》いた。

「ああ、賞を取るとわかってたわ――自信があったもの。あたしがあなたの小説を懸賞に応募したのよ、アン」

「ダイアナ――バリー！」

「ええ、そう」ダイアナは、ベッドに坐《すわ》りながら陽気に言った。「懸賞広告を見たとき、すぐにあなたの小説のことを思ったの。最初はあなたに送りなさいよって言おうと思ったんだけど、きっと送らないだろうなって思って――あなた随分自信を失くしてたでしょ。だから、あなたからもらった写しを送って、あなたには黙ってることにしたの。そしたら、懸賞に落ちても落選作は送り返されないから、あなたにはわからないし、気分を害することもないし。入選したら、びっくりばんざーいってわけ」

ダイアナは、人間観察の鋭いほうではなかったが、このとき、アンがそれほどよろこんでいないことに気づいた。まちがいなく驚いてはいたが、ばんざーいはどこにいったんだろう？

「アンったら、ちっともうれしそうじゃないのね！」ダイアナは叫んだ。

アンは、とたんに作り笑いをしてみせた。

「もちろん、あなたがあたしをよろこばせようとしてくれた献身的な思いに対しては、うれしく思わずにはいられないわ」アンはゆっくりと言った。「でも、あのね……とっても驚いたの……まさか……それに、わからないわ。あたしの小説にはひと言も……あの……」少し息がつまる思いで、「ベイキング・パウダーって言葉がないはずだもの」と言った。

「あら、あたしが入れたのよ」ダイアナがだいじょうぶよというふうに言った。「まばたきするくらい簡単……もちろん、かつての物語クラブでの経験が役に立ったわ。アヴァリルがケーキを作る場面、憶《おぼ》えてる？　あそこで、ローリングズ純正を使ったって書いたの。それですっかりうまくいったのよ。それから、最後の一節で、パ、パ、パーシヴァルがアヴァ、ア、アヴァリルを抱きしめて言うでしょ、『愛《いと》しい人、これからの美しき年月は、ぼくらの夢の家を現実にしてくれるだろう』って。あたし、『その家では、ローリングズ純正以外のベイキング・パウダーは使わないことにしよう』って書き足したの」

「まあ」と哀れなアンは、冷たい水でもぶっかけられたかのようにあえいだ。

「それで二十五ドル獲得ってわけよ」ダイアナは歓声をあげた。「だって、プリシラは『カナダ婦人』は小説ひとつに五ドルしか払ってくれないって、昔言ってたわよ」

アンは、その憎むべきピンク色の小切手の紙を震える指でつまんだ。

「これは受け取れないわ——もらう権利はあなたにあるわ、ダイアナ。あなたが投稿して、あなたが変更を加えたんだもの。あ、あたしだったら、絶対送らなかったから。小切手はあなたが受け取って頂戴《ちょうだい》」

「そんなことできるはずないじゃない？」ダイアナは軽蔑《けいべつ》するように言った。「だって、あたしがやったことなんて、大した手間じゃなかったもの。賞金作家のお友だちである栄誉だけで、あたしはじゅうぶん。さあて、もう行かなきゃ。お家《うち》にお客さまがあるから、郵便局からまっすぐ帰らなきゃならなかったんだけど。でも、どうしてもここにきて、ニュースを知らせたかったの。アン、おめでとう。あたし、ほんとにうれしいわ」

アンはふいに前かがみになって、ダイアナを両腕で抱きしめ、頰にキスをした。

「あなたって、世界一すてきで真心のあるお友だちだわ、ダイアナ」とアンは声を震わせて言った。「そして、あなたの思いやりには感謝してる」

ダイアナはよろこんで、はにかんで立ち去り、哀れなアンは、罪のない小切手をまるで血塗《まみ》れのお金のように机の引き出しに放り込むと、ベッドに身を投げて、恥辱の涙を、感受性がめちゃくちゃにされた思いで流した。ああ、この不名誉から二度と立ち直ることはできないだろう——決して！

夕暮れどきにギルバートが、おめでとうを言いにやってきた。果樹園の坂《オーチャード・スロープ》を訪ねたときにニュースを耳にしたのだ。けれども、アンの顔を見たとたん、祝辞は唇の上で消えた。

「おい、アン、どうしたんだ？　ローリングズ純正の賞をもらって大よろこびかと思ったのに。おめでとう！」

「まあ、ギルバート、あなたまで」とアンは「ブルータスよ、おまえもか」という調子で嘆いた。「あなただけはわかってくれると思ってたのに。どんなにひどいことか、わからない？」

「わからないよ。何がいけないんだい？」

「何もかもよ」アンはうめいた。「永遠に恥ずかしめられた気分。自分の子の体じゅうにベイキング・パウダーの宣伝の刺青《いれずみ》が入れられたら、母親はどう感じると思って？　まさにそんな気分。可哀想なあたしの小説を愛してたのに、自分の持てる力を出し切って書いたのに。それが、ベイキング・パウダーの宣伝のレベルにまで貶《おとし》められるなんて、冒瀆よ。ハミルトン教授がクイーン学院の文学の授業でおっしゃってたこと、憶えてない？　決して低級な、つまらない動機で言葉を書いてはならない。常に最も高尚な理想を持ちなさいっておっしゃってたわ。あたしが、ローリングズ純正の宣伝のために小説を書いたなんてお聞きになったら、教授は何てお思いになるかしら？　それに、ああ、レドモンドのみんなの噂になるわ！　みんなにからかわれて、笑いものになるわ！」

「そんなことはないよ」とギルバートは言ったが、アンが気にかけているのは、あの忌々しい三年生のやつの意見じゃなかろうかと不安になった。「レドモンドの連中は、ぼくが思ってるのと同じように思うだろうよ――つまり、君が、ぼくらの九割と同じく物質的富に恵まれていないから、こうして真っ当に学費を稼いだんだってね。それが低級で、つまらないとか、ばかげてるなんて一切ないと思う。もちろん文学的傑作を書けたらいいだろうが、一方、下宿代と学費も払わなければならないからね」

この常識的で、現実的なものの見方は、アンを少し元気づけてくれた。少なくとも、笑われないかしらという心配はなくなった。ただ、理想を傷つけられた深い心の傷は癒《い》えなかった。

第16章　やっぱり一緒に

「こんなに落ち着くお家《うち》、見たことないわ――自分んちよりも、お家《うち》っていう感じがする」フィリッパ・ゴードンは、よろこびの目でまわりを眺めながら断言した。黄昏《たそがれ》どき、パティのお家《うち》の大きな居間に一同は集まっていた――アンとプリシラ、フィリッパにステラ、ジェイムジーナおばさん、ネコのラスティ、ジョーゼフ、サラ、それにゴグとマゴグだ。暖炉の火の影が、壁の上で踊っていた。ネコたちは喉《のど》を鳴らし、フィリッパの崇拝者の一人がフィリッパ宛てに贈った温室咲きの菊の大鉢が、とろける月光のように黄金の光を放って光っていた。

この家に落ち着いたと感じるようになって三週間が経ち、この試みは成功したと、誰もが信じていた。最初の二週間は、楽しくてわくわくしていた。家具をそろえたり、住み心地をよくしたり、意見のくいちがいに折りあいをつけたりするのに忙しかったのだ。

アンは、大学へ戻る時が来たとき、アヴォンリーを去るのをそれほど残念に思わなかった。お休みの最後の数日は、楽しくなかったからだ。懸賞小説が島の新聞に印刷され、ウィリアム・ブレア氏は、店のカウンターの上に、小説が掲載されたピンクと緑と黄のパンフレットを山と積み上げて、お客が来るたびに配っていた。氏は、アンに贈呈分のひと束を送ってくれたが、アンは即刻それを台所のストーブの火にくべてしまった。アンは理想が高いがゆえに恥辱を感じているだけで、アヴォンリーの人たちは受賞はすごいと考えていた。多くのお友だちは心から尊敬してくれたし、少ない敵は軽蔑のこもった嫉妬《しっと》を感じていた。ジョウジー・パイは、アン・シャーリーはあの小説をどこかから写したのよと言い、数年前、新聞で似たのを読んだことがあると言い張った。チャーリーがふられたことに気づいたか察したスローン家の人たちは、大したことじゃないと言った。やろうと思えば、誰だってできることだと言うのだ。アトッサおばさんは、小説なんか書くようになったのは嘆かわしいと言った。アヴォンリーで生まれ育った者は、そんなことをしないものだと言うのだ。どこだかわからないところから、誰の子供かもわからない孤児なんか拾ってくるから、この始末だと。レイチェル・リンド夫人でさえ、小説を書くなんてみっともないとむっつり考えていたが、二十五ドルの小切手を思って、まあいいだろうと言ってくれた。

「あんな嘘っぱちにそんな大金を払うなんて腰を抜かしますね、まったくもって」とリンド夫人は、なかば得意そうに、なかば厳しい口調で言った。

いろいろ考え合わせると、お別れの時がやってきて、ほっとした。それに、レドモンドに戻るのは、とっても愉快なことだった。楽しい始業式には、経験を積んだ賢い二年生として、大勢の友だちと挨拶《あいさつ》を交わしたのだ。プリシラとステラとギルバートもいた。チャーリー・スローンは、二年生として、過剰に偉そうにしていた。例のアレック・アロンゾ問題が未解決のままのフィリッパや、ムーディー・スパージョン・マクファーソンもいた。ムーディー・スパージョンは、クイーン学院卒業後ずっと学校で教えていたが、そろそろ教職をやめて牧師になる勉強をしなければならないと母親が決めたのだった。可哀想なムーディー・スパージョンは、大学生活ののっけから不運に見舞われた。ある晩、同じ下宿の無慈悲な二年生六人ほどに襲われて、髪の毛を半分剃《そ》られてしまったのだ。髪の毛がまた生えてくるまで、不運なムーディー・スパージョンはその恰好《かっこう》で歩きまわらなければならなかった。自分の天職が本当に牧師なのかどうか疑問を持つことがあると、苦々しげにアンに話したこともあった。

ジェイムジーナおばさんは、女の子たちがパティのお家《うち》の準備を整えるまではやってこなかった。ミス・パティは、ゴグとマゴグは控えの部屋のベッドの下の箱にしまってあるが、必要に応じて出してやってもいいですよという手紙とともに鍵《かぎ》をアンに送ってくれた。追伸に、絵を掛けるときは気をつけてほしいとあった。五年前に居間の壁紙を貼り替えたばかりで、自分もミス・マリアも、どうしても必要でなければその新しい壁紙に穴をあけないでほしいと思っているというのだ。それ以外のことは、アンに任せるとあった。

お家《うち》を整えるのが楽しいことといったら! フィリッパが言ったように、結婚するのと同じぐらいわくわくした。しかも、夫のことを気にせずに、ホームメイキングを楽しめるのだ。誰もがこの家を飾ったり居心地よくしたりするための何かを持ち込んだ。プリシラとフィリッパとステラは小間物や絵をふんだんに持っていたので、ミス・パティの新しい壁紙なんかおかまいなしに、好みに応じてどんどん壁に掛けていった。

「出ていくときに穴をふさげばいいのよ、アン――わかりっこないわ」アンが抗議すると、みんなは言った。

アヴォンリーを出るときにダイアナはアンに松葉をつめたクッションをくれ、ミス・エイダはアンとプリシラに恐ろしいほどに細かくてすばらしい刺繡《ししゅう》を施したクッションを贈ってくれていた。以前プリザーブの大きな箱を送ってくれていたマリラは、「感謝祭には、籠《かご》につめた食べ物を送るよ」とボソッと言っただけだった。リンド夫人は、アンにパッチワークのキルトを一枚くださって、五枚貸してくれた。

「持っていきなさい」と夫人は命じるように言った。「屋根裏部屋のトランクにしまい込んで虫に食わせておくより、使ったほうがいいですからね」

どんな虫もこのキルトに寄りつこうともしなかっただろう。防虫剤の匂いがあまりにもすごいので、パティのお家《うち》の果樹園にまるまる二週間干しておかないと、家の中へ持ちこむことはできなかった。貴族的なスポフォード街でキルトがずらりと並べて干されるなんて、めったに見られない光景だった。「お隣」に住む無愛想な百万長者の煙草王の老人がやってきて、リンド夫人がアンにくださった立派な赤と黄色の「チューリップ模様」のを買い取りたいと言った。なんと、自分の母親が昔あいったキルトをよく作っていて、母親を思い出すので、一枚ほしいというのだ。アンが売ろうとしなかったので、老人はたいそうがっかりしたが、アンはこのことをリンド夫人に手紙で書き送った。すっかりご満悦の夫人は、よく似たキルトを一枚、要らないのがあるからとアンに送ったので、煙草王は結局キルトを手に入れることができ、自分のベッドに掛けるのだと言い張って、流行に敏感な妻を怒らせてしまった。

リンド夫人のキルトは、その冬とても役に立った。パティのお家《うち》は、とてもよいところだが、欠点もあったのだ。かなり寒い家だった。夜、霜が降りると、みんなはリンド夫人のキルトにもぐり込んでほっとし、キルトを貸してくださったことを神さまが夫人の善き行いとして数えてくださいますようにと願った。アンは、ひと目で気に入ったあの青い部屋をもらった。プリシラとステラは大きな部屋で、フィリッパは台所の上の小さな部屋で大満足した。ジェイムジーナおばさんは、居間の脇の階下の一部屋を使うことになった。

新学期となって二、三日めに、大学から家へ歩いて帰ってきたアンは、出会う人たちが、仕方がないよねというような微笑みを密《ひそ》かにアンに向けていることに気づいた。アンは自分がどうかしたのかしらと不安になった。帽子が曲がってる？　ベルトがはずれてる？　あちこち首を曲げて調べていたアンは、そのとき初めてラスティを目にしたのだ。

アンのすぐうしろからトコトコとついてきていたこのネコは、今まで見たこともないような可哀想な様子をしていた。子ネコというには大きくなりすぎていて、やせてガリガリで、みっともない体をしていた。両耳がちぎれ、片目は手当てが必要な状態で、片方の顎《あご》が異様にふくれていた。色は、かつて黒かったネコを徹底的に焦がしたら、こんなふうな、やせて汚れた、みすぼらしい毛皮の野良《のら》ネコになるだろうという感じだった。

アンは、シッと言って追い払おうとしたが、ネコは逃げない。こちらがじっとしていると、ネコはお坐《すわ》りをして、いいほうの目で責めるようにじっと見つめるのだ。また歩きだすと、ついてくる。仕方なくパティのお家《うち》の門まで、ついてくるままにさせておいたが、これでお別れだというつもりでネコの目の前で冷たく門をぴしゃりと閉じてやった。けれども、十五分後、フィリッパが玄関を開けたとき、玄関前の段にあの錆《さ》び色のネコが坐っているではないか。その上、パッと中へ駈《か》け込んできて、アンの膝《ひざ》に飛び乗って、なかば訴えるような、なかば勝ち誇るような「ミャーオ」という鳴き声をたてたのだ。

「アン」とステラが厳しい口調で言った。「それ、アンのネコなの？」

「いいえ、ちがうわ」むっとして、アンは抗議した。「どこからか、あたしのあとをついてきたのよ。追い払えなくって。もう、下りなさい！　ちゃんとしたネコなら好きだけど、おまえみたいな、ぞっとするのは、嫌よ」

けれども、ネコは下りない。澄ましてアンの膝で丸まって、喉《のど》を鳴らした。

「どうやらあなたをお気に召したみたいね」プリシラが笑った。

「そんなの、困るわ」アンは頑固に言った。

「この子、飢えてるのよ」フィリッパは哀れむように言った。「ほら、骨が皮から突き出そう」

「じゃあ、ちゃんと食べさせてあげて、それから、もと来たところに帰してやるわ」

アンは決心して言った。

ネコは食事を与えられ、外へ出された。朝になって、ネコはまだ玄関前の段にいた。そこに坐り続け、ドアが開くとサッと入ってくるのだ。どんなに冷たくあしらっても効果はない。アン以外の誰にも興味を示さないのだ。みんなは、可哀想だと言って餌を与えたが、一週間が過ぎたところで何か手を打たなければならないということになった。ネコの外見はよくなった。目と顎は普通になり、それほどやせてもおらず、顔も自分で洗っていた。

「だけど、飼うわけにはいかないわよ」とステラ。「ジムジーおばさんが来週いらっしゃるし、おばさんはご自分のネコのサラを連れてくるもの。ネコを二匹も飼えないわよ。飼ったりしたら、この錆び色のネコは、サラと喧嘩《けんか》をするわ。このラスティは、生まれついての喧嘩好きだもの。昨夜も、煙草王のネコと戦って、さんざんにやっつけてたわよ」

「追い払わなきゃ」アンは、問題となっているネコを暗い気持ちで見ながら同意した。ネコは子羊のようにおとなしそうに、暖炉の前の敷物の上で喉を鳴らしていた。

「でも……どうやって？　どうしても出ていこうとしないネコを、か弱き女四人で、どうやって追い払う？」

「クロロホルムをかがせるのよ」フィリッパがてきぱき言った。「それがもっとも人道的だわ」

「ネコにクロロホルムをかがせるやり方なんて、誰か知ってるの？」アンは陰鬱《いんうつ》に尋ねた。

「あたし、知ってるわよ。あたしの残念ながら数少ない技能のひとつなの。実家で何匹か始末したことがあってね。朝、ネコを捕まえて、おいしい朝ご飯をあげてから、古い麻布を持ってきて――裏口にひとつあるわね――ネコをその上に置いて、木の箱をかぶせるの。それから、クロロホルム二オンス入りの瓶を持ってきて、栓を抜いて、箱の縁からそっと中へ入れるの。箱に重しを載せて、夜までおいておくと、ネコは死んでるわ。眠るように安らかに丸くなって。痛みもないし――苦しまないの」

「簡単そうに言うわね」アンは疑わしい思いだった。

「簡単なのよ。あたしに任せて。あたしがやるわ」フィリッパは、だいじょうぶというように言った。

そこでクロロホルムが入手され、翌朝ラスティはその運命へと誘いこまれた。朝ご飯を食べ、舌なめずりをして、アンの膝に上がった。アンは心が痛んだ。可哀想に、アンが大好きなのだ。アンを信頼しているのだ。どうして、この子を殺す者の味方ができるだろう？

「ほら、連れてって」アンは、急いでフィリッパに言った。「あたし、人殺しの気分」

「苦しまないって言ったでしょ」フィリッパは慰めたが、アンは逃げてしまった。

運命の行為は、裏口で行われた。その日は、誰も裏口に近づかなかった。けれども、夕暮れどき、フィリッパがラスティを埋めなきゃと言った。

「プリスとステラで、果樹園にお墓を掘って頂戴《ちょうだい》」とフィリッパ。「そして、アンは、あたしと一緒に、箱をどけるのを手伝って。それがいつも、嫌なところなの」

二人の共犯者は、いやいやながら裏口へ、そっと忍び寄った。フィリッパは用心深く箱の上の重しを持ち上げた。突然、微《かす》かにではあるが、はっきりと、箱の下から、聞きまちがえようのないミャーオという声が聞こえた。

「し――死んでないわ」アンはあえいで、裏口の段に呆然《ぼうぜん》と坐り込んだ。

「そんなはずないわ」フィリッパは信じられないというふうに言った。

また、微かな鳴き声がしたので、死んでいないことがわかった。二人は顔を見合わせた。

「どうする？」アンが尋ねた。

「どうしてみんな来ないの？」ステラが戸口に現れた。「お墓はできたわよ。『なぜみな沈黙し動かぬのだ』〔バイロンの詩「ドン・ジュアン」にある言葉〕」ステラは、からかうように詩を引用した。

「『いや、死者の声は、遠き滝の音のごとく響けり』」即座にアンが、その詩の続きを引用して、箱を厳かに指さした。

笑いがどっと起きて、緊張がほぐれた。

「朝までこうしておきましょ」フィリッパが重しを戻しながら言った。「この五分間は鳴き声が聞こえないし、さっきのは今わの際のうめきだったのかもしれないわ。あるいは、気が咎《とが》めるあまり、空耳が聞こえたのかも」

ところが、翌朝、箱を持ち上げてみると、ラスティは元気にアンの肩へ飛び上がり、愛《いと》おしそうにアンの顔をなめ始めた。これほど元気なネコはいなかった。

「この箱、ここに節穴があるわ」とフィリッパがうめいた。「気がつかなかった。それで死ななかったのね。これで、最初からやり直しだわ」

「だめよ。もういいわ」アンが不意に断言した。「ラスティをまた殺すなんてできない。あたしのネコよ。だから、みんな、あきらめてくれない？」

「まあ、いいわよ。ジムジーおばさんとネコのサラとうまくやっていけるならね」ステラは、自分はこの件からすっかり手を引きたい様子で言った。

それ以来、ラスティは家族の一員となった。夜は裏口の靴拭《ふ》きマットの上で眠り、贅沢《ぜいたく》な暮らしを送った。ジェイムジーナおばさんがやってくるころには、まるまる太って、つやつやして、かなり見られる姿になった。けれども、キプリングの小説のなかのネコのように、「わが道を行く」タイプで、どのネコに対してもちょっかいを出し、喧嘩が絶えなかった。一匹、また一匹と、スポフォード街の貴族的なネコを制圧していくのだ。人間について言えば、アンを愛し、アンだけを愛した。ほかの誰も、怖くてなでることもできない。なでようとすると、怒ってうなり、罵《ののし》るような声をたてるのだった。

「あのネコの偉そうな態度、我慢ならないわ」とステラ。

「かわいいネコちゃんじゃないの」アンは、挑むかのように、ネコを抱きしめた。

「だけど、ネコのサラとうまくやっていけるはずがないわ」ステラが悲観的に言った。「夜毎に果樹園でネコの喧嘩があるのだけでも、たまらないのに、この居間で喧嘩されたら目も当てられないわ」

やがて、ジェイムジーナおばさんがやってきた。アンとプリシラとフィリッパは、この到来をかなり不安な気持ちで迎えたが、おばさんが暖炉の前のロッキング・チェアに堂々と腰をすえると、三人はそこにひれ伏して、拝みたい気持ちになった。

ジェイムジーナおばさんは小柄なおばあさんで、小さな、柔らかな三角の顔に大きな柔らかい青い目をしていて、その目には消えない若さが輝いており、少女のような希望できらめいていた。桃色の頬をして、真っ白な髪の毛を耳の上で古風に小さくまとめていた。

「とても古風な結《ゆ》い方ですよ」おばさんは、夕焼け雲のように華奢《きゃしゃ》で桃色の何かをせっせと編みながら言った。「でも、私は古風だからね。私の服もそうだし、私の考え方だって古いのもあたりまえですよ。古いのがいいというわけじゃありませんよ。実際、古臭いのはぜんぜんだめでしょう。だけど、居心地がいいんですよ。新しい靴は、古いのよりかっこいいだろうけど、古い靴のほうが履き心地がいい。私ももう年だから、靴や考え方は好きにさせてもらいますよ。ここでは気楽にさせてほしいってことです。あなた方の面倒を見て、世話を焼いてほしいんだろうけど、私はしませんよ。あなた方はもう大人なんだから、その気になれば、自分でちゃんとやれるはずです。だから、私に言わせれば――」とジェイムジーナおばさんは、その若い目をきらきらさせながら結びの言葉を言った。「あんたたちは、勝手にしやがれってことですよ」

「ああ、誰か、あのネコたちの喧嘩をなんとかして！」ステラが、肩をすくめて訴えた。

ジェイムジーナおばさんはサラだけでなく、ジョーゼフというネコも連れてきていたのだった。おばさんによると、ジョーゼフは、バンクーバーへ引っ越してしまった親友のネコだったそうだ。

「ジョーゼフを連れていけないから、引き取ってほしいと頼みこまれてね。断れなかったのよ。美しいネコでしょ。つまり、性格が美しいということですけどね。毛がいろいろな色をしているので、聖書のヨセフ〔英語名ジョーゼフ〕がいろいろな色の上着を着たというのに因《ちな》んで、ジョーゼフと名づけたんです」

確かにそうだった。ジョーゼフは、ステラが顔をしかめて言うとおり、歩くぼろ袋のようだった。その基本の色が何色かを言うのはむずかしく、脚は白で黒い斑点《はんてん》があり、背中は灰色で片方に大きな黄色い斑《まだら》があり、反対側が黒くなっていた。尻尾《しっぽ》は黄色で、先が灰色だ。片耳は黒く、もう一方は黄色だ。片目に黒い斑があるので、怖い悪党に見える。実際はおとなしくて、無害で、よくなつく性格だった。ある面では、聖書〔『新約聖書』「マタイによる福音書」6：28〕で言われる「野の百合《ゆり》」のように、「働きもせず、紡ぎもしない」のらくら者で、ネズミも捕まえなかった。けれども、栄華を極めたソロモンといえども、ジョーゼフほど柔らかなクッションに寝たり、おいしいご馳走《ちそう》をたっぷり食べたりはしなかったことだろう。

ジョーゼフとサラは、別々の箱に入れられて急ぎの馬車で届けられた。箱から出されて、エサを与えられると、ジョーゼフは好きなクッションのある部屋の隅を選んで、サラは暖炉の前におもむろに坐《すわ》って、顔を洗い始めた。サラは大きくて、すらりとした、灰色と白のネコで、とても堂々としており、実は平民の生まれであることなどまったく気にしていない様子だった。サラは、おばさんが洗濯女からもらったネコだった。

「洗濯屋さんの名前がサラだったから、夫はいつもサラネコと呼んでいたんですよ」とジェイムジーナおばさんは説明してくれた。「八歳で、とてもじょうずにネズミを捕まえるの。心配しないで、ステラ。サラネコは決して喧嘩《けんか》をしないし、ジョーゼフもめったにしないから」

「ここでは自己防衛のために戦わなければならないんです」とステラ。

このとき、ラスティがその場に現れた。うれしそうに部屋のなかばまで飛んできたところで、新参者たちに気づいた。そこで、ぴたっと立ち止まり、尻尾を三倍になるほどふくらませて、背中の毛を反抗的に逆立て、頭を低くして、憎しみと侮蔑《ぶべつ》のおぞましい金切り声を上げて、サラネコへ躍りかかった。

堂々たるサラネコは顔を洗うのをやめて、興味深そうにラスティを見た。サラネコは、ラスティの猛襲を、ばかにしたように前足をサッとひと振りして、払いのけた。ラスティは、敷物の上をゴロンゴロンともんどり打って転げ、それからびっくりして立ち上がった。自分の横面を張り倒したこいつは、いったいどんなネコなのだろう？不思議そうにサラネコを見た。やっつけるか。やめておくか。サラネコはゆっくりとラスティに背を向けて、洗顔を再開した。ラスティは攻撃をあきらめた。それきり二度と攻撃しなかった。それからは、サラネコが家のボスとなったのだ。ラスティはもう二度とちょっかいを出すことはなかった。

ところが、ジョーゼフがうっかり立ち上がって、伸びをした。ラスティは、この恥辱を晴らそうと、飛びかかった。ジョーゼフは、穏やかな性格ではあるが、喧嘩ができないわけではなく、強いネコだった。結果は、何度も引き分けとなった。毎日、ラスティとジョーゼフは、顔を合わせると喧嘩をする。アンはラスティの肩をもち、ジョーゼフを嫌った。ステラは絶望した。けれども、ジェイムジーナおばさんは、ただ笑うばかりだった。

「とことん戦わせればいいのですよ」おばさんは寛大に言った。「しばらくしたら、仲直りするでしょう。ジョーゼフはちょっと運動したほうがいいのです——太りすぎていましたからね。それに、ラスティは、自分が一番ではないと学ぶべきでしょう」

やがてジョーゼフとラスティは、状況を受け入れ、宿敵から親友へと変わった。互いに前足をかけあって同じクッションの上に寝て、互いの顔をなめあったのだ。

「みんな、お互いに慣れたってことね」とフィリッパ。「あたしも皿洗いと床掃除をおぼえたし」

「でも、ネコにクロロホルムをかがせる腕があるなんて、思わせてくれなくていいからね」とアンが笑った。

「あれは、節穴のせいよ」とフィリッパが抗議した。

「節穴があってくれてよかったですね」ジェイムジーナおばさんがかなり厳しい口調で言った。「確かに、子ネコを溺死《できし》させないと、世の中がネコだらけになってしまうことは認めます。けれども、ちゃんとした大人のネコを始末するなんていけませんよ。卵を食べてしまうような悪いネコでないかぎり」

「ラスティがここに迷い込んできたときご覧になっていたら、ちゃんとしたネコだとはお思いにならなかったと思います」とステラ。「悪魔みたいだったもの」

「悪魔がそんなに醜かったりしませんよ」とジェイムジーナおばさんは、考え深そうに言った。「醜かったら、大した悪さはしません。ほんとの悪魔というのは、とても見目麗しい紳士のような姿をしているものですよ、私はいつもそう思いますね」

第17章　デイヴィーからの手紙

「雪が降ってきたわよ、みんな」ある十一月の夕方、フィリッパが家に帰ってきたとたんに言った。「しかも、お庭の散歩道じゅう、とってもすてきな小さな星形や十字形の雪が散ってるの。雪のひとひらが、こんなに繊細なものだなんて、今まで気づかなかった。そういうことって、簡素な生活の中で気づいていくものねえ。そういう暮らしをさせてもらえて、みんなに感謝するわ。バターが一ポンド五セントも値上がりしたからって、このあたしが気を揉《も》むのよ、楽しいったらないわ」

「え、上がったの？」家計簿をつけているステラが尋ねた。

「ええ——で、これがそのバター。あたし、お買い物するのが、ほんとにじょうずになっちゃった。男の子といちゃつくより楽しいわね」フィリッパがまじめに言った。

「何もかも、とんでもなく値上がりしてるわ」ステラは溜《た》め息をついた。

「気にしなさんな。空気と神さまのお救いはまだタダだから、ありがたいですよ」とジェイムジーナおばさん。

「笑いもね」とアン。「笑いに税金がかからないのはありがたいことよ。だって、これからみんな大笑いをするから。これからデイヴィーの手紙を読み上げます。この一年で、随分綴《つづ》りをまちがえないで書けるようになったけど、点を打つのは得意ではないわね。だけど、おもしろい手紙を書く才能は確実にあるわ。夕方の勉強にとりかかる前に、これを聞いて笑って頂戴《ちょうだい》」

アンさま

おげんきですかこちらはみんなげんきです。きょうはすこしゆきがふっていてマリラはそらのおばあさんがはねぶとんをふるっているのだといいます。そらのおばあさんて、かみさまのおくさんかな、アン？　おしえて。

リンドのおばちゃんはすごくびょうきだったが今はよくなりました。せんしゅうちかしつのかいだんからおちました。たおれるときにミルクのおけとシチューなべのたなをつかんだので、おばちゃんといっしょにたおれて、どんがらがっしゃんとなりました。マリラはさいしょ地しんかとおもいました。

おなべのひとつがぺしゃんこになってリンドのおばちゃんはむねのほねをいたくしました。おいしゃさんがきて、むねにぬるおくすりをくれましたが、おばちゃんはまちがえてのんじゃいました。おいしゃさんは、よくしななかったといいましたが、おばちゃんはしなずに、むねがなおったので、いしゃなんてあてにならないとリンドのおばちゃんはいいます。でも、おなべはなおせませんでした。マリラがすてちゃいました。せんしゅうはかんしゃさいでした。学校はおやすみで、おいしいごちそうをたべました。ぼくはミンスパイとロストターキーとフルツケーキとドナツとチーズとジャムとチョコレトケキをたへました。マリラはぼくがしんじゃうといったが、しにませんでした。ドーラはあとで耳いたをおこしました。でもいたかったのは耳ではなく、おなかだとわかりました。ぼくはどこも耳いたになりませんでした。

あたらしいせんせはおとこの人です。いろいろおもしろいことをします。せんしゅうぼくたち三年生の男子に、どんなおくさんがほしいか、女子にどんなだんなさんがほしいか、作文をかかせました。せんせいはそれをよんで、しぬほどわらいました。ぼくのはこれです。アンもよみたいとおもったのでうつします。

ぼくがほしいおくさん

おぎょうぎがよくて、じかんどおりに食事をだしてくれて、いいつけたことをして、ぼくにいつもていねいにしてくれる人。十五さいで、びんぼうな人にやさしくて、おうちをきれいにして、おこらないで、きちんと教会にいく人。とてもきれいでかみの毛がまいてある。おくさんをもらうならそういう人にぼくはとってもいいだんなさんになります。女の人はおっとにとてもやさしくすべきだと思います。かわいそうにおっとのいない女の人もいます。

おわり

せんしゅうホワイト・サンズのアイザック・ライツさんのおくさんのおそうしきに出ました。だんなさんがとてもかなしがっていました。リンドのおばちゃんのはなしでは、ライトさんのおくさんのじいさんがひつじをぬすんだそうです。でも、なくなった人のことをわるくいってはいけないってマリラがいうの。どうしてアン？　おしえて。　いってもばれないでしょ。

このまえリンドのおばちゃんに、ノアのはこぶねのころも生きてたのってきいたら、とってもおこりました。きをわるくさせるつもりじゃなかったんだ。ただ知りたかっただけ。生きてたのかな、アン？

ハリソンさんが自分のところのいぬをしまつしようとしました。首をつるしたのに生きかえって、ハリソンさんがはかをほっているあいだに、なやへにげました。それでまた首をつったら、こんどはしんでくれました。ハリソンさんのところにあたらしい人がはたらきにきています。とてもぶきっちょです。りょう足とも左ききなんだって、ハリソンさんは、いってました。バリーさんのところのやといの人はなまけものです。バリーさんのおくさんがそういってますが、バリーさんは、なまけものというわけではなくて、なにかのためにはたらくよりも、そうなりますようにっておいのりするほうがらくだとおもってるだけだといいます。

ハーモン・アンドルーズのおくさんのじまんのブタがひきつけをおこして死にました。リンドのおばちゃんは、じまんしすぎたばちがあたったのだといいます。でも、それじゃあブタがかわいそうです。ミルティー・ボウルターがびようきです。おいしゃさんがおくすりをくれて、ひどいあじがします。ぼくは二十五セントくれたら代わりにのんでやるといいましたが、ボウルター家はとてもケチです。ミルティーはおかねがもったいないからじぶんでのむといいます。ぼくはボウルターのおばちゃんに、おとこをつかまえるにはどうやるんですかときいたら、とてもおこって、しりません、おとこをおいまわしたことなんかありませんっていってました。

アヴォンリー村かいぜんきょうかいは、公会どうのペンキをぬりなおしました。もう青いのはうんざりだって。

あたらしいぼくしさんが夕べおちゃにきました。パイを三きれたべました。ぼくがそんなことしたら、リンドのおばちゃんはぼくのことをブタのようにがつがつするといいます。ぼくしさんはパクパク、ムシャムシャたべました。マリラはぼくにそういうたべかたをしないようにいつもいっているのに。どうしてぼくしさんは、こどもがやっちゃいけないことをやっていいの？　おしえて。

おしらせはこれでおしまいです。六かいキスします。××××××。ドーラが一度キスをおくります。これがそれ。×。

あなたのあいする友デイヴィッド・キース

ついしんアン、あくまのおとうさんってだれ？　おしえて。

第18章　ミス・ジョゼフィーヌは憶《おぼ》えていてくれた

クリスマス休暇がやってくると、パティのお家《うち》の娘たちはそれぞれの家へ散り散りになったが、ジェイムジーナおばさんは、そのままとどまることにした。「あちこち招待されたけど、あの三匹のネコを一緒に連れていくわけにはいかないからね」とおばさん。「まさか、三週間近く、ネコだけをここに置いていくわけにもいかないし。餌をやってくださるきちんとしたお隣さんがいれば出かけてもいいけれど、この通りには百万長者しか住んでませんからね。だから、私がここに残って、パティのお家《うち》を温かくしておいてあげますよ」

アンは、いつものようにうれしい期待とともに帰省した――が、その期待は完全に満たされはしなかった。その年アヴォンリーは例年より早く寒波に襲われ、最長老でさえ経験したことのないような大嵐の冬となったのだ。グリーン・ゲイブルズも、巨大な雪だまりの中に、文字どおり閉ざされてしまった。その不運な休暇のあいだほぼ毎日、激しい吹雪となり、晴れる日があっても、雪は止むことなく舞っていた。ようやく道が通れるようになったかと思うと、すぐ雪に埋まった。ほとんど身動きできなくなったのだ。アヴォンリー村改善協会は、大学生の歓迎パーティーを三回計画したが、そのたびに嵐になって、誰も出席できず、絶望のうちにあきらめた。アンは、グリーン・ゲイブルズを変わらず愛してはいたが、パティのお家《うち》が懐かしく思えてならなかった。居心地のよい暖炉、ジェイムジーナおばさんの楽しそうな目、三匹のネコ、女の子同士の陽気なおしゃべり、大学の友だちが訪ねてきてまじめな話から気楽な話まで愉快に語りあう金曜の夕方が思い出された。

アンはさびしかったのだ。ダイアナは気管支炎をこじらせて冬休みのあいだずっと家から出られず、グリーン・ゲイブルズに来ることもできなかったし、アンのほうも果樹園の坂《オーチャード・スロープ》へ行けなかった。〝お化けの森〟を抜ける昔の道が吹雪で通れなくなり、凍《い》てついた〝きらめきの湖〟をまわっていく長い道のほうもほぼ同様の状態だったためだ。ルービー・ギリスは、真っ白な雪に覆われた墓場で眠っている。ジェーン・アンドルーズは西部の平原のどこかの学校で教えている。ギルバートは、もちろん、まだアンのことを思ってくれていて、できるかぎり毎晩、グリーン・ゲイブルズまで雪を踏み分けてきてくれたが、ギルバートの訪問はかつてのものとは意味合いがちがっていた。アンは、それを恐れるほどになっていた。突然訪れる沈黙に顔を上げてみると、ギルバートのはしばみ色の目が、その真剣な瞳《ひとみ》の奥にまちがえようのない表情を浮かべてじっとこちらを見つめているのに気づくのは、とてもどぎまぎしてしまうのだ。しかも、見つめられている自分が落ち着かずに真っ赤になって熱くなっているのに気づくのも、もじもじしてしまい、まるで……まるで……とにかく、ひどくばつが悪いのだ。アンはパティのお家《うち》に戻りたいと思った。そこには必ず、間の悪い状況になっても場をやわらげてくれる誰かがいてくれるからだ。グリーン・ゲイブルズでは、ギルバートがやってくるとすぐにマリラはリンド夫人のところへ行ってしまい、しかも双子を連れ去ってしまうのだった。それが何を意味しているのかは明白で、アンは腹立たしく思いながらもどうすることもできないのだった。

けれども、デイヴィーは、心からハッピーだった。朝、外へ出て、井戸と鶏小屋までの道の雪かきをするのを楽しんでいた。マリラとリンド夫人が腕を競い合ってアンのために作ったクリスマスのご馳走《ちそう》も大満足だったし、学校の図書室でおもしろい物語も読んでいて、その驚くべき主人公は面倒に巻き込まれては地震とか火山の噴火とかで空高く吹き飛ばされて窮地を脱し、最後には大儲《おおもう》けをして、めでたしめでたしで終わるのだ。

「すっごくおもしろいお話だよ、アン」デイヴィーはうっとりしながら言った。「聖書よりもこっちのほうがずっといい」

「そうなの？」アンは微笑んだ。

デイヴィーは不思議そうにアンを見た。

「ぜんぜんびっくりしてないみたいだね、アン。リンドのおばちゃんは、ぼくがそう言ったら、ぎょっとしてたよ」

「ええ、ぎょっとしないわ、デイヴィー。九歳の男の子が聖書よりも冒険小説を読みたがるのは、とても自然なことよ。でも、大きくなったら、聖書がどんなにすばらしい本か、わかってほしいと思うの」

「聖書も、ところどころはおもしろいよ」デイヴィーは譲歩した。「ヨセフのお話なんか――すっごいよ。でも、ぼくがヨセフだったら、兄さんたちを赦《ゆる》さない。赦すもんか、アン。みんなの首をはねるよ。リンドのおばちゃんは、ぼくがそう言ったら、ひどく怒って、聖書を閉じて、そんなことを言うんだったら二度と聖書を読んであげませんって言ったんだ。だから、日曜の午後におばちゃんに聖書を読んでもらうときには、もうぼくは黙ってることにした。頭で思うだけにして、次の日に学校でミルティー・ボウルターに言ってやるんだ。ぼくが預言者エリシャとクマの話〔『旧約聖書』「列王記下」2：23〜24〕をしたら、ミルティーったら怖がっちゃって、二度とハリソンさんのはげ頭をからかわなくなったよ。プリンス・エドワード島にもクマっているの、アン？　教えて」

「最近はいないわ」アンがぼんやりと言ったとき、風が窓に雪を激しく吹きつけた。

「ああ、この吹雪、いつになったらやむのかしら？」

「神のみぞ知る」デイヴィーが本に戻ろうとしながら、何気なく言った。

今度はアンも、ぎょっとした。

「デイヴィー！」アンは非難する口調で叫んだ。

「リンドのおばちゃんもそう言うよ」とディヴィーは抗議した。「先週だって、マリラが『ルードヴィック・スピードとセオドラ・ディックスは、いったい結婚するのかしらね』って言った夜なんか、リンドのおばちゃんが『神のみぞ知る』って、そういうふうに言ってたもん」

「じゃあ、おばさまは、いけないことをなさったんだわ」アンは、困りはしたが、すぐに態度を決めて、リンド夫人を咎《とが》めた。「神さまの名前をみだりに口にして、軽々しく言ってはいけません。二度としてはいけませんよ」

「牧師さんみたいに、まじめにゆっくり言ってもだめ？」デイヴィーは真剣に尋ねた。

「ええ、だめです」

「じゃあ、ぼく、言わない。ルードヴィック・スピードとセオドラ・ディックスはミドル・グラフトンに住んでるけど、リンドのおばちゃんは、ルードヴィックはセオドラに百年間ずっと求婚してるんだって言ってるよ。それじゃ、結婚するのに年寄りすぎじゃないかな、アン？　ギルバートがそんなに長くアンに求婚しないといいね。いつ結婚するの、アン？　リンドのおばちゃんが、結婚するのはまちがいないねって言ってる」

「リンドのおばさまは、ひ……」とアンは熱くなって言いかけて、やめた。すると、デイヴィーが「ひどいおしゃべりばあさんだ」と落ち着いて続けた。「みんな、そう言ってるもん。でも、結婚するのはまちがいないの、アン？　教えて」

「あなたはとても愚かしい子です、デイヴィー」アンはそう言って、傲然《ごうぜん》として部屋から大股《おおまた》で出ていった。台所には誰もおらず、アンは窓辺に坐《すわ》って、どんどん暗くなる冬の黄昏《たそがれ》を見つめた。太陽は沈んでおり、風も止んだ。青白い冷たい月が、西の紫の雲の向こうから覗《のぞ》いている。空は暗くなっていくが、西の地平線の黄色い線がますます明るく強くなり、まるで散らばっていた光が一点に集まったように見える。僧侶《そうりょ》の行列のような樅《もみ》の木々に縁どられた遠くの丘が、光の中にくっきりと黒く浮かび上がっている。アンは、荒涼たる夕焼けの無情な光を浴びて冷たく命を失ったように広がっているこの静かな白い野原を見渡して、溜《た》め息をついた。ひどくさみしく感じた。心の底に悲しみがあった。来年レドモンドへ戻れるかどうかわからなかったからだ。たぶん無理だろう。二年生でもらえる唯一の奨学金は小額だった。マリラのお金には手をつけられないし、夏休みのあいだにじゅうぶんな額を稼ぐ見込みもなかった。

「来年休学するしかないわ」アンはわびしく考えた。「また地域の学校で教えて、卒業までの学費を稼ぐしかない。その頃には、みんなは卒業していて、パティのお家《うち》に住むなんて考えられなくなる。でも、しっかりしなきゃ！　臆病者《おくびょうもの》にはならないわ。

必要なら自分で稼げばいいんだから、感謝しなきゃ」

「ハリソンさんが雪をかき分けやってくるよ」デイヴィーが外へ走り出しながら叫んだ。「手紙を持ってきてくれたんじゃないかな。もう三日も手紙が来てないもん。あの厄介な自由党がどうしているのか知りたいんだ。ぼく、保守党なんだ、アン。でね、いいかい、自由党には目を光らせとかなきゃならんのだよ」

ハリソンさんが手紙を持ってきてくれた。ステラとプリシラとフィリッパからの陽気な手紙は、すぐにアンの憂鬱《ゆううつ》を吹き飛ばしてくれた。ジェイムジーナおばさんからも手紙があり、暖炉は温かくしてあるし、ネコたちはみんな元気で、お家《うち》の植物も順調だとあった。おばさんからの手紙は、次のように続いていた。

こちらはかなり寒いです。ですので、ネコたちは夜、家に入れてやっています。ラスティとジョーゼフは居間のソファーで眠り、サラネコは私のベッドの足許《あしもと》で寝ています。夜、目が覚めて、外国にいる娘のことを考えているときに、サラネコが喉《のど》を鳴らしてくれると、ほっとします。場所がインドでなければ心配しないんですが、あそこは蛇が怖いと言いますからね。私は、蛇だけは苦手です。なぜ神さまは、あんなものをお創りになったのでしょう。ときどき、あれは神さまがお創りになったのではないのではないかと思います。あんなものは悪魔が創ったのではないかという気がするのです。

タイプ打ちの、薄い手紙は、あまり重要ではないと思って、最後に残しておいた。それを読んだとき、アンは目に涙を浮かべて、身動きもせずにじっと坐っていた。

「どうしたの、アン？」とマリラが尋ねた。

「ミス・ジョゼフィーヌ・バリーが亡くなったの」とアンは低い声で言った。

「ついに亡くなられたのね」とマリラ。「もう一年以上ご病気で、バリー家ではその訃報《ふほう》をいつ聞くことになるかわからなかったからね。これまでひどくお苦しみになったのだから、安らかになられたのはよかったことですよ、アン。あなたにいつもやさしくしてくださったわね」

「最後までやさしくしてくださってるわ、マリラ。この手紙は、あのかたの弁護士からなの。遺書であたしに一千ドル遺《のこ》してくださったって書いてある」

「すっげえ、そりゃまた随分な大金だぜ」ディヴィーが叫んだ。「その人って、アンとダイアナがお客さま用のベッドに飛び込んだとき、下敷きにしちゃった人だよね？ダイアナからその話、聞いたよ。それでそんなにたくさん遺してくれたの？」

「黙って、ディヴィー」アンはそっと言った。アンは胸がいっぱいになって一人で自分の部屋にこもり、マリラとリンド夫人が思う存分この話で盛り上がるままにさせておいた。

「これでアンは結婚しなくなると思う？」デイヴィーは心配して考えた。「こないだの夏にドーカス・スローンが結婚したとき、生きていくのにじゅうぶんなお金さえあれば、男の人なんかと一緒になったりしないって言ってたよ。ただ、義理の姉さんなんかと一緒に暮らすくらいなら、八人の子持ちの男やもめのほうがまだましだって」

「デイヴィー・キース、黙りなさい」リンド夫人は、厳しく命じた。「小さな子供がそんな破廉恥なことを言うもんじゃありません、まったくもって」

第19章　幕間《まくあい》

「今日があたしの二十歳の誕生日で、もう十代とは永遠にさよならだなんて信じられないわ」

膝《ひざ》の上にラスティを乗せて、暖炉の敷物の上に丸くなっていたアンは、お気に入りの椅子で本を読んでいるジェイムジーナおばさんに言った。居間にいるのは二人だけだった。ステラとプリシラは委員会に出かけ、フィリッパは二階でパーティーに出るために身づくろいをしていた。

「ちょっと残念なんでしょ？」とジェイムジーナおばさん。「十代っていうのは、人生の最高の時代ですからね。私は、ずっと十代でいられてよかったわ」

アンは笑った。

「おばさまは、ずっと十代よね。百歳になっても、十八なんだから。ええ、あたし、残念。そして、ちょっと不満なの。ミス・ステイシーが、ずっと前におっしゃったんだけど、人格は、よかれ悪しかれ、二十歳までに形成されるって。あたしはだめね。欠点だらけだもの」

「誰だってそうです」ジェイムジーナおばさんは、朗らかに言った。「私の性格なんて、百か所も割れ目がありますよ。スティシー先生がおっしゃろうとしたのは、二十歳になるまでに人格の方向性が固まって、それからその線に沿って成長していくっていうことじゃないかしら。だいじょうぶですよ、アン。神さまにきちんとお仕えして、隣人と自分に尽くして、楽しみなさい。それが私の哲学で、これまでずっとうまくいっていましたからね。フィルは、今晩どこへお出かけ？」

「ダンスパーティーよ。そのために最高にすてきなドレスを作ったの。クリームっぽい黄色のシルクと、クモの巣みたいに薄いレースのドレス。あの子の茶色い髪と目にはぴったりね」

「シルクとレースって言葉には、魔法があるわね？」とジェイムジーナおばさん。

「その言葉を聞いただけで、踊りだしたくなるわ。そして、黄色のシルクだなんて。日光のドレスを考えちゃうわ。私、黄色いシルクのドレスがずっとほしかったんだけど、最初は母が、次には夫がだめだって言ってね。天国へ行ったら、まず何よりも、黄色いシルクのドレスを手に入れたいものね」

アンのはじけるような笑い声が響くところへ、フィリッパが、光り輝く雲のようなドレスをなびかせて階段を下りてきて、壁の楕円《だえん》形の細長い鏡で自分を眺めた。

「自分を美しくみせてくれる鏡を見ると、愛想のいい人間になれるわね」とフィリッパ。「あたしの部屋の鏡だと、緑に見えちゃうの。あたし、とってもすてきかしら、アン？」

「あなた、自分がどれほどかわいいか、ほんとにわかってるかしら、フィル？」アンが、心から惚《ほ》れ惚《ぼ》れとしながら尋ねた。

「もちろん、わかってますとも。鏡と男が何のためにあると思ってるの？　そういう意味で聞いたんじゃないの。結った髪の毛の先は、ぜんぶ中に入ってる？　スカート、曲がってない？　このバラ、もっと下につけたほうがいいかしら？　ちょっと高すぎない？――そうすると片側に寄りすぎるわね。耳がくすぐったいのも嫌だけど」

「何もかも、ばっちりよ。それに、顔の南西にある片えくぼもすてき」

「アン、あたし、とくにひとつ、あなたの好きなところがあるの――あなたって、ほんとに惜しみないのよ。嫉妬《しっと》のかけらもないんだから」

「この子がどうして嫉妬することなんかありますか？」ジェイムジーナおばさんが尋ねた。「あなたほど美人じゃないかもしれませんが、ずっとすてきな鼻をしてるんですよ」

「わかってるわ」とフィリッパは認めた。

「この鼻はいつもあたしの大きな慰めなの」とアンも白状した。

「そして、額にかかる前髪も、あたし大好きよ、アン。そのいつだって落っこちそうに見えるけど決して落ちないちっちゃな巻き毛も、ぞくぞくしちゃう。でも、鼻のことで言えば、あたしのはひどく心配。四十になる頃には、バーン家の鼻になってるんじゃないかしら。あたし、四十になったら、どうなると思う、アン？」

「貫禄《かんろく》ある既婚のおばさん」アンは、からかった。

「ちがうわ」フィリッパは、エスコート役の男性が来るのを待って、くつろいで腰掛けて言った。「ジョーゼフ、このぶちネコ、あたしの膝に乗るんじゃないわよ。ネコの毛だらけでダンスパーティーに行く気はありませんからね。いいえ、アン。あたしは、貫禄あるおばさんにはならないわ。もちろん結婚はするけど」

「アレックかアロンゾと？」とアン。

「どっちかでしょうね」フィリッパは溜《た》め息をついた。「どっちか決められたら」

「決めるのはむずかしいはずありませんよ」とジェイムジーナおばさんが叱った。

「おばさま、あたし、生まれながらのぐらつき屋なの。ちょっとしたことで、すぐぐらつくの」

「もっと分別をつけなければいけませんね、フィリッパ」

「もちろん、分別がつけば最高なんだけど」とフィリッパも認めた。「でも、そうすると、随分楽しみがなくなるわ。アレックとアロンゾについては、もしおばさまが二人をお知りになれば、どうして選ぶのがむずかしいかおわかりになると思います。同じようにすてきなんだもの」

「では、もっとすてきな別の人を捕まえなさい」とジェイムジーナおばさんが提案した。「あなたに夢中の四年生がいたじゃない——ウィル・レズリー。あの子、とってもすてきな、大きくて穏やかな目をしてるわ」

「ちょっと大きすぎて、穏やかすぎる——牛の目みたい」フィリッパは残酷に言った。

「ジョージ・パーカーはどう？」

「いつも、糊《のり》つけてアイロンかけられたばっかりみたいに、しゃちほこばってる。それ以外何も言うことはないわ」

「じゃあ、マー・ホルワージーは？　あの子には、けちつけられないでしょ」

「ええ、あの人、貧乏じゃなかったらオーケーなんだけど。あたし、どうしてもお金持ちと結婚したいの、ジェイムジーナおばさま。お金持ち――というのとイケメン――っていうのが、はずせない条件。ギルバート・ブライスがお金持ちだったら、あの人と結婚するんだけどなあ」

「おや、そうですか？」アンが、かなり悪意をこめて言った。

「『わらわは、そのような考えは好まぬぞよ』っておっしゃりたいのね、アン女王。『もちろん、わらわ自らギルバートと結ばれようとは思わぬが。いやはや、とんでもない』」とフィリッパがからかった。「でも、つまらない話はやめましょ。あたし、いつかは結婚しなきゃいけないと思うけど、その邪悪なる日をできるだけ延期するつもり」

「愛していない人と結婚してはいけませんよ、フィル。何はともあれ」とジェイムジーナおばさん。

「ああ、ゆかしき古風な恋心、
　今はすたれて、新風吹く頃」

フィリッパがからかうように歌った。「馬車が来たわ。急がなきゃ――バイバイ。とっても古風なお二人さん」

フィリッパが行ってしまうと、ジェイムジーナおばさんは重々しい顔つきでアンを見た。

「あの子はかわいくて、すてきで、気立てがいいけれど、ちょいと頭の調子がおかしいんじゃありませんかね、アン？」

「あら、フィルの頭はだいじょうぶだと思いますよ」アンは笑みを隠して言った。「ただ、あんな話し方をするだけです」

ジェイムジーナおばさんは首を振った。

「ならいいけどね、アン。そう願いますよ、あの子が大好きだから。だけど、私には、あの子がよくわかりませんね――まいったわ。私の知っているどんな女の子ともちがうし、私自身かつていろんな女の子だったけど、そのどれともちがうんだもの」

「何人くらいの女の子になったことがあるんですか、ジムジーおばさま？」

「六人ぐらいね、アン」

第20章　ギルバート、口を開く

「今日は、つまらない散文的な一日だったわ」とフィリッパがあくびをして、ソファーの上でうーんと伸びをした。ソファーから追い払われた二匹のネコたちは、ひどく腹を立てていた。

アンは、小説『ピクウィック・ペイパーズ』から顔を上げた。春の学期末試験も終わったので、自分へのご褒美にディケンズの小説を読み耽《ふけ》っていたのだった。

「あたしたちにとって、つまらない日だったわ」アンは考え深げに言った。「けれども、すばらしい一日だった人もいるはず。有頂天だった人もいるでしょう。ひょっとすると今日どこかで偉大なことがなされたかもしれないし、すごい詩が書かれたかもしれないし、偉人が生まれたかもしれない。そして、失恋した人もいるわよ、フィル」

「どうしてそのすてきな考えの最後にそんなことを言って台なしにしちゃうの、アン？」フィリッパがぶつぶつ言った。「失恋なんて考えたくない——そういう不愉快なこと、嫌」

「不愉快なことを避けて人生を生きていけると思う？　フィル」

「無理に決まってるわよ。今だって、直面してるんだから。アレックとアロンゾは、あたしを死ぬほど苦しめてるんだから、愉快なことじゃないでしょ」

「あなたって、何も真剣に考えようとしないのね、フィル」

「どうして真剣にならなきゃいけないの？　真剣な人はじゅうぶんたくさんいるわ。世界にはあたしみたいな人が必要なのよ、アン。世界が楽しくなるように。誰も彼もが知的でまじめで、マジにどうしようもなく真剣だったら、恐ろしいことになるわ。あたしの使命は、ジョサイア・アレン〔マリエッタ・ホリーの小説『サマンサ』の登場人物〕が言うように、『楽しませ、魅了する』ってことよ。さあ、白状なさい。パティのお家《うち》での生活は、あたしがいたおかげで、この冬ずっと明るくて楽しかったでしょ？」

「そうね、そのとおりだわ」アンは認めた。

「そして、みんな、あたしを愛してくれてる――あたしの頭がおかしいと思ってるジェイムジーナおばさまでさえ。だったらどうして、あたし、このままじゃいけないの？ ああもう、すごく眠いわ。昨夜一時まで、気味の悪い怪談を読んで起きてたの。ベッドで読んでたんだけど、読み終わったとき、ベッドから出て明かりを消せると思う？ できるわけないわ！ ちょうどうまいぐあいにステラが入ってきてくれなかったら、あのランプは朝まで煌々《こうこう》とついていたでしょう。ステラの声が聞こえたから、あたし呼び入れて、状況を説明して、明かりを消してもらったの。あたしが消そうとして出ていったら、また入るときにきっと何かがあたしの足を捕まえたにちがいないのよ。ところで、アン、ジェイムジーナおばさまは、この夏どうなさるか決めたの？」

「ええ、ここにずっといらっしゃるわ。ご自分の家を開けるのは面倒だからなんておっしゃっているけれど、あの幸せなネコたちのためだってわかってるわ。それにお客が来るのが嫌いでいらっしゃるし」

「あなた、なに読んでるの？」

「『ピクウィック』よ」

「その本を読むと、あたし、いつもお腹が空《す》いてきちゃう」とフィリッパ。「おいしそうなものがどっさり出てくるんだもの。登場人物は、いつもハムや卵やミルク・パンチ酒を山ほど味わってるみたいでしょ。『ピクウィック』を読んだあと、あたし、大抵戸棚に食べ物をあさりに行くのよ。考えただけで自分がお腹が空いてたことを思い出しちゃう。台所に何かおいしいものあるかしら、アン女王？」

「今朝、レモンパイを焼いたから、一切れどうぞ」

　フィリッパは台所へすっ飛んでいき、アンはラスティと一緒に果樹園へ出かけた。早春のしっとりした、香り高い夕方だった。雪はまだ公園に少し残っていた。少し汚れた雪の土手が、四月の太陽が射し込まない港通りの松の下にあった。おかげで港通りはぬかるんで、夕方の空気は冷え冷えとしていた。けれども、雪の吹き込まなかったところでは草が青々と育っており、人目につかぬ隅に、青白い、すてきな岩梨《メイフラワー》を見つけていたのはギルバートだった。その花をいっぱい摘んで、公園からこちらへやってくる。

　アンは、果樹園の大きな灰色の丸石に坐《すわ》り、ほんのりと赤い夕焼けを背景にして、葉の落ちた樺《かば》の枝が、えも言われぬ優雅さで枝垂れている詩のような美しさを眺めていた。アンは空想に耽っていた――そこはすばらしい御殿で、日当たりのよい中庭や堂々たる広間にはアラビアの香料がたちこめており、そこでアンは女王として、城主として君臨しているのだ。そこへギルバートが果樹園からやってくるのが見えたとき、アンは眉《まゆ》をひそめた。最近、ギルバートと二人きりにならないように気をつけてきたのに、とうとう捕まってしまった。ラスティさえもが、アンを一人にしてしまったのである。

ギルバートは、アンと並んで丸石に坐って、岩梨《メイフラワー》を差し出した。

「この花を見ると、故郷《ふるさと》と、小学生のときにしたピクニックを思い出さないかい、アン？」

アンは花を受け取り、顔を埋《うず》めた。

「あたし、今、サイラス・スローンさんの家の裏手の荒れ地にいるんだわ」うっとりとしてアンは言った。

「数日したら、ほんとにそこにいるんだろ？」

「いいえ、二週間先。帰省する前に、フィルと一緒にボリングブルックへ行くの。あなたは、あたしより先にアヴォンリーに帰るのね」

「いや、アヴォンリーには、この夏は帰らないよ、アン。『デイリーニューズ』紙のオフィスで仕事をもらったから、それを受けようと思うんだ」

「あら」とアンはぼんやりと言った。ギルバートがいなかったら、アヴォンリーの夏はどうなるのだろうと思ったのだ。どういうわけか、それは嫌だった。「まあ」とアンは平気な様子で言った。「それはよかったわね、ほんと」

「うん。仕事につけるといいなとずっと思ってたからね。これで来年の学費もだいじょうぶだ」

「あんまり働きすぎないでよ」とアンは、自分が何を言っているのかよくわからないままに言っていた。フィリッパが来てくれないかしらと無性に思っていた。「あなた、この冬、休まずに勉強しっぱなしだったもの。……すてきな夕べね？　あのね、あたし今日、あそこにあるあのねじれた古い木の下に白いすみれがいっぱい咲いてるのを見つけたのよ。金鉱を見つけた気分」

「君はいつも金鉱を見つけてるね」ギルバートも、やはり心ここにあらずだった。

「もっとあるか見に行きましょうよ」アンが、急《せ》くように言った。「フィルを呼んでくるから一緒に――」

「フィルのことも、すみれのことも、今は気にしないで、アン」とギルバートは静かに、アンの手をぎゅっと握りしめて言った。アンはその手を振りほどくことができなかった。

「君に言いたいことがあるんだ」

「ああ、言わないで」とアンは懇願した。「お願い――お願いよ、ギルバート」

「言わなきゃならない。こんなふうに続けていくことはできないよ、アン。ぼくは君を愛してる。君もわかってるはずだ。ぼくは――どんなに愛しているか言えやしない。いつか、ぼくの妻になってくれると約束してくれるかい？」

「で――できないわ」アンはみじめな気持ちで言った。「ああ、ギルバート――あなた――あなた、何もかもだめにしてしまったわ」

「ぼくのことを少しも好きになってもらえないのかな？」ギルバートは、恐ろしい沈黙のあとでそう尋ねた。アンはそのあいだ顔を上げることができなかった。

「ちがうわ――そういうんじゃなくて。あたし、お友だちとしてあなたのことが好きなの。でも、愛してるっていうんじゃないのよ、ギルバート」

「だけど、いつかは愛してくれるかもしれないって希望はないのかな」

「無理よ」アンは、絶望して叫んだ。「あなたを愛するなんて、絶対、絶対無理。そういうふうには――ギルバート。もう二度とこの話はしないで」

再び沈黙があった。あまりにも長く、あまりにも怖かったので、アンはとうとう顔を上げた。ギルバートの顔は唇まで真っ白だった。そしてその目は――アンは身震いを覚えて、目をそらしてしまった。これではまったくロマンチックなところは何もない。結婚申し込みのプロポーズというのは、ぶざまか、ひどいものなのだろうか。今のギルバートの顔を、アンは忘れることができるのだろうか。

「ほかに誰かいるんじゃないよね?」ギルバートは、とうとう低い声で尋ねた。

「いいえ。いないわ」アンは、心から言った。「そういうふうに誰かを思ったことはないの。あなたのことは、世界じゅうの誰よりも好きよ、ギルバート。だけど、あたしたち——お友だちのままでいなきゃ、ギルバート」

ギルバートは、苦々しげに小さな笑い声をあげた。

「お友だちか! そんな友情じゃ、満足できないよ、アン。ぼくは君の愛がほしいんだ——そして君は、それは無理だと言うんだね」

「ごめんなさい。許して、ギルバート」としか、アンには言えなかった。ああ、どこに行ってしまったのだろう。空想のなかで求婚者たちに断るときに使うつもりでいたあの優雅で上品な台詞《せりふ》はどこへ?

ギルバートは、やさしくアンの手を放した。

「許すことなんて、何もないさ。君が愛してくれてると思えたときが何度もあったんだ。ぼくの思い過ごしだった。それだけのことだ。さようなら、アン」

アンは、自分の部屋へ入り、松の枝の陰になった窓辺に坐って、激しく泣いた。計り知れないほど大切なものが自分の人生から消えてしまったと感じたのだ。もちろん、それはギルバートとの友情だ。ああ、どうしてそれをこんなふうに失くさなければならないのだろう？

「どうしたの、アン？」とフィリッパが月明かりの暗がりから現れて言った。アンは答えなかった。そのとき、フィリッパなんて一千マイルも遠くにいてくれればいいと思った。

「あなた、ギルバート・ブライスをふっちゃったのね？　なんてばかなの、アン・シャーリー！」

「愛してもいない男性と結婚するのを断るのは、ばかかしら？」アンは、答えずにはいられなくなって、冷たく言い放った。

「あなた、愛が見えてるはずなのに、それがわかってないのよ。理想の愛を想像のなかで創りあげといて、本物の愛もそうだと思ってるのよ。あら、今のって、あたしが生まれて初めて口にしたまともなことよ。どうしてそんなことができたのかしら？」

「フィル」とアンは訴えた。「ちょっとはずして。あたしをしばらく一人にして頂戴《ちょうだい》。あたしの世界がばらばらになったから、もう一度建て直したいの」

「ギルバートなしの世界を？」フィリッパは立ち去りながら尋ねた。

ギルバートなしの世界！　アンはその言葉を、わびしい思いで繰り返した。そんなの、あまりにもさびしくて、荒涼とした世界じゃないかしら。でも、すべてギルバートがいけないんだわ。あたしたちの美しい友情を壊してしまったのだから。それなしで生きていくすべを見つけていくしかないんだわ。

第21章　昨日のバラ

アンがボリングブルックで過ごした二週間は、とても楽しいものだったが、ギルバートのことを考えると、なんとなくつらくなって、すっきりした気分になれなくなった。とはいえ、彼のことを考えている時間はあまりなかった。親友フィリッパの実家、ゴードン家の美しく由緒あるマウント・ホーリー荘はとても華やかな場所で、フィリッパの友だちが男女を問わず大勢集まっていて、馬車でのお出かけや、ダンスや、ピクニックや、ボート遊びなどが、まごついてしまうほど次から次へとあったのだ。フィリッパはそれらをすべてまとめて「ジャンボリー」と呼んでいた。アレックとアロンゾは、気まぐれでいつもひとところにじっとしていないフィリッパのそばにいようと頑張っていたので、この二人は、フィリッパを追いかける以外に何かをすることがあるのかしらとアンは思った。二人とも、すてきで男らしかったのだが、アンは、どちらがよりすてきかという問いに意見を述べないように気をつけていた。

「どっちと婚約したらいいか決めるのに、アンを頼りにしてたのに」

フィリッパが嘆くと、アンはかなり皮肉に言い返した。

「そんなの、自分で決めなさいよ。ほかの子が誰と結婚したらいいかってことにかけちゃ、あなたはエキスパートじゃないの」

「あら、それはまったく別の話だもの」フィリッパは素直に言った。

けれども、ボリングブルック滞在中の最もすてきなできごとは、アンが自分の生まれた場所を訪れたことだった。何度も夢に見た、小さな、みすぼらしい黄色い家は、人目につかない通りにあった。アンとフィリッパとで、門から入っていったとき、アンは目を輝かせてその家を見つめたのだ。

「思ってたとおりの家だわ。窓にスイカズラはからんでいないけど、門のそばには、やっぱりライラックの木が生えてるじゃないの。ほら、窓にはモスリンのカーテンが掛かっているわ。家が今でも黄色に塗られていて、よかった」

とても背の高い、かなりやせた女性が、ドアを開けてくれた。

「ええ、シャーリーさんなら、二十年前にここに住んでいましたよ」アンの質問に女性は答えてくれた。「ここを借りていらしたんです。憶《おぼ》えてますよ。ご夫婦とも、あっという間に熱病で亡くなられて、ほんとにお気の毒でねえ。赤ちゃんが一人遺《のこ》されましてね。きっとずっと前に死んだんでしょう。弱そうな子だったからね。トマスさん夫婦が引き取ったんですよ。引き取らなくたって、もうじゅうぶん子だくさんだっていうのに」

「赤ちゃんは死にませんでした」アンは、微笑んで言った。「あたしが、その子なんです」

「まさか！　あらまあ、大きくなったこと」女性は、まるでアンがもう赤ん坊でないのに驚いたかのように叫んだ。「よく見れば、なるほど面影があるわねえ。パパそっくり。パパも赤毛だったんですよ。でも、目と口はママ似ね。とってもすてきな人でしたよ。うちの娘が学校であなたのママに教わりましてね。娘の大好きな先生でした。夫婦お二人とも、ひとつ墓に埋められて。学校の理事会がその忠勤のご褒美としてお墓を建てたんです。中に入りませんか？」

「家の中をすっかり見せていただけますか？」アンは熱心にお願いした。

「もちろんですよ。よかったら、どうぞ。長くはかかりません――狭い家ですからね。うちの人に新しい台所を作ってくれって頼んでるんだけど、ぜんぜん働き者じゃなくってね。客間がそこで、二階に二部屋あるの。勝手に好きなところをご覧なさい。あたしゃ、ちょっと赤ん坊を見てこなきゃならないから。東の部屋が、あなたが生まれた部屋ですよ。あなたのママは、日の出を見るのが大好きって言ってましたっけねえ。ちょうど太陽が昇ったときに、あなたが生まれて、朝陽が赤ちゃんの顔に射し込んだのが、その日最初にママが目にしたものだったそうよ」

アンは、胸がいっぱいになりながら狭い階段を上がって、その小さな東の部屋に入っていった。アンには、神殿のように思えた。ここでアンの母親が、これからお母さんになるのだという、すばらしい幸せな夢を見たのだ。ここで、その誕生の神聖な瞬間に、赤い朝陽が射し込んで母子《おやこ》を照らしたのだ。そしてここで、アンの母親が死んだのだ。崇《あが》めるような思いでまわりを見まわすと、目に熱いものがこみあげてきた。それはアンにとって、永遠に輝かしく記憶される、人生の中の宝石のような時間だった。

「考えてもみて――あたしを産んだとき、母は今のあたしよりも若かったのよ」アンはつぶやいた。

アンが階下へ下りると、この家の女主人と廊下で会った。色褪《いろあ》せた青いリボンの結ばれた、埃《ほこり》っぽい小さな包みを差し出している。

「昔の手紙ですよ。ここに引っ越してきたとき、二階の戸棚にあったんです。何が入ってるか知らないけど――わざわざ読んだりしてないもんでね。でも、一番上の封筒の宛名《あてな》は『ミス・バーサ・ウィリスさま』ってなってるでしょ。それがあなたのママの娘時代のお名前ですよ。よかったら、持って帰って」

「あら、ありがとう――ありがとうございます」

アンは、うっとりとして、包みをぎゅっと握りしめながら叫んだ。

「この家にあったのは、それだけなの。家具は医療費を払うために売られてしまったし、あなたのママの服とか、こまごましたものは、トマス夫人がもらっていったし。トマス家のやんちゃ坊主たちの手にかかったら、まあ、長くはもたないでしょうよ。あんなに物を壊す、動物みたいな子たちは、いませんからね」

「あたし、母の物を何ひとつ持っていなかったんです」アンは声をつまらせながら言った。「この手紙、ほ、ほんとに、ほんとにありがとうございます」

「なあに、どういたしまして。いやぁ、それにしても、ママの目にそっくりね。まるであの人と話してるみたいな気がしますよ。あなたのパパは、あんまりぱっとしなかったけど、すごくいい人でしたよ。あの二人が結婚したとき、あんなに愛し合ってるカップルはいないってみんな言ってたっけ。可哀想に。長生きできなくてねえ。でも、生きてたときは、すごくお幸せでしたよ。それが何よりだと、あたしゃ思いますよ」

アンは、その大切な手紙を読みたくて、すぐにでも家に帰りたかったのだが、その前に少し立ち寄るところがあった。アンの父と母が埋葬されている「由緒ある」ボリングブルック墓地の緑の片隅に一人で出かけ、持ってきた白い花を二人の墓に供えた。それから、急いでマウント・ホーリー荘へ戻り、部屋にこもって手紙を読んだ。父が書いた手紙もあれば、母が書いたものもあった。たくさんはなく、ぜんぶで十二通だった。というのも、ウォルター・シャーリーとバーサは、つきあっているあいだに、あまり離ればなれにならなかったからだ。手紙は黄ばんでいて、年を経たがゆえに文字はうすれて、ぼやけていた。しみのついた、しわだらけの紙には、深い知恵の言葉が書かれているわけではなく、愛と信頼が綴《つづ》られているばかりだった。ずっと遠い昔に死んでしまった恋人たちのたわいない思い、忘れ去られていた甘い香りが、手紙に染みついていた。バーサ・シャーリーには、ずっと時間が経ったのちでもその美しさと馨《かぐわ》しさを留《とど》める言葉や思いで手紙を書き綴る才能があり、それが書き手の魅力的な人柄をよく表していた。手紙はやさしく、親密で、神聖だった。アンにとって、何よりもすてきだったのは、アン誕生後に少し留守をしたウォルターに書き送った手紙だ。「赤ちゃん」のことを誇りに思う若い母親が、赤ちゃんがどんなに賢くて、明るくて、ものすごくかわいらしいかを綴っているのだ。

「眠っているときのあの子が何よりもたまらなくかわいいの。でも、起きるともっとかわいいのよ」とバーサ・シャーリーは追伸に記していた。恐らく、それが最後となった文章なのだろう。死が迫っていたのだ。

「今日は、あたしの生涯で最高に美しい一日だったわ」

アンは、その晩、フィリッパに言った。

「あたし、自分の父と母を見つけたのよ。この手紙のおかげで、二人がいたことが実感できたんだもの。もう、あたし、孤児じゃないわ。まるで本を開いてみたら、すてきな愛のつまった、馨しい、過ぎ去りし〝昨日のバラ〟がはさまっているのを見つけた気分よ」

第22章　春、アンがグリーン・ゲイブルズへ戻ってくる

冷え込む春の晩だったので、グリーン・ゲイブルズの台所の壁には、暖炉の火の影がちらちらと踊っていた。開いた東の窓から、すてきな夜の微《かす》かな声たちが、漂いながら流れ込んでくる。マリラは暖炉のそばに坐《すわ》っていた――少なくとも、体は。心は昔の思い出の中を、若返った足どりでさまよっていた。最近マリラは、双子のために編み物をしているつもりで、こんなふうに何時間も過ごすことが多くなった。

「年だね」マリラはつぶやいた。

でも、マリラは、この九年で、少しやせて、以前よりさらにごつごつした感じにはなったが、ほとんど変わっていない。白髪が少し増えたが、相変わらずお団子に結い上げて、二本のヘアピンで留めていた。そのヘアピンだって、昔と同じではないだろうか？　けれども、その表情は随分変わった。口許《くちもと》は、どこか漂っていたユーモアの影が驚くほど濃くなり、目はずっとやさしく、穏やかになり、以前より頻繁に温和に

微笑むようになったのだ。

マリラは、これまでの人生のことを思い返していた。窮屈だったが、不幸せではなかった少女時代、誰にも言わずにじっと秘めた夢、立ち枯れてしまった少女の希望、そしてそのあとに続いた長くて灰色の、狭く単調で、退屈な大人の人生。それから、アンが来て……愛情いっぱいの心と独自の空想世界をもった、元気で、想像力にあふれた、おっちょこちょいの女の子。その子が、色と温かさと輝きとを持ってきてくれたおかげで、マリラの荒野のような人生が、バラのように花開いたのだ。マリラは、これまで六十年生きてきて、アンがやってきてからの九年だけがほんとの人生のように感じた。そして、アンは、明日の夜、家へ帰ってくるのだ。

台所のドアが開いた。マリラは、リンド夫人が来たのかと思って顔をあげた。目の前に立っていたのは、背が高くて、星のような目をしたアンだった。両手いっぱいに岩梨《メイフラワー》とすみれの花を抱えている。

「アン・シャーリー！」

マリラは叫んだ。生まれて初めて驚いたあまりにマリラは自制心を失った。アンに思わず抱きついて、花がつぶれるのもかまわずにぎゅっと抱きしめ、その明るい髪とすてきな顔に温かくキスをしたのだ。

「明日の晩だとばかり思ってたわ。カーモディからどうやってきたの？」

「歩いてきたのよ、大好きな大好きなマリラ。クイーン時代には、よくそうしてたでしょ？　荷物は、郵便屋さんが明日、届けてくれることになってるの。あたし、急にホームシックになって、それで一日早く来たのよ。それに、ああ！　五月の黄昏《たそがれ》どきの散歩って、すてき。荒れ地に寄って、この岩梨《メイフラワー》を摘んできたの。〝すみれの谷〟を通ってきたのよ。今ちょうど大きな鉢いっぱいに生けてあるみたいに、谷じゅうすみれでぎっしりよ。お空の色に染まったすてきなお花。嗅《か》いでみて、マリラ。思いっきり」

マリラは、言われたとおりに嗅いだが、すみれの香りを嗅ぐより、アンのことが気になった。

「さあ、坐って。さぞかし疲れたでしょ。すぐ夕食にするからね」

「今晩は丘の向こうにきれいなお月さまが出てるのよ、マリラ。そして、ああ、カーモディからずっとカエルの歌が聞こえてたの！　カエルの合唱って大好き。昔の春の夕べのとっても楽しい思い出と結びついている感じがする。それに、ここに初めてきた夜のことを思い出すの。憶《おぼ》えてる、マリラ？」

「そりゃあもう、絶対忘れたりしないよ」マリラは熱をこめて言った。

「あの年、沼地と小川でカエルがものすごく激しく鳴いてたのよ。夕暮れに窓辺でそれを聞きながら、どうしてカエルの声って、あんなにうれしそうにも悲しそうにも聞こえるんだろうって思ったの。ああ、でも、またお家《うち》に帰れて、うれしい！　レドモンドはすばらしかったし、ボリングブルックも楽しかったけど──でも、グリーン・ゲイブルズこそが、わが家だもの」

「ギルバートは、今年の夏は帰らないそうだね」とマリラ。

「そうね」

アンの声の調子の何かのせいで、マリラはパッとアンを見やったが、アンはすみれを鉢に生けるのに集中しているかのようだった。

「ほら、すてきじゃない？」

アンは急いで言った。「一年って、一冊の本みたいでしょ、マリラ？　春のページは岩梨《メイフラワー》とすみれで書かれていて、夏はバラ、秋は赤い楓《かえで》の葉、冬は柊《ひいらぎ》と常緑樹《エバーグリーン》」

「ギルバートは試験、うまくいったの？」マリラはしつこく聞いた。

「とってもね。首席なのよ。それより、うちの双子ちゃんと、リンドのおばさまは、どこ？」

デイヴィーが飛び込んできて、アンを見ると立ち止まり、それから、うれしそうな声をあげてアンに飛びついてきた。

「うわあ、アンだ。やったあ！　ねえ、アン。ぼく、去年の秋より二インチも背が伸びたんだよ。リンドのおばちゃんが、今日、巻き尺で測ってくれたの。でね、アン、ぼくの前歯見て。なくなってるでしょ。リンドのおばちゃんが歯に糸を結んで、糸の反対側をドアに結んでドアをバタンって閉めたんだ。その歯を、ミルティーに二セントで売ってやった。ミルティーはね、歯を集めてるんだよ」

「そんなもの集めて、どうしようっていうのかね？」とマリラ。

「インディアンごっこをするのに、首飾りを作るんだよ」

デイヴィーは、アンの膝《ひざ》の上に上りながら、説明した。「もう十五個も集まったし、ほかの人のもみんな約束ずみだから、ぼくらがこれから集めてもむだなんだ。ボウルター家ってのは、すごい商売じょうずだよ」

「ボウルターのおばさまのところで、いい子にしてたの？」マリラは厳しく尋ねた。

「うん。でもね、マリラ。ぼく、いい子でいるの、飽きちゃった」

「悪い子でいるほうが、もっと早く飽きるわよ、デイヴィー坊や」アンが言った。

「でも、悪い子が続いているあいだは、楽しいでしょ？」デイヴィーはゆずらなかった。「あとで、ごめんなさいをすればいいんだから」

「ごめんなさいをしたからって、悪いことをなかったことにはできないのよ、デイヴィー。去年の夏、日曜学校をズル抜けしたときのこと、憶えてないの？　あのとき、悪いことしても、ちっとも楽しくないって言ってたじゃない。今日は、ミルティーと何をしてたの？」

「ああ、魚釣りして、ネコを追いかけて、卵探しをして、こだまを呼んだよ。ボウルターさんちの納屋の向こうに、すごいこだまがいるんだ。ねえ、こだまって、なあに、アン？　教えて」

「こだまというのは、美しい妖精《ようせい》よ、デイヴィー。森の奥深くに住んでいて、丘の陰から、こちらを見て笑ってるの」

「どんな顔してるの？」

「髪の毛と目は黒いけど、首と腕は雪のように白いの。人間の目には、その美しさは見えないの。シカよりもすばやいから、人間には、あのからかうような呼び声が聞こえるだけなのよ。夜になると、こだまが呼んでいるのが聞こえるでしょ。星の下で笑っているのが聞こえる。でも、見ることはできない。追いかけようとしても、ずっと遠くへ逃げて行って、いつも次の丘の向こうから笑いかけるの」

「ほんとなの、アン？　それとも、嘘っぱち？」

デイヴィーは、じっと見つめて尋ねた。

「デイヴィー」アンは絶望したように言った。「御伽噺《おとぎばなし》と偽りの区別もつかないの？」

「じゃあ、ボウルターさんちの茂みから、こっちの言ったとおりに言い返すやつは、何なの？　教えて」とデイヴィーは食い下がった。

「もう少し大きくなったら、デイヴィー、すっかり説明してあげる」

年齢の話が出たことで、デイヴィーは別のことを思い出したらしく、しばらく考えてから、厳かにこうささやいた。

「アン、ぼくね、結婚しようと思うの」

「いつ？」アンも負けずに厳かに尋ねた。

「えっとね、ぼくが大きくなったらだよ、もちろん」

「あら、よかった、デイヴィー。奥さんになるのは、だあれ？」

「ステラ・フレッチャー。学校で同じクラスなの。でね、アン、すっごくかわいい子なんだ。大きくなる前にぼくが死んじゃったら、ステラをよく見張っててくれる？」

「デイヴィー・キース、そんなばかなことを言うもんじゃありません」

マリラが厳しく言った。

「ばかなことじゃないよ」デイヴィーは傷ついた声で抗議した。「ぼくの奥さんになるって約束したんだもん。だから、ぼくが死んだら、ぼくの未来の元奥さんになるわけでしょ？　だけど、あの子には、年取ったおばあちゃんしか、面倒を見てくれる人がいないんだ」

「夕食にしましょ、アン」とマリラは言った。「その子のばかげた話につきあっちゃだめよ」

第23章　ポールには〝岩場の人たち〟が見つからない

その夏のアヴォンリーでの暮らしはとても快適だったが、休暇のいろいろな楽しみを味わいながらも、アンは「あるべきものがない」という感覚がずっとしていた。それが、ギルバートがいないせいなのだということを、アンは心の奥でも、認めようとしなかった。けれども、お祈りの集会やアヴォンリー村改善協会の集まりから一人で家に帰り、ダイアナとフレッドや、ほかの楽しそうなカップルたちが星空の夕暮れの田舎道をぶらぶらと歩いていくとき、アンの心にはどうにも説明できない奇妙な、さびしい痛みがあったのだ。ギルバートから手紙が来るかしらと思っていたのに、一通も手紙を書いてよこさない。ギルバートがときどきダイアナに手紙を書いていることはわかっていたが、アンのほうから、ダイアナにギルバートのことを聞くのはちがうと思っていた。そしてダイアナは、アンも手紙をもらっているのだと思って、自分からは何も教えてくれなかった。ギルバートの母親は、陽気で、ざっくばらんで、朗らかな人だったが、気がきくほうではなく、とても困ったことに、アンに対して、「ギルバートから最近手紙はないの？」などと、つらいほどはっきりした声で、いつも大勢の人がいる前で聞いたりするのだった。可哀想に、アンは、ひどく顔を赤らめて、

「最近はあんまり」とつぶやくことしかできなかったが、それは娘らしいごまかしでしかないと、ブライス夫人も含めて全員が思ったのだった。

そのことを別にすれば、アンにとって楽しい夏だった。プリシラが六月に来てくれて愉快だったし、プリシラが帰ってしまうと、アーヴィング夫妻とポールとシャーロッタ四世が七月と八月に「里帰り」をした。

エコー・ロッジは、再びにぎやかになり、川の向こうにいるこだまは、唐檜《とうひ》の林のうしろの古い庭に響き渡る笑い声を真似るのに忙しくなった。

「ミス・ラベンダー」は変わっていなかった。以前よりさらにすてきで、かわいくなったくらいだ。ポールはそんなミス・ラベンダーが大好きで、二人が仲良くしているのを見るのは、美しいものだった。

「でも、まだ『お母さん』って、呼んでないんだ」ポールはアンに説明した。「だって、その呼び名は、ぼくのほんとのお母さんのものだもの。ほかの人にはあげられないんです。先生なら、わかってくれますよね。だけど、『ラベンダー母さん』って呼んでいるんです。そして、お父さんの次に愛しています。ぼ――ぼく、ほんの少しだけど、先生よりも好きなくらいなんです」

「それが当然ですよ」とアン。

ポールは十三歳になり、年のわりには随分背が高くなっていた。相変わらず美しい顔と目をしており、その想像の世界は、依然としてプリズムのように、そこに当たる光を虹色《にじいろ》に変えていた。ポールとアンは、森や野原や岸辺まで楽しい散歩をした。これほど完璧《かんぺき》な〝魂の響きあう友〟は、いなかった。

シャーロッタ四世は、きれいなお嬢さんになっていた。髪を巨大なポンパドール〔前髪をふくらませて結いあげる髪型〕に結っていて、懐かしい青いリボンには別れを告げていたが、顔は昔どおり、そばかすだらけで、鼻は丸く、笑う口は相変わらず大きいのだった。

「私、ヤンキーなまりでしゃべってはいないですよね、シャーリー先生さま？」シャーロッタ四世は心配そうに尋ねた。

「なまってないわよ、シャーロッタ」

「それでほっとしたです。うちじゃ、なまってるって言われたものですから。でも、きっと私を怒らせようとして言ってるだけなんだと思いますです。ヤンキーなまりなんて、嫌ですから。別に、ヤンキーに恨みがあるわけじゃありませんよ、シャーリー先生さま。ちゃんとした人たちでございます。でも、私には、いつだって懐かしいプリンス・エドワード島が一番なんです」

ポールは最初の二週間を、アヴォンリーのアーヴィングのおばあさまの家で過ごした。アンは、ポールをその家で迎えたとき、ポールがしきりに海岸へ行きたがるのを目撃した。ノーラと〝黄金のレイディ〟と〝双子の船乗り〟が海岸にいるはずなのだ。

夕食を食べ終えるのももどかしげだった。妖精のノーラの顔が、ポールが来るのを今か今かと待って、岬の向こうから覗《のぞ》いているのが見えていたのだろうか。ところが、夕暮れの岸辺から帰ってきたのは、ひどく沈んだポールだった。

「〝岩場の人たち〟に会えなかったの？」アンは尋ねた。

ポールは、その栗色の巻き毛を悲しそうに横に振った。

「〝双子の船乗り〟と〝黄金のレイディ〟は一度も来てくれなかった。ノーラはいたけど――同じじゃなかったよ、先生。変わっちゃってた」

「あら、ポール。変わったのは、あなたのほうよ。あなたは、〝岩場の人たち〟と会うには、大きくなり過ぎたのよ。あの人たちは、小さな子供しか相手にしないもの。〝双子の船乗り〟はもう、月光の帆を張った真珠のような魔法の船に乗ってやってくることはないと思うわ。それに、〝黄金のレイディ〟は、二度とあなたのために金のハープを弾いてはくれないでしょう。ノーラだって、もうあまり会ってくれないと思うわよ。あなたは、大人になるつけを払わなければならないのよ、ポール。もう、御伽噺の国とは、さよならしなきゃ」

「あなたたち二人は、相変わらずばかげたことを話しているのね」

アーヴィングのおばあさまが、なかば甘やかすように、なかば叱るように言った。

「あら、そんなんじゃないんです」アンは、重々しく首を振った。「とてもとても賢くなってしまったので、残念だっていう話なんです。あたしたちの心の中の考えを隠せるように言葉が与えられたのだとわかってしまうと、人間ってとたんにつまらなくなるんです」

「そうじゃないでしょう——言葉というのは、互いに考えを伝えあうためにあるのですよ」

アーヴィングのおばあさまは真剣に言った。おばあさまは、警句の名手のタレーラン＝ペリゴール〔「言葉が人間に与えられたのは、考えていることを隠すためである」と言った人〕の名前など聞いたこともなかったし、そもそも警句というものを理解していなかったのだ。

アンは、八月の最高の二週間をエコー・ロッジで幸せに過ごした。そこにいるあいだに、アンは偶然、いつまでもぐずぐずとセオドラ・ディックスへの求愛を続けていたルードヴィック・スピードを急《せ》かすことになるのだが、その話はまた別の本ですることにしよう。アーノルド・シャーマンという、アーヴィング家の年長の友人が、そのとき一緒に滞在していて、エコー・ロッジでの暮らしを大いに楽しいものにしてくれた。

「なんてすてきな休暇だったことでしょう」アンは言った。「ものすごくリフレッシュできた気がするわ。そして、あとたった二週間でキングズポートへ戻り、レドモンドに、そしてパティのお家《うち》に帰るんだわ。パティのお家《うち》って、とってもかわいらしいところなのよ、ミス・ラベンダー。あたし、まるで、お家《うち》がふたつもあるみたい。グリーン・ゲイブルズと、パティのお家《うち》と。でも、夏はどこへ行ったのかしら？　あの春の夕方に岩梨《メイフラワー》を手にしてお家《うち》に帰ってきてから、一日と経ってないみたいなのに。小さかったときは、夏が始まったとき、夏が終わるなんて想像もつかなかった。いつまでも夏が続くように思ってた。今じゃ、あっという間。『掌《てのひら》に収まってしまう一編のお話』だわ」

「アン、あなたとギルバート・ブライスは、昔のままの仲良しなの？」ミス・ラベンダーは静かに尋ねた。

「昔も今も、あたしはギルバートの友だちです、ミス・ラベンダー」

ミス・ラベンダーは首を振った。

「何かへんだわよ、アン。立ち入ったことを聞くけど、喧嘩《けんか》でもしたの？」

「いいえ。ただ、ギルバートは、あたしに友情以上のものを求めていて、あたしにはそれは無理なんです」

「ほんとに無理なの、アン？」

「絶対無理です」

「それは、ほんとに残念ね」

「どうしてみんな、あたしがギルバート・ブライスと結婚するべきだと思うのかしら」

アンは、むっとして言った。
「それは、あなたたちが互いに結ばれる運命だからよ、アン――だからなのよ。そのまだ若い頭をそんなにツンとそらしてみせなくたっていいことよ。それが事実なんですからね」

第24章　ジョーナス登場

フィリッパから手紙が届いた。

八月二十日　プロスペクト岬にて

親愛なる（eのついた）アンへ。重たいまぶたを必死にあけて、この手紙を書いています。この夏のあいだ、大好きなあなたに恥知らずにもご無沙汰《ぶさた》してしまいましたが、ほかの誰にも手紙なんか書いていないのです。お返事をしなきゃならない手紙が山のようにあるの。だから、〝心の腰に帯をしめ〟〔『新約聖書』「ペトロの手紙一」1：13〕鍬《くわ》を入れよ、だわ。なんだか比喩《ひゆ》ばっかりでごめんなさい。ひどく眠いのよ。昨夜《ゆうべ》、親戚《しんせき》のエミリーとあたしでお隣さんの家に行ったんだけど、ほかにもお客が来ていて、その人たちが帰るやいなや、奥さんと三人の娘たちがその人たちのことをさんざんにこき下ろしたの。それを見て、エミリーとあたしが玄関から出たとたんに、同じ目に遭うんだなってわかったわ。家に帰ると、リリー夫人が、あたしたちが訪問したお宅の雇いの少年が猩紅熱《しょうこうねつ》に罹《かか》って寝ているはずだって教えてくれました。リリー夫人って、いつだってそういう楽しい話題をくださるのよ。あたし、猩紅熱が怖くて、それを思うだけで夜眠れなくなって、あちこち寝返りを打って、ちょっとまどろんだかと思うと、恐ろしい夢を見たわ。午前三時に目が覚めると、熱があって、喉《のど》が痛くて、頭がガンガンしてた。これは猩紅熱に罹ったんだって思って、大あわてで起きて、エミリーの『家庭の医学』で症状を調べたの。アン、あたしのは、どれもこれも猩紅熱の症状だったわ。そこでベッドに戻り、観念して、泥のように眠りました。どうして泥がぐっすり眠るのか、あたしにはさっぱりわかりませんけどね。ところが、今朝起きてみたら、まったく元気でした。だから、猩紅熱じゃなかったってわけ。昨夜罹ったとしても、そんなに早く症状が出るはずないものね。それは、日中はわかってたんだけど、夜中の三時に、論理的な思考なんて無理よ。

あたしがプロスペクト岬くんだりで、何をしてるのかと思ってるでしょ。実は、夏はいつも海でひと月すごしているの。父がね、父のはとこのエミリーがプロスペクト岬に持ってる「高級旅館」へ行きなさいって言うのよ。そこで二週間前、例年のとおり、やってきたわけ。そしたらいつもの〝マーク・ミラーおじさん〟が、古ぼけた馬車と「汎用《はんよう》」の馬で駅まで迎えに来てくれました。人のいいおじいさんで、ピンクのペパーミントをひと握りくださったわ。ペパーミントって、いつもなんだか宗教っぽいアメに思えるんだけど、たぶん、小さいとき、ゴードンおばあちゃんがいつも教会であたしにくれてたからだろうな。一度、ペパーミントの匂いのことを、「これって、神聖な匂いなの？」って聞いたことがあります。マークおじさんのペパーミントは食べたくありませんでした。だって、ポケットにばらで入ってるのをつかみ出して、錆《さ》びた釘《くぎ》やら何やらをどけてから、くれるのよ。だけど大切なおじさんの気を悪くしたくなかったので、道のところどころで、慎重に地面に撒《ま》きました。最後のがなくなったとき、マークおじさんは、ちょっと責めるように、「アメ玉をそんなにいっぺんに食っちゃだめだ、ミス・フィル。腹痛を起こすぞ」ですって。

はとこのエミリーの宿には、あたしのほかに宿泊客が五人しかいませんでした。四人のおばあさんと、一人の若い男性です。右隣は、リリー夫人。この人は、どこが痛い、あそこが痛い、自分の病気がどうたらこうたらと細かく話すのが大好きな暗～い人です。どんな病気を口にしたって、この人は首を振って、「ああ、それはよく知ってるわ」って必ず言うの。しかも、そのあと、事細かにその説明を受けることになります。あるとき、ジョーナスが脳梅毒という精神がおかしくなる性病の話をしてたら、聞こえてしまって、「それならよく知っていますよ。十年それに苦しんだけど、ついにある旅医者に治してもらいました」ですって。ジョーナスって誰かですって？　ちょっと待って、アン・シャーリー。ジョーナスの話は、あとでちゃんとしたところでします。ご立派なおばあさまがたとごちゃ混ぜに話せる人じゃないのよ。

食卓で左隣は、フィニー夫人。この人は、いつだって、嘆くような悲しそうな話し方をするの。もう今にも泣きだすんじゃないかってくらい。この人にとっての人生は、涙、涙の連続で、笑うなんてとんでもない、微笑んだだけで、言語道断の軽薄だと思ってるみたい。ジェイムジーナおばさま以上に、あたしのことをだめな子だと思っていて、おばさまはその埋め合わせに愛してくれるけど、この人は、そんなことはしてくれません。

ミス・マリア・グリムズビーは、あたしの向かいに坐《すわ》ってる人。初めて着いた日に、ミス・マリアに、雨が降りそうですねって言ったの。そしたら、ミス・マリアは笑ったわ。駅からの道はとてもきれいですねって言ったら、笑ったわ。まだ何匹か蚊が残ってるようですねって言ったら、笑ったわ。プロスペクト岬はほんとにきれいですねって言ったら、笑ったわ。きっと、「私の父は首をつって自殺をして、母は毒を飲み、兄は刑務所にいて、私は肺病で死にかかっている」って言っても、ミス・マリアは笑うんでしょうね。笑わずにはいられないのよ。そういう質《たち》の人。でも、それって、悲しいし、ひどいわ。

四人めのおばあさんは、グラント夫人。すてきなおばあさん。でも、人の悪口は絶対言わないの。だから、とてもつまらない、おしゃべりさん。

はい、それでは、ジョーナスよ、アン。

着いた最初の日、食卓の反対側に若い男性が坐っていて、まるであたしのことを赤ちゃんのときから知っていたかのように、あたしに微笑みかけていました。マークおじさんから教えてもらっていたので、この人の名前がジョーナス・ブレイクで、セント・コロンビアから来た神学生で、この夏のあいだ、プロスペクト岬の教会を受け持っているのだということは知っていました。

とてもぶさいくな若者で——ほんと、見たこともないほど醜い人。ばかみたいに長い脚して、大きな体で、ぶらぶらした手足をしてるの。髪はまっすぐの亜麻色、目は緑、口は大きくて、耳は——でも、耳のことはできたら考えたくないわ。すてきな声で——目を閉じていたら、すてきな人だと思っちゃう。まちがいなく美しい心の持ち主で、性格もいいの。

すぐに仲良しになったわ。もちろん、レドモンド大学卒業生で、それでつながったの。一緒に魚釣りやボート遊びをしたわ。月明かりのなか、砂浜を散歩したり。月明かりだと、そんなに冴《さ》えない感じじゃなくて、ほんと、すてきな人なの。すてきさが彼から立ち昇ってくるみたい。おばあさまがた――グラント夫人は別にして――がジョーナスのことをよく思わないのは、ジョーナスが笑ったり冗談を言ったりするから。そして、明らかにおばあさま方よりも、軽薄なあたしと仲良くしたがるからです。

どういうわけかわからないんだけど、アン、あたし、彼に、あたしのこと軽薄だって思ってほしくないの。ばかみたいだけど。これまで会ったこともなかったジョーナスなんて名前の亜麻色の髪の人が、あたしのことをどう思うかなんて、どうして気にしなきゃいけないのかしらね。

先週の日曜日、ジョーナスが村の教会でお説教をしました。もちろん、あたし行ったけど、ジョーナスがお説教をするんだってことがわかってなくて。あの人が説教師だってこと――ていうか、説教師になるんだってことが、あたしにはすっごい冗談に思えてならないのよ。

とにかくジョーナスはお説教をしました。それで、十分もお説教をしないうちに、あたし、自分がものすごく小さくてつまらないものに感じられて、肉眼じゃ見えない存在になった気がしてならなかった。ジョーナスは女性についてひと言も言わなかったし、あたしのほうを見もしなかった。だけど、そのときあたし、気づいたのよ。あたし、なんて情けない、軽薄な、心のせまい小さな蝶々《ちょうちょう》だったのかしらって。そして、ジョーナスの理想の女性からあたしはどれほどかけ離れているんだろうって。きっと彼の理想の女性は、偉大で強く、気高い人なんだわ。彼って、とってもまじめで、やさしくて、誠実な人。彼こそ、牧師がこうあらねばならないっていうすべての資質を備えてる人。なのに、どうしてあたしったら、霊感を受けたあの目、普段は乱れた髪が落ちてきて隠れてるあの知的な額をした彼の顔を醜いだなんて思うことができたのかしら——でも、ほんとにひどい顔なのよ！

それはすばらしいお説教でした。ずっと永遠に聞いていられたほど。だけど、あたし、すっかりみじめな気持ちになったわ。ああ、あたし、あなたのような女だったらよかったのに、アン。

彼は帰り道であたしに追いついて、いつものように陽気にニコッとしたわ。でも、そんな笑顔に二度とだまされたりしない。あたし、ほんとのジョーナスを見ちゃったんだもの。彼がほんとのフィルを見てくれることってあるのかしらって、あたし思ったわ。誰にも——そうよ、アン、あなたにさえも見せたことのない、ほんとのあたしを。

「ジョーナス」って声をかけた。「ブレイクさん」って呼ぶんだってこと忘れてたの。ひどいでしょ？　でも、そんなことどうでもよくなるときってあるものよ。「ジョーナス、あなたって生まれながらの牧師ね。ほかのものにはなれやしないわ」

「そうですよ」彼はまじめに言ったわ。「随分長いこと、ほかのものになろうとしていました。――牧師になりたくなかったんです。でも、ついに、これが自分に与えられた仕事なんだって気づきました――そして、神の助けがあることを祈って、それをやろうと思います」

その声は低くて敬虔《けいけん》だった。きっとその仕事をきちんと、そして立派にやってのけるだろうって思ったわ。そして、彼がそうするのを助けてあげるのにふさわしい性格と資質をもった女性は幸せだわ。気まぐれな風が吹くたびにふらふらと舞う羽根のような女ではなくて、いつもどんな帽子をかぶればいいかわかってる女性だわ。きっと、ひとつしか帽子を持っていない女性。牧師ってあんまりお金ないしね。でも、帽子なんてひとつでいい。なくたっていい。だって、その女性には、ジョーナスがいるんだもの。

アン・シャーリー、あたしがブレイクさんに恋してしまっただなんて、絶対言ったり、ほのめかしたり、考えたりしちゃだめよ。ひょろひょろの、貧乏で、醜い神学生なんか――しかも、ジョーナスなんて名前の人を――このあたしが好きになるはずないでしょ？　マークおじさんが言うように、「ありえないね。それに、そんなことにゃあならないよ」だわ。

おやすみなさい。

フィル

追伸

ありえないんだけど、でも、どうやらそうだっていう気がするの。あたし、幸せで、みじめで、怖いわ。彼があたしのことなんか絶対好きになれないって、わかってるもの。ねえ、あたしに、牧師の妻って務まると思う、アン？　でもって、このあたしが、みんなが復唱するお祈りを最初に唱えるなんて、誰にも想像がつかないでしょ？

P・G

第25章　麗しの王子さま《プリンス・チャーミング》登場

「家にいるのと、外へ出かけるのと、どちらがいいか考えてるところなの」

アンは、パティのお家《うち》の窓から、遠くの公園の松を眺めながら言った。

「今日の午後は、何もしないで、のんびりできるんです、ジムジーおばさま。居心地のいい暖炉の火があって、お皿においしいラセット・アップルが並んでいて、三匹のネコが仲良く喉《のど》を鳴らしていて、緑のお鼻の完璧《かんぺき》な陶製の犬が二頭いるここで過ごしたほうがいいかしら？　それとも、灰色の森が招き、港の岩に打ち寄せる灰色の海水が招いている公園に行ったほうがいいかしら？」

「私があなたぐらい若かったら、公園のほうにしますね」

ジェイムジーナおばさんは、ジョーゼフの黄色い耳を編み針でくすぐりながら言った。

「あら、おばさま、あたしたちの誰にも負けないくらい若いっておっしゃってなかったかしら？」

アンはからかった。

「ええ、気持ちだけはね。でも、この脚は、それほど若くないってことは認めますよ。さあ、新鮮な空気を吸ってらっしゃいな、アン。最近、顔色が悪いわよ」

「公園に行こうと思います」アンは落ち着かない様子で言った。「今日は、おとなしく家《うち》で楽しめる気がしないの。一人になって、自由になって、発散したいの。公園はがらんとしているでしょうね。みんな、フットボールの試合に行ってるから」

「あなた、どうして行かなかったの？」

「誰も誘っちゃくれないの〔マザーグースの「どちらへお出かけ、お嬢さん？」の歌詞〕——少なくとも、あのおぞましい小さなダン・レインジャーは別としてね。あの人とは、どこにも一緒に行きたくないわ。でも、あの哀れな小さなやさしい気持ちを傷つけるよりはと思って、試合に行かないって言ってやったんです。かまやしないわ。今日は、フットボールって気分でもないし」

「外へ出て、新鮮な空気を吸ってらっしゃいな」

ジェイムジーナおばさんは繰り返した。

「でも、傘をお持ちなさい。雨が降ると思うから。脚のリウマチでわかるのよ」

「リウマチは、年寄りが罹《かか》るものですよ、おばさま」

「誰だって、脚のリウマチぐらい罹るものですよ、アン。でも、心のリウマチに罹るのは老人だけね。ありがたいことに、私は罹ったことないけど。心のリウマチに罹ったら、自分の棺桶《かんおけ》を選んだほうがましですからね」

十一月だった。真っ赤な夕陽を背景に鳥たちが飛び去り、深く悲しい海鳴りと松林の情熱的な風の歌が聞こえる月だ。アンは、公園の中の松の道をゆっくりと散歩し——アンの言い方を借りれば——その大きな掃き清めるような風に、心の霧を吹き飛ばしてもらった。アンが心の霧に悩まされるなんて、めずらしいことだった。けれども、三年生としてレドモンドに戻ってから、人生という鏡は、どういうわけか、かつてのような完璧にきらきらとして透き通っていたアンの心を映し出してはくれなくなったのだ。

うわべを見れば、パティのお家《うち》での生活は、これまでどおりの家事と勉強と遊びの楽しい繰り返しだった。金曜の晩には、暖炉に盛大に火を燃やした居間には、お客さんが大勢ひしめき、果てしない冗談と笑い声がこだまし、ジェイムジーナおばさんがみんなににっこりと微笑んでいるのだった。フィリッパの手紙にあった「ジョーナス」は、しょっちゅう来ていた。セント・コロンビアから早朝の汽車で駈《か》けつけて、遅くに帰っていった。パティのお家《うち》では人気者になったが、ジェイムジーナおばさんは頭を振って、神学生も様変わりしてしまったものだと言うのだった。

「とってもいい人ね、フィル」ジェイムジーナおばさんは言った。「でも、牧師さまはもっと厳粛で、威厳がなくちゃ」

「人は笑って、笑って、しかもキリスト教徒たり得ないのでしょうか」〔ハムレットの「人は微笑んで、微笑んで、しかも悪党たりうる」のもじり〕フィリッパは尋ねた。

「あら、人は、そうかもしれないけど。私は牧師さまのことを言ってるんですよ」

ジェイムジーナおばさんは、叱るように言った。「それに、あなた、あんなふうにブレイクさんと、いちゃつくもんじゃありません。ほんと、いけないことですよ」

「あたし、いちゃついたりしてないわ」フィリッパは抗議した。アンを除いて、誰もフィリッパの言葉を信じなかった。みんなは、フィリッパがいつものように楽しんでいるだけだと思って、とてもいけない振る舞いだと、面と向かって意見したのだ。

「ブレイクさんは、アレックとアロンゾのタイプじゃないわよ、フィル」ステラは厳しく言った。「あの人は、まじめにお考えになるわ。あなた、あの人に胸が張り裂ける思いをさせてしまうかもしれないわよ」

「あたしに、そんなことができると、ほんとに思う？　だったらいいんだけど」とフィリッパは言った。

「フィリッパ・ゴードン！　あなたがそんな薄情な人だとは思ってなかったわ。男の人に胸が張り裂ける思いをさせたいだなんて！」

「そうは言ってないわ、ステラ。正しく引用して頂戴《ちょうだい》。あたしが言ったのは、あたしに、そんなことができると思えたらいいんだけどってことよ。そんな力があたしにあったらなあってこと」

「何言ってるのか、わかんないわ、フィル。あなた、わざと、あの人を誘ってる——だけど、あなたは、何の気なしにそうしてるのよ」

「できたら、あたしに結婚を申し込むようにさせたい、そういう気ならあるわ」

フィリッパは穏やかに言った。

「もう、降参だわ」ステラは、あきらめた。

ギルバートは、ときおり、金曜の晩にやってきた。いつも元気いっぱいで、あたりで交わされている冗談や当意即妙の応酬に、よろこんで参加していた。アンのことはとくに追い求めることもなければ、避けることもない。たまたま声をかける状況になれば、初めて知り合った人に対してするように礼儀正しく、快活に、アンに話しかけたのだ。かつての仲間意識はすっかりなくなっていた。アンは痛切にそう感じた。しかし、ギルバートがアンのことで味わった失意からすっかり立ち直ってくれてよかったし、ありがたいと、アンは思うことにした。あの四月の果樹園での夕べ、彼の気持ちをひどく傷つけてしまって、いつまでもその傷は治らないんじゃないかとずっと心配だったのだ。どうやらもう心配する必要はないようだ。男たちは、ときおり死んで、ウジ虫の餌食《えじき》となるけれど、恋ゆえに死んだりはしないのだ〔シェイクスピアの『お気に召すまま』第四幕第一場の台詞〕。ギルバートがすぐにも死んでしまう危険はなさそうだ。彼は人生を楽しんでおり、野望と熱意に満ちあふれている。美しい女の人が冷たくしたからといって、絶望なんかしている場合ではないのだ〔ジョージ・ウィザーの詩「恋人の決意」にある言葉〕。アンは、彼とフィリッパとがいつまでもふざけた会話を続けているのを聞きながら、彼のことを愛するようにはなれないと告げたときに彼の目に浮かんだあの表情は、ひょっとして思いちがいだったのかしらという気がしていた。

ギルバートのあとがまによろこんで坐《すわ》ろうとする連中には事欠かなかったけれど、アンは恐れもせず、後悔もせずに、そんな人たちを鼻であしらった。仮に本当の麗しの王子さまが現れなかったとしても、代わりの誰かで我慢しようなんていう気はさらさらありませんからね。アンは、そのどんよりとした日に、風の強い公園でそう強く思ったのだった。

突然、ジェイムジーナおばさんの雨の予言が的中して、ザッとどしゃぶりになった。アンは、傘をさして、小走りで坂を下りた。港通りに出たとき、乱暴な突風が道を走り抜け、そのとたんにアンの傘が裏返しになってしまった。アンは必死に傘にしがみつく――そのとき、すぐそばで声がした。

「失礼――ぼくの傘に入りませんか？」

アンは顔を上げた。背の高い、二枚目の、立派な顔つきをした――メランコリックで謎めいた黒い目をしている――とろけるような、歌うような、思いやりのある声――そう、まさにアンの夢に出てくるヒーローが、現実に目の前に立っていたのだ。たとえ特注で作ってもらっても、これほどアンの理想にぴったりにはならなかったことだろう。

「ありがとうございます」アンは、どぎまぎして言った。

「岬のあの小さな東屋《あずまや》まで急いだほうがいいですね」見知らぬ男性は言った。「この俄《にわ》か雨が止むまで、あそこで雨宿りができます。こんなに激しくは降り続けないでしょうから」

言ってることはあたりまえのことだったが、ああ、その口調といったら！ しかも、そう言いながら微笑む、その笑み！ アンは、心臓が妙にどきどきするのを感じた。二人は小走りで東屋まで行き、そのありがたい屋根の下に、息を切らして坐《すわ》った。アンは、笑いながら自分のおしゃかになった傘を持ち上げてみせた。

「傘が裏返しになって、命なきものまで儚《はかな》いってことをつくづく痛感しました」アンは、はしゃいで言った。

雨の雫《しずく》が、アンのつややかな髪にきらめいていた。髪の先が、首や額でくるりと巻き毛になっている。アンの頰は紅潮し、目は大きく、星のようだ。相手の男性は、アンのことを惚《ほ》れ惚《ぼ》れと見下ろしている。見つめられて、アンは自分が赤くなるのを感じた。いったい誰なのかしら？ あら、上着の襟に、レドモンド大学の白と緋色《ひいろ》の徽章《き　しょう》がついているわ。だけど、レドモンド大学生だったら、一年生を除いて、少なくとも顔ぐらいは全員わかるはずなんだけど。しかも、この礼儀正しい若者は、一年生のはずがないわ。

「同じ学校なんですね」相手はアンの徽章を見て、微笑んだ。「引き合わせのきっかけは、それでじゅうぶんですね。ぼくの名前は、ロイヤル・ガードナーです。あなたは、こないだの晩の勉強会でテニソンの論文を読んだあのミス・シャーリーですね？」

「ええ。でも、あなたのこと、よくわからないんですけど」とアンは率直に言った。

「所属はどちら？」

「まだどこにも所属してない感じなんです。二年前レドモンドの一年と二年を終えて、そのあとずっとヨーロッパにいたんです。今度、文系コースを終えるために戻ってきたところなんです」

「あたしも、三年生なのよ」

「じゃあ、同じ大学っていうだけじゃなくて、クラスメートですね。イナゴが食いつくした歳月の埋め合わせ〔『旧約聖書』「ヨエル書」2：25〕が、これでできたな」

相手は、そのすばらしい目に、深い意味をこめて言った。

それからたっぷり一時間、雨はしっかり降り続けた。けれども、その一時間は本当にあっという間に思えた。雲が分かれて、十一月の青白い陽光がすうっと港と松林を照らしだしたとき、アンとその相手の男性は二人して家路についていた。パティのお家《うち》の門に着く頃には、男性は遊びに来ていいかと尋ね、その許しを得ていた。アンは、家に入ったとき、頬は炎のように染まり、心臓の鼓動があまりに大きくて指先まで脈打つ思いだった。アンの膝《ひざ》によじ上ってきて、アンにキスをしようとしたラスティは、かなりぼうっとした手でなでられた。心がロマンチックな興奮でいっぱいのアンには、耳のちぎれたネコのことにまでとても気がまわらなかったのだ。

その晩、パティのお家《うち》に、ミス・シャーリー宛ての小包みが届いた。十二本の豪華なバラの入った箱だった。フィリッパが、そこから落ちたカードを、ぶしつけにもさっと取りあげて、その裏に書かれた名前と詩的な引用句を読んだ。

「ロイヤル・ガードナーじゃないの！」フィリッパは叫んだ。「まあ、アン、あなた、ロイヤル・ガードナーと知り合いだったなんて知らなかったわ」

「今日の午後、公園で雨に降られたときに会ったのよ」アンは急いで説明した。「あたしの傘が裏返っちゃって、彼が傘を差し出して助けてくれたの」

「へえっ！」フィリッパは、好奇心いっぱいで、アンの顔を覗《のぞ》き込んだ。「そんな何の変哲もないことが理由で、とってもセンチメンタルな詩まで添えて、茎の長いバラを一ダースも贈ってくることがあるかしら？　それに、このカードを見たからって、アン女王陛下がバラのように顔を赤らめる理由があるかしら？　アン、その顔に、何もかも書いてあるわよ」

「ばかなこと言わないで、フィル。あなた、ガードナーさんを知ってるの？」

「彼の二人の妹に会ったことあるし、彼のことも知ってるわ。キングズポートのそれなりの家の人なら誰だって知ってるわよ。ガードナー家は、生粋のブルーノーズで、そのなかでも最高に金持ちなの。ロイはうっとりするほどかっこよくて、頭がいいの。二年間、彼の母親が病気になって、大学をやめて母親と一緒に外国に行かなきゃならなかったのよ――父親は亡くなってたから。勉強をやめるのはひどく残念だったと思うけど、すっごくやさしく母親に従ったんですって。おやおや、くん、くん、アン、ロマンスの匂いがするぞ〔『ジャックと豆の木』の巨人のセリフ「くん、くん、イングランド人の血が匂う」のもじり〕。羨《うらや》ましいって気もするけど、まあ、それほどでもないわ。だって、ロイ・ガードナーはジョーナスじゃないもの」

「ばかね！」アンは、つんとして言った。でも、その夜、なかなか寝つかれなかったし、寝たいとも思いなかった。目を覚まして空想を巡らしていたほうが、夢の世界にいるよりずっとわくわくした。ついに理想の王子さまが現れたのだろうか？

アンの目をじっと覗き込んでいた、あの輝く黒い瞳《ひとみ》を思い出しながら、アンは、現れたんだわと強く思う気持ちになった。

第26章　クリスティーン登場

二月となって、パティのお家《うち》の女の子たちは、三年生が四年生を送るパーティーのために、身支度をしていた。アンは、青い部屋の鏡で自分を見つめながら、女の子らしく満足した。とくにかわいいドレスを着ていたのだ。もともと、それは薄いシフォンのオーバードレスを重ね着するシンプルなクリーム色の絹のスリップドレスだったのだが、フィリッパがそれをクリスマス休暇に家へ持って帰って、シフォン地一面に小さなバラの蕾《つぼみ》を刺繍《ししゅう》すると言ってきかなかったのだ。フィリッパは指先が器用で、その結果、レドモンドじゅうの女の子たちの羨望《せんぼう》の的となるドレスができたのである。パリから服を取りよせるアリー・ブーンでさえ、アンがドレスの裾《すそ》を曳《ひ》いてレドモンドの大階段を上るとき、そのバラの蕾の衣装を羨望の目で眺めたほどだった。

アンは、髪に白い蘭を一輪つけて、鏡でその様子を確かめていた。ロイ・ガードナーがこのパーティーのために白い蘭を数本送ってくれたのだ。今晩レドモンドのどの女の子も、こんな高価な花をつけたりしていないとアンにはわかっていた。そのとき、フィリッパが入ってきて、惚れ惚れとアンを見つめた。

「アン、ほんときれい。今晩のパーティーの主役になるわね。パーティー十回のうち九回は、あたし、あなたに楽勝できるけど、十回めに、あなたって突然、あたしなんか足許《あしもと》にも及ばないぐらい輝くんだわ。どうして、そんなことできるの?」

「ドレスのせいよ。馬子《まご》にも衣装」

「そうじゃないわ。昨夜《ゆうべ》、あなたが急に美人になっちゃったとき、あなた、リンド夫人が作ってくれた古い青のフランネルのシャツブラウスを着てたもの。もしロイがまだあなたに夢中になってなければ、今晩なるでしょうね。でも、蘭《らん》はつけてほしくないな、アン。いえ、嫉妬《しっと》で言ってるんじゃないのよ。蘭って、あなたらしくないように思えるの。なんかエキゾチックで、南国的すぎて――なんか、偉そう。とにかく髪につけるのは、よしなさいよ」

「わかったわ。あたしも、蘭って好きじゃないの。あたしのお花じゃないわね。ロイもしょっちゅう蘭を送ってくるわけじゃないの。あたしが身近に置いておけるお花が好きだってわかってくれてるから。蘭って、よそゆきのお花だものね」

「ジョーナスは、今晩のためにすてきなピンクのバラの蕾を少し送ってくれたわ――でも、本人は来られないの。貧民街でお祈りの集会を開かなきゃならないんだって！　ほんとは来たくないのよ。アン、あたしひどく心配なんだけど、ジョーナスって、あたしのことなんか、どうでもいいんじゃないかしら。あたし、嘆きに嘆いて死ぬか、学生を続けて学士号を取って人の役に立つ分別ある人になるか、決めかねてるの」

「あなた、人の役に立つ分別ある人になんか、なれっこないわよ、フィル。だから、嘆きに嘆いて死になさい」アンは残酷に言った。

「アンの意地悪！」

「フィルのおばかさん！　ジョーナスがあなたを愛してることはよくわかってるくせ

に」

「でも——そう言ってくれないの。だからって、あたしからは言わせられないわ。確かに、そういう顔つきはするけど、『汝《なんじ》が瞳で我に語れ』〔ベン・ジョンソンの詩「シーリアに寄せて」にある言葉〕だけじゃ、お嫁入りのためのドイリー〔花瓶の下などに敷く敷物〕の刺繍やテーブルクロスのヘムステッチ〔透かしかがり〕を作り始める理由にはならないわ。そういうのは、ちゃんと婚約してから始めたいの。はっきりわかってもいないのにそういうことしたら、運命を試してるみたいでしょ」

「ブレイクさんは、あなたに結婚の申し込みをするのが怖いのよ、フィル。あの人は貧乏で、あなたがこれまで住んでたような家を提供できないもの。とっくに申し込んでいてもよかったのにそうしなかった理由はそれだけだって、あなただってわかってるくせに」

「そうね」フィリッパは憂鬱《ゆううつ》そうに同意した。「それでも」と顔を輝かせて、こう言った。「彼があたしに結婚を申し込まないなら、あたしが申し込むまでね。結局は、うまくいくわ。心配するのはやめようっと。ところで、ギルバート・ブライスはしょっちゅうクリスティーン・スチュアートと出歩いてるわよ。知ってた？」

そのときアンは、喉《のど》のまわりに小さな金の鎖をつけようとしているところだったが、急に留め具が引っかからなくなった。どうしたのかしら——それとも、あたしの指がおかしいの？

「いいえ」アンは素知らぬ様子で言った。「クリスティーン・スチュアートって誰？」

「ロナルド・スチュアートの妹。この冬、音楽を勉強しにキングズポートに来たの。あたしはまだ会ってないんだけど、とってもかわいい人で、ギルバートは夢中らしいわよ。あたし、あなたがギルバートをふったとき、すっごく腹を立てたんだから、アン。でも、ロイ・ガードナーがあなたの運命の人だったのね。今になってわかったわ。やっぱり、あなたは正しかったのね」

アンは顔を赤らめなかった。ロイ・ガードナーと結婚するのに決まりねと女の子たちにからかわれると、いつもは真っ赤になるのだが。突然、何もかもつまらなく感じた。フィリッパのおしゃべりがどうでもよくなり、パーティーなんか退屈な気がした。アンは、可哀想なラスティの横面をはった。

「そのクッションからすぐに下りなさい、このネコめ！　どうして自分の居場所にいないの？」

アンがそこにあった数本の蘭を取りあげて、階下へ下りると、ジェイムジーナおばさんが、数着のコートを暖炉の前に吊《つ》るして温めていた。ロイ・ガードナーがアンを待っていて、待つあいだにサラネコをからかっていた。サラネコは、嫌がっている。いつもロイにそっぽをむくのだ。けれども、パティのお家《うち》の、ほかのみんなはロイが大好きだった。ジェイムジーナおばさんは、ロイの完璧《かんぺき》にして、うやうやしい礼儀作法や、そのすてきな声の訴えるような調子にすっかり感心してしまい、こんなに気持ちのいい若者には会ったことがないと断言し、アンはほんとに幸せな子だと言った。そんなことを言われると、アンは落ち着かない気分になった。ロイの求愛は確かに、女の子が望みうるかぎりのロマンチックなものなのだが――ジェイムジーナおばさんやほかの子たちが、そんなふうに当然と思わないでくれたらいいのに、とアンは思った。ロイがアンにコートを着せてくれながら詩的なほめ言葉をつぶやいたとき、アンはいつものように顔を赤らめたり、どきどきしたりしなかった。レドモンドへの僅《わず》かな道のりを歩くあいだ、アンは随分静かだなとロイは思った。女子化粧室から出てきたときのアンは少し青ざめて見えたが、パーティー会場へ入ると、いつものアンの色めきと輝きとが戻っていた。アンは、最高に陽気な表情をしてロイを振り返った。ロイは、「深くて黒い、ベルベットみたいに柔らかい微笑み」とフィリッパが呼んでいるあの微笑みを、アンに返した。でも、アンにはロイが少しも見えていなかった。実は、部屋のちょうど反対側の椰子《やし》の木の下にギルバートが立っていて、クリスティーン・スチュアートにちがいない女の子に話しかけているのが気になってならなかったのだった。

その女の子はとてもきれいで、中年になったらどっしりとしたタイプになりそうな堂々たるスタイルをしていた。背が高くて、大きな黒ずんだ青い目、象牙《ぞうげ》のようなしなやかな顔のシルエット、そしてそのなめらかな髪は黒くつややかに輝いていた。

「あの子、あたしがいつもああいうふうになりたいと思ってたような子だわ」

アンはみじめな気持ちで考えた。「バラの花びらのような頬――星のようなすみれ色の目――真っ黒な髪――そうよ、あの子は何もかも持ってる。おまけに名前がコーディーリア・フィッツジェラルドじゃないのが不思議なくらいだわ！　でも、スタイルはあたしほどよくないし、鼻は絶対、あたしのほうがいいわ」

アンは、この結論に少し慰められた。

第27章　互いの打ち明け話

その冬、三月は、まるでひどく大人しいおどおどした羊のようにやってきた。日中はパリッとして、黄金色で、ひりひりと寒く、夜になると、凍えるようなピンク色の黄昏《たそがれ》となり、それが月明かりの妖精《ようせい》の国へと段々と変わっていくのだ。

パティのお家《うち》にいる女の子たちには、四月の試験の影が射していた。一所懸命勉強していたのだ。フィリッパでさえ、普段では考えられないほどのねばりを見せて、教科書とノートに取り組んでいた。

「あたし、数学のジョンソン奨学金をもらうんだ」フィリッパが静かに宣言した。「ギリシャ語のは簡単に取れるけど、数学のを取りたいの。あたしってほんとはものすごく頭がいいって、ジョーナスに証明したいから」

「ジョーナスがあなたを好きなのは、その大きな茶色の目と、あなたの歪《ゆが》んだ微笑みのせいであって、その巻き毛の下にある脳みそのせいじゃないわよ」とアン。

「私が娘の頃は、数学なんて知ってること自体、淑女らしくないと思われてたけどね」ジェイムジーナおばさんが言った。「でも、時代は変わったわ。よくなったのかわからないけど。あなた、料理はできるの、フィル？」

「いいえ。生まれてこのかた、作ったことがあるのはジンジャーブレッドだけ。しかも失敗。真ん中がぺちゃんこで、端っこが盛り上がっちゃって。そういうの、わかるでしょ？　でも、おばさま、あたしが本気で料理を学ぼうとしたら、数学の奨学金をとれるほどの頭脳があれば、料理だってできるはずだと思わない？」

「かもしれないね」ジェイムジーナおばさんは、慎重に言った。「何も、女性の高等教育がいけないってわけじゃないけどね。うちの娘は修士号取ったし、料理もできる。でも、大学の先生が娘に数学を教えてくださる前に、私は料理を教えたよ」

三月なかばに、ミス・パティ・スポフォードから手紙がきて、ミス・マリアと一緒にもう一年海外にいますとあって、次のように書いてあった。

だから、パティのお家《うち》は、次の冬もお使いください。マリアと私はエジプトをひと巡りしてきます。死ぬ前に一度スフィンクスを見ておきたいのです。

「あの二人のご婦人が『エジプトをひと巡り』ですって！　スフィンクスを見上げながら編み物をするのかしら」プリシラが笑った。

「パティのお家《うち》にもう一年いられて、よかったわ」とステラ。「二人が戻っていらっしゃると思ってたから。そしたら、あたしたちのこの小さな巣もおしまい――そして、哀れ、羽も生えそろわないあたしたちは、残酷なる下宿世界へと投げ出される運命」

「あたし、公園を歩いてくる」フィリッパが本を投げ出して言った。「八十になったら、今晩公園を歩いておいてよかったと思うだろうから」

「どういうこと？」とアン。

「一緒に来たら、教えてあげるわよ、ハニー」

二人は、その散歩のあいだに、三月の晩に備わったあらゆる神秘と魔法とを味わった。とても静かで穏やかな晩で、巨大で白くて物思いに耽《ふけ》るような沈黙に包み込まれていた。耳だけでなく心を傾ければ聞こえてくる小さな銀のような音がたくさん編み込まれた沈黙だ。二人は、濃く赤い冬の夕焼けの中へまっすぐ入り込んでいくような長い松の小道をぶらぶらと歩いていった。

「お家《うち》に帰って、このありがたい瞬間を詩に書いてみたいものだわ。あたしにできたら」フィリッパは、バラ色の夕陽が松の緑の梢《こずえ》を染めている空き地で足を止めて言った。「ここって、ほんとすてき。この雄大な、白い静けさ。そして、何か考えてるみたいなあの暗い木々」

「森とは、神を最初に祀《まつ》る祠《ほこら》なり」〔ウィリアム・ブライアントの詩「森の讃美歌」の言葉〕とアンはそっと詩を引用した。「こういうところにくると、敬虔《けいけん》な気持ちになって崇《あが》めたくなるわね。松林を歩くとき、あたし、いつも神さまのおそばにいる気がする」

「アン、あたし、世界一幸せな女の子よ」フィリッパが急に告白を始めた。

「じゃあ、ブレイクさんが、ついに結婚を申し込んでくれたのね？」とアンは穏やかに言った。

「そうなの。それで、あたしったら、彼が申し込んでくれてる最中に三度もくしゃみしちゃった。もう、最悪でしょ？　でも、彼が言い終わるのを待ちきれずに『はい』って言っちゃった。彼の気が変わって、途中でやめたりしたら嫌だもん。あたし、もうばかみたいに幸せ。ジョーナスがあたしみたいに軽薄な子を好きになるなんて、信じられない」

「フィル、あなた、ほんとは軽薄じゃないわよ」アンは大まじめで言った。「その軽薄な外見のずっと底では、あなたはすてきな忠実な女らしい人だわ。どうして、それを隠しているの？」

「しょうがないのよ、アン女王。あなたの言うとおりよ――あたしは、ほんとは軽薄じゃない。でも、あたしの心の上に、軽薄な皮がたくさんあって、それは、はがせないの。ポイザー夫人〔ジョージ・エリオットの小説『アダム・ビード』の登場人物〕が言うように、『もう一度卵から生まれ変わりでもしないかぎり変われない』ってやつよ。でも、ジョーナスは、ほんとのあたしを知ってて、軽薄さも何もかもひっくるめて、あたしを愛してくれてるの。そして、あたしも彼を愛してる。愛してるって気づいたときは、びっくりしたわ。あんなにびっくりしたことなんて、今まで一度もありゃしない。醜い男の人に恋しちゃうなんて、想像もつかなかったもの。このあたしが、たった一人の恋人に決められるだなんて、考えてもみて。しかも、ジョーナスなんて名前の人なのよ！　でも、ジョーって呼ぶつもり。そのほうが、さっぱりして、かっこいいでしょ。アロンゾなんて、渾《あだ》名《な》もつけられないわ」

「アレックとアロンゾはどうなったの？」

「あら、クリスマスのとき、どっちとも結婚できないって言ってやったわ。結婚するかもしれないって自分で思ってたなんて、思い出してもばかみたい。二人ともあんまりショックを受けてたもんだから、あたしまで大声あげて泣いた——ていうか、わめいちゃった。でも、この世にあたしが結婚できる男性は一人だけ。あたし、きっぱり決心したし、それって、ひどくたやすいことだった。まちがいないって感じるのって、とってもうれしいことよ。しかも、それは自分がそう思うのであって、ほかの誰かが、そうにちがいないと思うわけじゃないって、ありがたいわ」

「これからもできると思う？」

「迷わずに決めること？　どうかしら。でも、ジョーは、すてきなルールを作ってくれたの。どうしていいかわからなくなったら、八十になったときに、こうしてたらよかったなあって思うことをやりなさいって言うの。とにかく、ジョーはさっさと決めちゃう人。でもって、同じ家に、あんまり似たような考えの人がいるのは落ち着かないでしょ」

「あなたのご両親は、なんて言うかしら？」

「父は、何も言わないと思う。あたしのすることは何でもいいと思ってくれるから。でも、母は、やいのやいの言うでしょうね。ああ、母の舌は、あの鼻と同じぐらいバーン家譲りなのよ。でも、最後にはうまくいくわよ」

「ブレイクさんと結婚したら、これまで持っていたものをたくさんあきらめなきゃならなくなるわよ、フィル」

「でも、あの人がいるもの。ほかのものなんて、どうでもいいわ。今度の六月から一年後に結婚するの。ジョーは、この春セント・コロンビアを卒業するでしょ。そしたら、貧民街のパタソン通りにある小さな教会に赴任することになってるの。このあたしが貧民街に住むなんて、考えてもみて！　でも、あたし行くわ。彼となら、グリーンランドの氷山にだって行くわ」

「これが、あの、お金持ちじゃなきゃ絶対結婚しないなんて言ってた人とは思えないわね」アンは、松の若木に向かって話しかけた。

「あら、それは若気の至りってやつよ。あたし、お金持ちになるのと同じぐらい愉快に貧乏暮らしをしてみせるわ。見ててご覧なさい。お料理を憶《おぼ》えて、お洋服の仕立直しもできるようになってみせる。パティのお家《うち》に住むようになってお買い物も憶えたしね。それに、日曜学校でひと夏教えたことだってあるのよ。ジェイムジーナおばさまは、あたしがジョーと結婚したら、あの人の人生をめちゃくちゃにしちゃうって言うけど、そんなことないわ。そりゃ、あたしにはあんまり分別とか、まじめさがないけど、もっとずっといいものを心得てるもの——人にあたしを好きになってもらうコツ。ボリングブルックの祈禱《きとう》会で、いつも舌がもつれて宣誓する人がいるんだけど、『電気の星《ほす》のように光れぬなら、ロウゾクのように光れ』って言うの。あたし、ジョーの小さな蠟燭《ろうそく》になる」

「フィル、あなたには、かなわないわ。あなたのこと大好きだから、気取った形ばかりのお祝いの言葉なんか言わないわよ。でも、心から、あなたの幸せをうれしく思ってる」

「わかってるわよ。あなたのその大きな灰色の目は、真の友情で満ち満ちてるもの、アン。いつか、あたしもあなたを同じように見つめるわ。ロイと結婚するんでしょ、アン？」

「愛《いと》しいフィリッパ。あなた、有名なベティ・バクスターの話を聞いたことないの？『申し込まれるより先に断った』って人。あたし、『申し込まれ』もしないうちから、断ったり受け入れたりして、あの有名なレイディと張り合うつもりはないわ」

「レドモンドじゅう、ロイがあなたに夢中だって知らない人はいないわ」フィリッパはざっくばらんに言った。「それで、あなただって、彼を愛してるんでしょ、アン？」

「そ――そうだと思う」アンはしぶしぶ言った。そんな告白をするときは顔を赤らめるものだと思ったが、赤くならなかった。それどころか、誰かがギルバート・ブライスかクリスティーン・スチュアートについて話しているのが聞こえてくると、顔が熱く真っ赤になるのだった。ギルバート・ブライスとクリスティーン・スチュアートなんか、アンには何の関係もないのに。まったくないのに。だけど、どうして赤くなるのだろう？　アンはその理由を分析しようとはしなかった。ロイについて言えば、もちろん、愛しているわ――夢中よ。当然でしょ？　だって、理想の王子さまなんだもの？　あのかっこいい黒い目で見つめられて、うっとりしない女の子がいるかしら？　そして、あの訴えるような声！　レドモンドの女の子の半分は、激しい嫉妬《しっと》に駆られているはず。そして、アンの誕生日には、彼はなんてすてきなソネットを、すみれの箱に添えて贈ってくれたことかしら！　アンはその詩を一語残らず暗記していた。しかも、じょうずに書かれていた。有名なキーツやシェイクスピアのレベルとまでは言えないが――アンだって、それがわからなくなるほど彼にのぼせ上がっていなかった。でも、まあまあの出来で、雑誌に掲載されるぐらいの詩だった。それが、アン宛てなのだ！　あのペトラルカが詩で歌ったラウラでもなければ、ダンテの理想の女性ベアトリーチェでもなく、バイロン卿《きょう》が宛てたアテネの乙女でもなく、アン・シャーリーに宛てて書かれているのだ。君の瞳《ひとみ》は明けの明星、その頰を染めし色は日の出から盗みし光などとリズミカルな韻律で語られ、その唇は天国のバラよりも赤いと告げられるのは、ぞくぞくするほどロマンチックだった。ギルバートだったら、アンの眉《まゆ》にソネットを捧《ささ》げる〔シェイクスピアの『お気に召すまま』第二幕第七場より〕なんて思いつきさえしないだろう。でも、そうは言っても、ギルバートは冗談がわかる人だ。アンはかつてロイにおもしろい話をしたことがあった――ところが、何がおかしいのか、わかってくれなかったのだ。アンは、ギルバートと一緒にその冗談で仲良く笑い転げたことを思い起こし、ユーモアのセンスのない男の人との人生なんて結局はつまらないものになるんじゃないかしらと、落ち着かない思いがした。だけど、憂鬱《ゆううつ》で謎を秘めたヒーローが、物事のおかしな面を理解するなんて期待できるかしら？　そんなの、できるはずないじゃない？

第28章　六月の夕べ

「ずっといつまでも六月の世界に住むってどんな感じかしらね」

夕暮れの果樹園の香り高い花々の中を抜けて玄関前にやってきたアンが言った。そこには、その日サムソン・コーツの奥さんの葬儀への参列をすませてきたマリラとリンド夫人が坐《すわ》って、葬儀の話をしていた。二人のあいだにドーラが坐って、まじめに勉強をしていたが、デイヴィーは芝生にあぐらをかいて、憂鬱そうで沈んだ顔つきをしていた。ただ、その片えくぼのせいで、それほど暗い表情には見えなかった。

「飽きるだろうよ」とマリラが溜《た》め息をついて言った。

「そうね。でも、飽きるまでには随分時間がかかるんじゃないかしらって気が今しているの、今日みたいに魅惑的だったら。何もかもが六月を愛してしまうわ。デイヴィー坊や、花咲く季節に、どうしてそんな憂鬱な十一月の顔をしているの？」

「ぼく、人生にうんざりしてるんだ」若い悲観論者が言った。

「十歳で？　まあ、それは残念！」

「ふざけてるんじゃない」とディヴィーは威厳をもって言ってから、「ぼくは、ら、らく、落胆してるんだ」とむずかしい言葉を、頑張って言った。

「それはどうして？」アンは、隣に坐りながら言った。

「だって、ホームズ先生が病気になって、代わりに来た新しい先生が、ぼくに月曜までの宿題で、算数十問も出したんだもん。それをやるのに、あした一日じゅうかかっちゃう。土曜に勉強するなんて、ひどいよ。ミルティー・ボウルターは、やんないって言ってたけど、マリラは、ぼくにやりなさいって言うんだ。カーソン先生なんて、ちっとも好きじゃない」

「新しい先生のことをそんなふうに言うもんじゃありません、デイヴィー・キース」リンド夫人が厳しく言った。「カーソン先生は、とてもちゃんとした娘さんです。ばかげたところはなにひとつありませんからね」

「それじゃ、あんまり魅力的に聞こえないわね」とアンは笑った。「人はちょっとくらい、ばかなことをしたほうがいいと思うけど。でも、あたし、おばさまよりもカーソン先生のことがわかってるつもりよ。昨夜《ゆうべ》のお祈りの集会でお見かけしたんだけど、あの目は、いつもお堅いばかりじゃなさそうだったもの。さあ、デイヴィー坊や、元気を出して。『明日《あした》になったら、今日とはちがう』って言うでしょ。あたしにわかるかぎりは、算数を手伝ってあげるから。光と闇のあいだのこのすてきな時間を、算数のことなんか考えてむだにしないの」

「わかった」デイヴィーは明るい顔で言った。「アンが手伝ってくれるんなら、ミルティーと魚釣りに行く時間もできるね。アトッサおばさんのお葬式が、今日じゃなくて、あしただったらよかったのにな。ぼく、お葬式に行きたかったんだよ。ミルティーがね、アトッサおばさんは棺桶《かんおけ》の中で起き上がって、埋葬されるのを見にきた人たちに向かってひどいことを言うにちがいないってお母さんが言ったって言うんだ。でも、マリラは、そんなことなかったって」

「気の毒に、アトッサは棺《ひつぎ》に穏やかに横たわっていましたよ」リンド夫人が重々しく言った。「あんなに感じのいいあの人の顔を初めて見ましたよ、まったくもって。まあ、あの人を悼んで泣く人もあまりいませんでしたけどね、可哀想に。イライシャ・ライトの家じゃ、アトッサが死んで、せいせいしてますよ。それもまあ、しょうがないけれどね」

「死んでも悲しんでくれる人が一人もいないなんて、ひどすぎるわ」アンは身震いをした。

「両親以外は誰も哀れなアトッサを愛してくれませんでしたね。それは確か。ご亭主だってそうですよ」リンド夫人は断言した。「四番めの奥さんだったけど。あの亭主は、結婚する癖がついちまったんだろうね。アトッサと結婚して数年で死んでしまったけど。消化不良が死因だって医者は言うけど、アトッサの舌のせいで死んだんだって、私はいつも言うんですよ、まったくもって。可哀想に、アトッサはご近所の人たちのことなら何から何まで知ってたくせに、自分のことはよくわかっていませんでした。まあ、とにかく、逝ってしまった。こうなると、次に起こる事件は、ダイアナの結婚式だね」

「ダイアナが結婚するだなんて考えただけで、おかしいし、ぞっとするわ」アンは溜め息をついて、自分の膝《ひざ》を抱きしめ、ダイアナの部屋できらめいている光を、〝お化けの森〟の木のあいだから見つめた。

「ぞっとするところなんかあるもんですか。こんないい話に」リンド夫人は力をこめて言った。「フレッド・ライトはちゃんとした農場を持っているし、理想的な若者ですよ」

「確かに、ダイアナがかつて結婚したがってたような野性的でかっこよくて悪い若者じゃないわ」アンは微笑んだ。「フレッドは、すっごくいい人」

「そうでなくっちゃ。まさかダイアナに悪人と結婚してもらいたいわけじゃないだろね。それとも、あんたがそうしたいの？」

「あら、とんでもない。悪い人なんかと結婚したかありません。でも、悪くもなれたんだけど、そうなるのはやめといたっていう人だったらって思うの。だけど、フレッドったら、情けないほどいい人なんだもの」

「いつかは、まともな考え方をするようになってほしいもんだね」とマリラ。

マリラはかなりとげとげしい言い方をした。アンがギルバート・ブライスをふってしまったと知って、ひどくがっかりしていたのだ。どうしてそのことが漏れたのかわからないが、アヴォンリーじゅうに噂が広まっていた。きっとチャーリー・スローンがそうだと決めつけてみんなに話したのだろう。ダイアナがフレッドに漏らしてしまって、フレッドがつい口をすべらせたのかもしれない。ともかく、誰もが知っていた。ブライス夫人はもうアンに向かって、人がいようがいまいが、「最近ギルバートから手紙はあった？」なんて聞きもせずに、冷たく会釈をして通りすぎるだけだ。ギルバートのように陽気で、気持ちの若いブライス夫人のことがずっと好きだったアンは、これを人知れず悲しんでいた。マリラは何も言わなかったが、リンド夫人は、腹を立ててアンにあれこれ当てこすりを言った。そしてとうとう、アンには大学に別の「恋人」がいて、それは金持ちで美男子で、しかもいい人だという新しい噂が、ムーディー・スパージョン・マクファーソンの母親を通して、リンド夫人の耳に入ったのだ。そのあとリンド夫人は口をつぐんでしまったが、心の奥では、それでもアンにギルバートを受け入れてほしいと願っていたのだった。お金持ちなのは結構だが、お金にうるさいリンド夫人でさえ、そこは絶対必要な条件ではないと思っていた。もし、アンが、ギルバートよりもそのどこの誰かわからないハンサムさんを「好き」なら、もう何も言えない。けれども、アンがお金のために結婚するというまちがいをしでかそうとしているのではないかと、リンド夫人はひどく心配だった。マリラはアンのことがよくわかっていたから、そんな心配はしなかったが、物事の宇宙的な働きの何かが、悲しくも、ずれてしまっていると感じていた。

「まあ、なるようになるわ」とリンド夫人は暗く言った。「だけど、ときどき、あってはならないことも起こりますからね。神さまがあいだに入ってくださらないと、アンにそんなことが起こるんじゃないかと心配でなりませんよ。まったくもって」

リンド夫人は溜め息をついた。神さまはきっとあいだに入ってくださらないように思われるのだが、かといって自分があいだに入るわけにもいかなかった。

アンは、〝妖精《ようせい》の泉〟までぶらぶらと歩いて行って、昔毎夏のようにギルバートと一緒に坐った大きな白樺《しらかば》の根元の羊歯《しだ》のあいだに、身を丸くして坐った。ギルバートは大学が休みになると、また新聞社の事務所へ行ってしまったので、アヴォンリーは彼がいなくてひどく退屈に思えた。アンに一通も手紙を書いてくれず、アンは来ない手紙が恋しくてならなかった。確かにロイは週に二度便りをしてくれる。その手紙には、卓越した文が綴《つづ》られていて、回顧録や伝記にあれば感心して読むことができただろう。それを読んだとき、以前にも増してロイを深く愛しているように感じたのだが、ある日ハイラム・スローン夫人が渡してくれた封筒に、黒インクでギルバートのきちっとした筆跡で宛名《あてな》が書かれているのを見たときに感じた、奇妙な、胸がきゅっと痛むような高鳴りをロイの手紙に感じることはなかったのだ。アンはギルバートの封筒を手にして急いで帰って、グリーン・ゲイブルズの二階の自分の部屋で、夢中でその封を切った。出てきたのは、大学のサークルのタイプ打ちの報告書だった。「ただそうとだけ。ほかに何もありはせぬ」〔エドガー・アラン・ポーの詩「大鴉」の句〕アンはそう言うと、罪のない紙を部屋の隅に投げつけて、とりわけすてきな手紙をロイに書いてやろうと、机に向かった。

ダイアナは、あと五日で結婚するのだ。果樹園の坂《オーチャード・スロープ》の灰色の家では、ケーキを焼いたり、お祝いの酒を醸造したり、料理を煮たり茹《ゆ》でたりで、大わらわだった。昔ながらの、盛大な結婚式をするからだ。もちろん、アンは、十二歳のときに約束したように、花嫁の付き添い役になり、ギルバートはキングズポートから飛んできて新郎の付き添い役になる。アンは、さまざまな準備の興奮を楽しんでいたが、そうしたことをしながらも、少し心が痛んだ。ある意味で、昔の懐かしい仲間を失うことになるからだ。ダイアナの新しいお家《うち》は、グリーン・ゲイブルズから二マイルも離れたところだから、かつてのようにいつも一緒にいることはもうできなくなる。アンはダイアナの部屋の明かりを見あげて、何年もあれがぴかぴか灯《とも》って呼んでくれたことを考えた。けれども、夏の夕闇を通してあれが輝くことは、もう二度とないのだ。ふたつの大粒のつらい涙が、アンの灰色の目にこみあげた。

「ああ」とアンは思った。「なんてつらいことかしら。大人になって――結婚して――変わらなきゃならないなんて！」

第29章　ダイアナの結婚式

「結局のところ、本物のバラはピンクのバラだけだわ。愛と誠実のお花だもの」アンは、果樹園の坂《オーチャード・スロープ》の西向きの破風の部屋で、ダイアナのブーケのまわりに白いリボンを結びながら言った。

ダイアナは、白い花嫁衣装を着て、部屋の真ん中にそわそわして立っていた。黒髪の巻き毛には、薄いウェディング・ヴェールが霜のように掛かっていた。何年も前のセンチメンタルな約束に従って、アンがヴェールをかぶせたのだ。

「ずっと前に想像してたとおりだわ。あなたがいずれ結婚したら、あたしたちお別れねって泣いたあのときに」とアンは笑った。「あなたはあたしの夢の花嫁さんよ、ダイアナ。この『すてきな霧のようなヴェール』をつけて。そして、あたしはあなたの付き添い役。でも、ああ、なんてこと！　あたし、パフスリーブのドレスじゃないわ！　でも、この短いレースの袖《そで》のほうがずっとかわいいわね。それに、あたしの心はすっかり張り裂けちゃいないし、フレッドのことを心底憎んでもいないの」

「あたしたち、遠くへ行ったりしないもの。これまでどおり、お互いを大切にしましょう。随分前にしたあの友情の〝誓い〟、ずっと守ってきたじゃないの」

「そうね。ずっと守ってきたわ。美しい友情だったわ。一度だって喧嘩《けんか》したり、冷たくしたり、意地悪なことを言って、友情にひびを入れたりしたこと、なかった。これからもずっとそうであってほしい。でも、これからは、まったく同じってわけにはいかないわ。あなた、ほかに大事なものができるんだもの。あたしは、その外にいる。でも、『それが人生』って、リンドのおばさまがおっしゃるとおりね。おばさま、とってもおきの〝煙草縞《たばこじま》〟〔茶色と白の縞模様〕の手編みのベッドカバーをあなたにくださって、あたしが結婚するときはあたしにも一枚くださるっておっしゃってるの」

「あなたの結婚式で残念なのは、あたしには花嫁の付き添い役ができないってことだわ」とダイアナは嘆いた。

「あたし、来年の六月にフィルがブレイクさんと結婚するとき、付き添い役をするんだけど、それでやめなくっちゃ。だって、『花嫁の付き添い役を三度したら、花嫁になれない』って言うでしょ」アンは、窓から、下のピンクと純白の花でいっぱいの果樹園を覗《のぞ》きながら言った。

「牧師さまがいらしたわ、ダイアナ」

「ああ、アン」ダイアナは急に真っ青になって、震えだしながらあえいだ。「どうしよう、アン――あたし、とっても緊張してるの――途中でだめになりそう――アン、あたし、気を失いそう」

「気を失ったりしたら、雨水をためた桶《おけ》のところまで引きずっていって、突っ込むわよ」アンはつれなく言った。「元気を出して、大好きなダイアナ。結婚するって、そんなひどいことじゃないはずよ。結婚式をしても死なない人は大勢いるんだから。あたしがどんなに冷静で落ち着いているか見て、勇気を出すのよ」

「アンだって、自分の番が来たらどうなるかわからないわよ。ああ、アン、お父さんが階段を上がってくるわ。そのブーケを頂戴《ちょうだい》。ヴェールはちゃんとなってる？　あたし、真っ青？」

「とってもすてきよ。愛《いと》しいダイアナ。最後のお別れのキスをして頂戴。ダイアナ・バリーは、もう二度とあたしにキスをすることはないわ」

「ダイアナ・ライトとして、するわよ。ほら、お母さんが呼んでる。来て」

当時流行《はや》っていた素朴で古めかしいやり方に従って、アンはギルバートの腕につかまって客間へ下りていった。階段の一番上でギルバートと顔を合わせたのだが、それは、キングズポートを出て以来の再会だった。ギルバートはその日着いたばかりだったのだ。ギルバートは、とても礼儀正しくアンと握手した。元気そうだったが、かなりやせたと、アンはすぐに気づいた。顔が青ざめているわけではなく、柔らかい白いドレスを着たアンが、きらめく髪に鈴蘭を挿して彼のほうへ廊下を歩いてくると、彼は恥ずかしそうに頬を染め、その紅潮は燃えあがった。人でいっぱいの客間へ一緒に入っていくと、感嘆の小さなつぶやきが部屋じゅうを走った。「なんてお似合いのカップルなのかしら」感激屋のリンド夫人が、マリラにつぶやいた。

フレッドが一人で、真っ赤な顔をしてゆっくりと入ってきて、それからダイアナが父親の腕につかまってすべるように入ってきた。気を失ったりはしなかったし、式を中断するような困ったことも起こらなかった。そのあとは宴会と余興となり、それから夜が更けていくと、フレッドとダイアナは月明かりの中を新居へと馬車を走らせ、ギルバートはアンと一緒にグリーン・ゲイブルズまで歩いた。

その晩のくだけた陽気さのうちに、二人のかつての友情が少し戻っていた。ああ、またギルバートと一緒に、この馴染《なじ》みの道を歩けるのは、すてきだわ！　夜はとても静かで、咲き誇るバラのささやきが聞こえてきそうだ。ヒナギクの笑い声も――草の笛の音も――いろんなやさしい音が、すっかりひとつに溶け合っている。見なれた畑を照らす月光の美しさが、世界を輝かしいものにしていた。

「家へ入る前に、〝恋人の小道〟を散歩できないかな？」〝きらめきの湖〟の橋を渡っているとき、ギルバートが言った。湖には、月が大きな金の花となって沈んでいるようだった。

アンはすぐに賛成した。〝恋人の小道〟は、その夜、妖精《ようせい》の国へと続く道となっていた。白く射し込む月光のうっとりするような魔法に満ちて、きらきら光る謎の場所となっていたのだ。かつてはこんなふうにギルバートと〝恋人の小道〟を散歩するのは危険すぎるときもあった。でも、ロイとクリスティーンのおかげで、今はすっかり安全になった。アンは、ギルバートと気軽におしゃべりをしながら、クリスティーンのことをかなり考えている自分に気づいた。キングズポートを出る前に彼女とは何度か会い、とても愛想よく親切に接し、クリスティーンもアンに愛想よく親切にしてくれた。実際、とてもうちとけたのだ。でも、それにもかかわらず、友情に発展することはなかった。クリスティーンは明らかに〝魂の響きあう友〟ではなかったのだ。

「この夏、ずっとアヴォンリーにいるの？」ギルバートが尋ねた。

「いいえ。来週、東部のヴァレー・ロードへ行くわ。エスター・ヘイソーンに頼まれて、七月と八月、代わりにそこで教えることになったの。あの学校には夏季学級があるんだけど、エスターは調子が悪いんだって。だから、代理で教えに行くのよ。ある意味じゃ、そうするのもいいかなと思ってね。実はね、なんだかもうアヴォンリーの人間じゃない気がしてきてて。残念なんだけど——でも、ほんとなの。この二年のあいだに、大勢の子供たちが大きくなったのを見るのはびっくりよ——もうみんな、大人だわ。あたしが教えた子たちの半分は、大人になった。あなたや、あたしや、あたしたちの仲間がいっぱいいたこの場所で、そうした人たちを見ると、なんだかすごく年を取った気がする」

アンは笑って溜《た》め息をついた。とても年を取って成熟して賢くなった気がしていたのだが、そう感じていたということは、まだ未熟だったということだ。人生を希望と幻想のバラ色の霧を通して見ていた、懐かしい楽しい時代にすごく帰りたいと思った。あのころ、人生には曰《いわ》く言いがたい何かがあったのだが、それが永遠に失われてしまったように感じていた。どこへ行ってしまったのかしら——あの栄光と夢は？

『かくてこの世は移りゆく』〔訳者あとがき参照〕とギルバートは現実的な詩句を引用したが、どこか上の空のようだった。クリスティーンのことを考えているんじゃないかしら、とアンは思った。ああ、アヴォンリーはこれからさびしくなるわ——ダイアナがいなくなって！

第30章　スキナー夫人のロマンス

アンはヴァレー・ロード駅で汽車を降り、誰か迎えは来ていないかとまわりを見まわした。ミス・ジャネット・スウィートという人の家に下宿をすることになっていたのだが、エスターの手紙に書いてあったことからアンが勝手に想像していたその人物らしき人がまったく見当たらなかったのだ。目に入るのはおばあさんだけで、郵便物の袋をつんだ馬車に、袋に囲まれるようにして坐《すわ》っていた。その体重は控えめに見つもっても二百ポンド〔約九十キロ〕はありそうで、顔は中秋の名月のように円くて赤く、お月さんのようにほとんど特徴のない顔だった。十年前に流行ったような、ぴったりした黒のカシミアの服を着て、黄色のリボンのついた小さな埃《ほこり》だらけの黒い麦わら帽をかぶり、色褪《いろあ》せた黒のレースの指なし手袋をはめていた。

「そこの、あんた」おばあさんは、アンに向かって鞭《むち》を振って呼びかけた。「ヴァレー・ロードの新しい先生かね？」

「はい」

「やっぱりそうじゃ。ヴァレー・ロードは、美人教師で有名じゃからの。ミラーズヴィルが不美人で有名なのと逆じゃけん。ジャネット・スィートから、今朝、あんたをむかえに行ってくれんかって、頼まれたとよ。うちゃ、『そん人がぺしゃんこになってもかまわんなら、お安い御用じゃ』って言《ゆ》うたった。『うちのこん馬車は、郵便袋ば運ぶにゃ、ちぃーと小さいけんど、うちゃトーマスよりでけぇからのう』ってね。ちぃーと待っとって。この袋を少しずらして、あんたを押し込んだげっから。ジャネットんとこまで、ほんの二マイルじゃけん。隣の家の雇いの子が今晩先生のトランクば取りにきますによって。うちん名前はスキナー——アメリア・スキナーいいます」

アンは、なんとか馬車に押し込んでもらったが、そのあいだじゅう、一人でおもしろがってこっそり微笑んでいた。

「さ、出発じゃ、クロや」スキナー夫人はそのずんぐりした手に手綱を集めて命じた。「うちゃ、郵便配達するんは、初めてなんよ。トーマスがかぶを掘り起こしたいからって、うちに頼んだとよ。でもって、ちょっくら腹ごしらえしてから、始めたんよ。これが、なかなかおもしろくてね。そりゃ、退屈といや退屈じゃけん。まあ坐って考えごとすっか、ただすわっとるかじゃね。はいどう、クロや。早いとこ帰りたいわ。トーマスは、うちがおらんと、ひどうさみしがるけぇ。ほんに、結婚してまだあまりたっておらんけぇのう」

「そうなんですか！」アンは丁寧に言った。

「まだひと月じゃ。けんど、トーマスは長いこと求婚しよっとよ。まったくロマンチックじゃったけぇ」

アンは、スキナー夫人がロマンスと親しい間柄にあるところを想像しようとしたが、できなかった。

「そうなんですか？」アンは、また言ってしまった。

「そうじゃ。うちを追っかけとる男がもう一人おっての。はいどう、クロや。うちゃ、夫をなくしてから随分経ってたんで、うちが再婚するなんて誰も思わなんだ。じゃけん、うちの娘、あんたみたいな学校の先生しよるとだが、これが西へ教えに家を出ちまって、うちゃ、もうさみしゅうて、再婚してもええちゅう気になったとよ。そのうち、トーマスがやってきよるようになって、も一人も――ウィリアム・オウバダイア・スィーマンって名前なんやけど――来るようになって。長いあいだ、どっちがええか決められんで、どっちもいつまでも言い寄るけん、うちゃずっと困っとったとよ。なにしろ、W・Oつまりウィリアム・オウバダイアは金持ちで――立派なお屋敷を持ってて、豪勢な暮らしをしとるんよ。最高の縁談じゃけん。はいどう、クロや」

「どうしてその人と結婚なさらなかったんですか？」

「うちを愛してくれんかったからじゃ」スキナー夫人はまじめに答えた。

アンは目を見開いて、夫人を見つめた。けれども、その顔にはユーモアのかけらも見えなかった。明らかにスキナー夫人は、この話におもしろいところはないと思っているようだ。

「あん人は、奥さん亡くして三年経っとって、妹さんが身のまわりの世話をしとった。そんで妹さんも結婚なさって、家の面倒をみる人が必要じゃったんじゃ。確かに世話のしがいのある立派な家じゃった。きれいなお屋敷じゃ。はいどう、クロや。一方、トーマスは、貧乏で、その家ときたら、晴れの日は雨漏りせんでええねっちゅう代物じゃ。まあ、どこかピクチャレスク（廃墟などゴシック風の美を重んじた画風）って言えんでもなかったけんど。じゃけん、ええか、うちゃ、トーマスが好きじゃった。W・Oなんかこれっぽっちも好きになれんかった。『セアラ・クロウよ』と、うちゃ自分に言うた。うちの最初の亭主がクロウじゃったんよ。『金持ちと結婚してもええけど、幸せにゃなれん。愛しとらんで一緒に暮らすわけにはいかん。トーマスと結ばれるのがええ。あん人は愛してくんさるし、あんたもあん人を愛しとる。そのことがなにより大切じゃ』はいどう、クロや。そこで、うちゃ、トーマスに『お受けします』て言うたんじゃ。結婚の支度をしているあいだじゅう、W・Oの家の前を馬車で通ろうとは思わんかった。あの立派なお屋敷を見たら、また気持ちがぐらつくんじゃないかって心配でね。だけど、もうそんなことはちぃーとも思わんようになった。今じゃトーマスと落ち着いて、幸せにやっとる。はいどう、クロや」

「ウィリアム・オウバダイアさんは、どうなさったんですか？」アンは聞いてみた。

「まあ、ちょっと騒いどったよ。だけど、今じゃ、ミラーズヴィルのやせっぽちのばあさんとこに通っとる。あん人はすぐに承諾して、先妻よりいい奥さんになりんさるじゃろう。W・Oは最初の奥さんとは結婚するつもりはなかったんじゃ。父親がそうせい言うから結婚を申し込んだだけで、絶対『だめ』ち言われる思うてたそうじゃ。ところがどっこい、『ええです』ちゅう返事じゃった。で、弱っちまった。はいどう、クロや。その奥さんは立派な主婦だったけんど、ひどくケチじゃった。十八年、同じ帽子をかぶり続けたそうじゃ。やっと新しいのを買ったら、W・Oが道で出会っても、奥さんだとわからんかったそうじゃ。はいどう、クロや。うちも、危ないとこじゃった。W・Oと結婚してたら、ひどくみじめになって、可哀想ないとこのジェーン・アンみたいになってたとこじゃった。ジェーン・アンは、ぜんぜん好きでもないお金持ちと結婚して、犬よりみじめな人生だって言うんよ。先週うちんとこにきて、『セアラ・スキナー、あんたが羨《うらや》ましいわ。うちの亭主と一緒に大きな家なんかに住むんじゃなくって、好きな男と道端の小さな掘っ立て小屋で暮らしたかった』ってね。ジェーン・アンの旦那《だんな》は、そがいな悪い人じゃないんじゃけど、まあ、天邪鬼《あまのじゃく》で、温度計が三十度を指してても毛皮のコートを着る人なんよ。なんかしてもらおう思うたら、その逆をやらせようとせならん。ただ、愛情がなきゃまるくおさまるもんもおさまらん。だからみじめな暮らしなんよ。はいどう、クロや。その窪地《くぼち》が、ジャネットんとこじゃ。〝道端荘〟って本人は呼んどる。まったく絵になるうちじゃろ？　あんた、こんなに郵便袋にぎゅうぎゅうに囲まれてて、降りたらほっとしなさるよ」

「ええ、でも乗っていてとても楽しかったです」アンは心から言った。

「やめとくれよ！」スキナー夫人は、すっかり気をよくして言った。「トーマスに今のを聞かせてやらにゃならんのぅ。うちがほめられっと、あん人はひどううれしがるんでね。はいどう、クロや。さあ、着いたよ。学校でうまくいくとよかね。ジャネットんちの裏の沼地を抜けると近道じゃ。そっちから行くなら、よう気ぃつけんさい。真っ黒の泥にはまり込んだら、ずぶずぶってはまって、最後の審判の日まで影も形もなくなるけぇね。アダム・パーマーんの牛がそうなったんよ。はいどう、クロや」

第31章　アンからフィリッパへ

アン・シャーリーよりフィリッパ・ゴードンさまへ
親愛なるフィル、ご無沙汰《ぶさた》をしてごめんなさい。あたしは再び田舎の学校教師として、ヴァレー・ロードに赴任しました。ミス・ジャネット・スィートの〝道端荘〟に下宿しています。ジャネットはとてもいい人で、なかなかの美人です。背は高いですが、高すぎず、恰幅《かっぷく》がよいのですが、体重の点でもむだはいけないと倹約するような、どこかひきしまった体つきです。柔らかい、茶色の縮れた髪をひとつにまとめて結っていて、白髪もほんの少し交じっています。晴れやかな顔、バラ色の頰、そして大きくやさしい目は忘れな草のように真っ青です。そのうえ、こってりしたご馳走《ちそう》を出して、相手が消化不良を起こそうがおかまいなしの、昔気質《むかしかたぎ》の、愉快な料理人でもあります。

あたしはジャネットが好きで、ジャネットもあたしを好いてくれます。それというのも、若くして亡くなったアンという名前の妹がいたためらしいのです。

あたしが庭に着くと、元気に「お会いできて、ほんとにうれしいわ。まあ、私が思ってたのとはぜんぜんちがうのね。あなた、きっと黒髪だと思ってた。妹のアンが黒だったの。あなた、赤毛じゃないの！」って言うのです。

最初にお見かけしたときは好きになれそうと思ったのに、そのときは無理かなと思いました。それから、髪が赤いと言われたからといって、人に偏見を抱いたりせずに、分別を持たなくてはならないと思い直しました。たぶん、赤褐色《オーバーン》なんて言葉は、ご存じなかったのでしょう。

〝道端荘〟は、かわいらしいすてきなところです。家は小さくて白く、道から離れたところにある気持ちのよい小さな窪地に建っています。道と家とのあいだは、果樹園と花壇がごちゃ混ぜになった感じです。玄関まで続く道は、ハマグリの殻で縁取られています。アメリカで「クォーハグ」って呼ばれる種類のハマグリなんですけど、ジャネットはこれを「牛鷹《カウホークス》」って呼んでいます。玄関ポーチの上には蔦《つた》がからみ、屋根には苔《こけ》が生えています。あたしの部屋は「客間の隣」にあるこざっぱりした小さな部屋で、ベッドの隣に立つのがせいぜいの広さです。ベッドの頭の上には、恋人メアリが埋葬されているハイランドの墓地に佇《たたず》む詩人ロバート・バーンズの絵がかかっていて、ものすごく大きな枝垂れ柳の木が影を落としています。ロビー〔ロバートの愛称〕の顔があまりにも沈痛なので、あたしが悪夢を見たのも不思議ではありません。最初にここで寝た晩は、笑うことができないという夢を見ました。

客間はちっちゃくて、きちんとしています。ひとつの窓が大きな柳の陰になっているので、部屋にはエメラルド色の暗がりが広がって小さなほら穴のような感じがします。椅子にはすばらしいカバーが掛かっていて、床には派手なマットが並び、円いテーブルの上に本やグリーティング・カードがきちんと並べられ、暖炉の飾り棚の上にはドライフラワーにした草を生けた花瓶がふたつあります。その花瓶と花瓶のあいだには、棺桶《かんおけ》の名札をとっておいたものが並んでいて、とっても楽しい（ほんとはぞっとする）飾りつけになっています——ぜんぶで五つあって、それぞれジャネットのお父さん、お母さん、お兄さん、妹のアン、それから前にここで雇われていて亡くなった男の人のものまで！　そのうち突然あたしの精神がおかしくなったら、それはこれらの名札が原因であるということは「この手紙を読めば明らかなり」ですからね。

でも、何もかも快適で、そう口にしたら、ジャネットはよろこんでくれました。エスターは、こんなに家じゅうが陰になっているのは非衛生だと言って、羽根布団に寝るのを嫌がったそうで、それで可哀想にジャネットにひどく嫌われたのですが、逆に、あたしは気に入られたのです。あたしは羽根布団が大好きです。非衛生でふわふわしていればしているほど、大好き。ジャネットは、あたしの食べっぷりを見てると安心するんですって。あたしが、朝食にくだものとお湯しかとらないミス・ヘイソーンみたいなんじゃないかと大いに心配していたわですって。エスターは、ジャネットに揚げ物をやめさせようとしたそうです。エスターってとってもいい子なんだけど、好き嫌いが激しすぎるの。あの子の問題は、想像力がないことと、たくさん食べられないことね。

ジャネットったら、若い男性のお客があるときは、いつでも客間をお使いくださいですって！　男の人のお客なんていやしないのに。ヴァレー・ロードでは、まだ若い男性に会ったことさえないわ。会ったのは、隣の雇いの子ぐらい。サム・トリヴァーといって、とても背が高くて、ひょろひょろっとして、亜麻色の髪をした若者です。

こないだの晩、ジャネットとあたしが玄関ポーチで手芸をしていたら、やってきて、近くの庭の塀に一時間も坐《すわ》っていました。そのあいだに口にした言葉といったら、「ペパーミント、どうかね！　風邪に効っからよぉ、ペパーミントは」というのと、「今晩は、やけにイナゴが飛びまわるでねえか、ほんとに」だけです。

でも、ここでも恋愛沙汰《ざた》があります。お年を召した方の恋愛に、多かれ少なかれ首を突っ込むことになるのは、あたしの定めのようです。アーヴィング夫妻は、二人が結婚できたのはあたしのおかげだといつもおっしゃるし、カーモディのスティーヴン・クラーク夫人は、あたしの助言に感謝してるわって言い張るし。あたしがしなくても、きっと誰かがした助言だと思うんだけど。でも、確かに、あたしがルードヴィック・スピードとセオドラ・ディックスに手を貸してあげなければ、あのものすごくのんびりした求婚は、にっちもさっちもいかなかったでしょうね。

今度の事件では、あたしはただ外から見守っているだけです。一度助けてあげようと思って、めちゃくちゃにしたことがあるの。だから、もう首を突っ込みません。今度会ったときに、ぜんぶお話しします。

第32章　ダグラス夫人とのお茶会

ヴァレー・ロードに滞在して最初の木曜の晩に、ジャネットがお祈りの集会に行きましょうとアンを誘ってきた。ジャネットは、そのお祈りの集会に出席するために、花咲くバラのように着飾っていた。パンジーがちりばめられたその水色のモスリンの服には、倹約家のジャネットがよくもまあ罪悪感を感じないものだと思うほど多くのひだ飾りがついており、高級な白い麦わら帽には、ピンクのバラとダチョウの大きな羽根が三本もあしらわれていた。アンは度肝を抜かれたが、あとで、ジャネットがそこまでおめかしした理由がわかった。それは、エデンの園でイヴがアダムを誘惑した昔から変わらぬ女心だった。

ヴァレー・ロードのお祈りの集会は、基本的に女子会のようだった。三十二人の女性が出席し、青年になりかけの少年が二人、あとは牧師さまのほかは、連れがいない男性が一人いるだけだった。アンは、いつのまにかこの男性をじっと観察している自分に気づいた。美男でもなければ若くもなく、優雅でもない。目立って長い脚をしている。あまりにも長いので、椅子の下にねじり込んでおかなければならないほどだ。ひどく前かがみで、手は大きく、髪は散髪が必要で、口ひげは手入れがされていなかった。しかし、アンは、その顔が気に入った。やさしくて、正直そうで、温和なのだ。そのほかにも、何かがあった。何なのか、アンにははっきりわからなかった。いろいろ思ったあげく、きっとこの人は、これまで苦労してきたから、その強さが顔に出ているんだわと考えた。その忍耐強そうな表情には、必要なら火あぶりの刑であろうと受けるものの、熱さに身悶《みもだ》えするまでは、にこやかにしていようという、ユーモラスな我慢強さのようなものがあった。

集会が終わると、この人がジャネットのところにきて言った。

「お宅までお送りしてもいいですか、ジャネット？」

ジャネットは男性の腕を取った——「まるで十六歳の少女が初めて家まで送ってもらうかのように、恥ずかしそうにして、澄ましてたわ」アンは、あとでパティのお家《うち》で女の子たちに話して聞かせたときに、そう言った。

男性の腕を取ったジャネットは、アンにぎこちなく言った。

「ミス・シャーリー、ダグラスさんを紹介しましょう」

ダグラスさんはうなずいて、挨拶《あいさつ》した。

「集会であなたをずっと見ていたんですよ。なんてすてきなお嬢さんだろうと思って」

そんなことを言われたら、百人中九十九人に対してアンはひどくいらついただろうが、ダグラスさんは例外の百人めだった。その言い方には、はっきりと、気持ちのよいお世辞であるとわからせるところがあったのだ。アンは、感謝するように微笑みかけて、月明かりの道を、わざと二人から遅れて、うしろのほうを歩いた。

なるほど、ジャネットには恋人がいたんだわ！　アンはよろこんだ。ジャネットは理想的な奥さんになるだろう。陽気で、倹約家で、寛大で、しかも料理にかけては女王さまだ。こんな人を永遠の独身者としておくなんて、自然の女神のとんでもない失策にほかならない。

「ジョン・ダグラスが、お母さまに会わせたいから、あなたを連れてきてほしいって」翌日、ジャネットは言った。「お母さまは、ずっとふせってらして、お家《うち》から出ることはないの。でも、お客さんが大好きだから、いつもうちに下宿する人に会いたがっていらっしゃるの。今晩、行ける？」

アンはうなずいた。しかし、その日、あとになって、ダグラスさんが母親の代理でやってきて、土曜の夕方に二人をお茶にご招待したいと言った。

「あら、どうしてあのかわいらしいパンジーのドレスを着てないの？」

土曜の夕方、家を出るときに、アンが尋ねた。とても暑い日で、可哀想に興奮ぎみのジャネットは、重たい黒のカシミアの服を着ていたせいで、生きたまま生ゆでになりそうな様子だった。

「ダグラスのお母さまに、ひどく軽薄で似合ってないと思われてしまうもの。ジョンは、あのドレス、気に入ってくれているんだけど」ジャネットは、残念そうに付け加えた。

古いダグラス家の屋敷は、〝道端荘〟から半マイル離れた、吹きさらしの丘の上にあった。屋敷自体は大きくて快適で、古いだけに格式があり、楓《かえで》の小森と果樹園とに囲まれていた。裏手に大きなきちんとした納屋があり、何を見ても豊かな暮らしぶりが感じられた。ダグラスさんの顔に窺《うかが》えた忍耐強さが何であろうと、借金や取り立てとは関係ないわ、とアンは思った。

ジョン・ダグラスは、玄関で二人を迎え、居間へ通してくれた。そこには、母親が肘《ひじ》掛《か》け椅子に坐って、どんとかまえていた。

アンは、ダグラス夫人もダグラスさんと同じように、ひょろ長い人かと思っていたのだが、とても小柄な女性で、柔らかいピンクの頬、温和な青い目、赤ちゃんのような口をしていた。美しい流行の黒いシルクの服を着て、肩には白いふわふわのショール、そして真っ白な髪の上にはおしゃれなレースの帽子が載っていて、まるで人形のおばあさんのようだった。

「こんにちは、ジャネット」やさしい声だ。「またお会いできてとてもうれしいわ」おばあさんは、そのかわいらしい顔にキスをしてもらおうと、前へ突き出した。

「そして、こちらが新しい先生ね。お会いできてうれしゅうございます。息子があまりあなたのことをほめるもんですからね、私まで少し嫉妬《しっと》してしまうくらいでしたのよ。ジャネットは、ひどく嫉妬したはずですよ」

可哀想に、ジャネットは真っ赤になった。アンはお決まりの丁寧な挨拶をし、それからみんなは席に着いて会話をした。ダグラス夫人以外は誰もが落ち着かない様子だったので、おしゃべり好きなアンでさえ、会話に苦労した。夫人だけは平気で話をしている。夫人はジャネットを隣に坐らせて、ときどきその手をなでていた。ジャネットは微笑んで坐っていたが、そのひどい服のせいで、恐ろしく居心地が悪そうだったし、ジョン・ダグラスはにこりともせずに坐っていた。

お茶の席で、ダグラス夫人は、ジャネットにお茶を注《つ》いで頂戴《ちょうだい》と上品に頼んだ。ジャネットは、これまで以上に真っ赤になった。アンは、そのお茶の様子を、ステラにこう書き送った。

出されたのは、冷製牛タン、チキン、いちごのプリザーブ、レモンパイ、タルト、チョコレートケーキ、レーズンクッキー、パウンドケーキ、フルーツケーキ——それから、ほかにも数品、ほかのパイもあったわ。確かキャラメルパイだったと思う。あたし、適量の倍の量を食べたのに、ダグラス夫人は溜《た》め息をついて、「先生の食欲をそそるようなものは何もお出しできなかったわね」ですって。「ジャネットのおいしい料理で口が肥えて、ほかのものは食べられなくなってしまったのね」って、やさしくおっしゃるの。「もちろん、ヴァレー・ロードであの人と張り合おうなんて人はおりませんけれど。パイをもう一切れ、いかが、ミス・シャーリー？　まだ何も召し上がっていらっしゃらないじゃありませんか」ですって！

　ステラ、あたし、牛タンとチキンとビスケット三枚とプリザーブをたっぷりとパイを一切れとタルトとチョコレートケーキの四角い一切れを食べたのよ！

　お茶のあと、ダグラス夫人はにっこり微笑んで、ジョンに「愛《いと》しいジャネット」をお庭に連れていって、バラを差し上げなさいと言った。「あなたたちがいないあいだ、ミス・シャーリーが私のお相手をしてくださるから。そうでしょ？」夫人は訴えかけるように言った。そして、ほっと溜め息をついて、肘掛け椅子に腰を下ろした。

「私はとても体が弱いおばあさんなのよ、ミス・シャーリー。この二十年というもの、ずっと苦しんでいました。二十年という長くつらい年月のあいだ、じわりじわりと死んでいるのよ」

「まあ、お気の毒に！」アンは同情しようと努めながら言ったが、自分が間が抜けている気しかしなかった。

「もう夜明けまでもたないだろうと思われた夜が何十回もありましてね」ダグラス夫人は重々しく続けた。「私がどんな思いをしたかなんて、誰にもわかりません。私しかわからないことなんです。まあ、今となっては長いこともちませんけれどね。私のうんざりする巡礼ももうすぐ終わるんです、ミス・シャーリー。ジョンが、母親がいなくなったとき、身のまわりの世話をしてくれるあんないい奥さんをもらえるということは、とても安心できることです。ほんとに、ほっとしますよ、ミス・シャーリー」

「ジャネットは、すてきな女性です」アンは温かく言った。

「すてきですよ！　性格が美人なんです」ダグラス夫人は同意した。「そして、申し分ない主婦です。私には無理でしたけどね。体が悪くてね、ミス・シャーリー。ジョンがこんな賢い選択をしたのは、ほんとにありがたいことです。あの子が幸せになってくれることを願っていますし、そうなると信じています。一人息子ですからね、ミス・シャーリー。やっぱりあの子の幸せが気にかかります」

「もちろんですわ」アンは、ばかみたいに言った。生まれて初めて、アンは自分が意味のない言葉を口にしていると思った。どうしてかはわからない。アンの手をやさしくなでてくれている、このすてきな、天使のような微笑みを浮かべたおばあさんに、何と言ってあげればよいのか、まったくわからなかったのだ。

「また、遊びに来て頂戴ね、ジャネット」別れ際に、ダグラス夫人は、愛らしく言った。「なかなか来てくださらないんだもの。でも、そのうちに、ジョンがあなたを連れてきて、あなたはずっとここにいることになるわね」

アンは、夫人がそう言っているとき、たまたまジョン・ダグラスにちらりと目をやって、かなり驚いて、うろたえた。まるで拷問を受けている人が、これ以上は耐えられないというところまできているのに、さらにぎゅっと最後の締め上げを食わされて苦悶《くもん》しているような顔つきをしていたのだ。きっと病気なんだわとアンは思って、可哀想に顔を赤らめているジャネットを急《せ》かして外へ出た。

「ダグラス夫人って、やさしいかたでしょ?」二人が道を歩いていると、ジャネットが言った。

「えっ……うん」アンは上の空で答えた。どうしてジョン・ダグラスがあんな顔をしていたのかと考えていたのだ。

「ダグラス夫人って、ひどい病気をお持ちなのよ」ジャネットは同情するように言った。「恐ろしい発作を起こすんですって。だからジョンはずっと心配で寝られないの。お母さんが発作を起こすんじゃないかと心配で外出もできないんですって。だってほら、まだ若いお手伝いの女の子しか家にいないでしょ」

第33章 「あの人はただ通い続けるだけ」

それから三日経って、アンは学校から帰ってくると、ジャネットが泣いているのに気づいた。ジャネットに涙は似合わなかったので、アンは正直驚いた。

「まあ、どうしたの？」アンは心配して叫んだ。

「わ……私、今日、四十になったの」ジャネットはすすり泣く。

「あら、昨日だって大して変わらなかったけど、だいじょうぶだったじゃない？」アンは、にやりとしないように努めながら、慰めた。

「だけど──だけど」ジャネットは、涙をぐっと飲み込んで続けた。「ジョン・ダグラスは、私に結婚を申し込んでくれないわ」

「あら、してくれるわよ」アンは頼りなさそうに言った。「時間をあげなくちゃ、ジャネット」

「時間ですって！」ジャネットは、言いようのない嘲《あざけ》りをこめて言った。「二十年も時間があったのよ。どれほど時間が要るっていうの？」

「ってことは、ジョン・ダグラスと二十年つきあっていたってこと？」

「そうよ。なのに、私に結婚のケの字も言いださない。もう言わないんだなって思うの。こんな話、誰にも話したことないんだけど、もう誰かに話さなくちゃおかしくなりそう。ジョン・ダグラスは、私の母がまだ生きてた二十年前から私とつきあうようになって、それからずっと、足しげく家に来るようになってしばらくそれが続いたから、私、ベッドカバーとか作ってお嫁入りの準備を始めたの。でも、結婚のことはなにひとつ言ってくれない。ただ私のところへ来るだけ。私としては、どうすることもできなかった。つきあって八年めに母が亡くなり、これで私もこの世で一人ぼっちになったんだから、きっと声をかけてくれるだろうと思った。とってもやさしくて思いやりがある人で、私のために何でもやってくれるんだけど、結婚しようとは言わなかった。それ以来ずっとそうなの。人は、私がいけないんだって言う。あの人の母親がひどい病気で、その世話をするのが嫌だから、私が結婚を嫌がってるって言うのよ。とんでもない、私、ジョンのお母さまのお世話をしたいのよ！　でも、世間には、そう思わせておくわ。可哀想な女と思われるくらいなら、責められたほうがまし！　ジョンが申し込んでくれないって、ひどく屈辱的なのよ。どうしてそうしてくれないのかしら？　その理由がわかりさえすれば、これほど気にしないんだけど」

「たぶん、お母さまが、ジョンの結婚に反対とか？」アンは言ってみた。

「あら、逆よ。お母さまは、ご自分が亡くなる前にジョンが身を固めるのを見たいって、私に何度もおっしゃったもの。いつだって、ほのめかしていらっしゃるわ。あなただって先日その耳で聞いたでしょ。私、床の下に沈むほど恥ずかしかった」

「わけがわからないわ」アンは途方に暮れた。ルードヴィック・スピードのことを思い出した。けれども、これはちがう。ジョン・ダグラスは、ルードヴィックのタイプの男性ではない。

「あなた、もっと毅然《きぜん》としなくちゃ、ジャネット」アンは強気で言った。「どうしてずっと前に、あの人を追い返さなかったの？」

「できなかった」ジャネットは、みじめに言った。「だって、アン、私、ジョンのこと大好きだったんだもの。ほかに好きな人なんていなかったから、あの人には通い続けてほしかった。かまわなかったのよ」

「でも、追い返してたら、男らしく切り出したかもしれないわ」

ジャネットは首を振った。

「そんなことないわ。それに、私にはそんな勇気はなかった。本気だと思われて立ち去られたら、嫌だもの。私って、気が弱いの。でも、それが私の気持ち。仕方がないのよ」

「あら、仕方はあるわよ、ジャネット。まだ手遅れじゃないわ。しっかりして。あの人に、あなたはもうこれ以上、どっちつかずの状態を我慢しないって思い知らせてやるのよ。あたしが力になるから」

「どうしよう」ジャネットは頼りなさそうに言った。「私にそんな度胸があるかしら。もう随分長いこと、こんな状態できてしまったもの。でも、もう一度考えてみる」

アンは、ジョン・ダグラスに失望したと思った。とても好感を持っていたので、二十年間も女性の気持ちをもてあそぶような男だとは思ってもみなかったのだ。絶対思い知らせてやる必要があるし、アンはその様子を見守ってやりたいという復讐《ふくしゅう》心を抱いた。だから、翌日の夜のお祈りの集会に出かけるとき、ジャネットから少し「気概」を見せようと思うと言われて、よかったと思った。

「ジョン・ダグラスに、これ以上踏みつけにされるつもりはないってわからせてやるわ」

「そうするべきだわ」アンも熱をこめて言った。

集会が終わると、ジョン・ダグラスがいつものように送ると言ってきた。ジャネットはおびえていたが、気持ちを強くもって、冷たくこう言った。

「いえ、結構です。一人でも道はよくわかっています。四十年も通ったんだから、当然ですわ。だから、どうぞ、お気になさらないでください、ミスター・ダグラス」

アンはジョン・ダグラスの顔を見ていた。明るい月明かりのなか、あの拷問具をぎゅっと締め上げられるときの表情が見えた。彼はひと言も言わずに、向きを変えると、大股《おおまた》で歩き去ってしまった。

「待って！　待って！」アンは必死でジョン・ダグラスに声をかけた。ほかの人たちがびっくりして見守るのも気にしなかった。「ダグラスさん、待って！　戻ってきて」

ジョン・ダグラスは立ち止まったが、戻ってはこなかった。アンは、走っていって、その腕をつかみ、引きずるようにしてジャネットのところに連れてきた。

「戻ってきてくださらなきゃ」アンは訴えるように言った。「誤解なんです、ダグラスさん――あたしのせいなんです。あたしがジャネットにそう言わせたんです。ジャネットはそんなつもりじゃなかった――でも、もうだいじょうぶよ、そうでしょ、ジャネット？」

一言も言わずにジャネットは彼の腕を取り、二人で歩き去った。アンはおとなしくそのあとを追って家へ帰り、裏口からそっと中へ入った。

「力になってくれるって言ってたけど、随分頼りになるわね」ジャネットが皮肉っぽく言った。

「どうしようもなかったのよ、ジャネット」アンは後悔して言った。「まるで人が殺されるのを見守ってるような気がしたんだもの。追いかけずにはいられなかったわ」

「ああ、そうしてくれてよかったわ。あの道をジョン・ダグラスが歩き去るのを見たとき、私の人生に残っていたよろこびも幸せもすべて、あの人とともに消えさるように感じたの。恐ろしい心地だったわ」

「どうしてあなたがああ言ったか、あの人、聞いてくれた？」

「いいえ。ひと言も」ジャネットは、うんざりしたように答えた。

第34章　ジョン・ダグラス、ついに口をきく

アンは、今度のことで、何か変化があるのではないかと、頼りない希望をつないでいた。けれども、何もなかった。ジャネットを馬車に乗せ、お祈りの集会から一緒に歩いて帰ってきて、ジョン・ダグラスは、これまで二十年間やってきたとおりに訪ねてきた。夏ももうすぐ終わる。アンは学校で教え、手紙を書き、少し勉強した。学校への行き帰りの道は楽しいものだった。いつも沼地のそばを通って学校へ通った。すてきな場所なのだ。地面はぬかるんでいて、苔《こけ》の生えた丘の斜面は真緑に染まっていて、きらめく小川がそこをうねるように流れ、唐檜《とうひ》の林が直立していて、その枝は灰色がかった緑の苔で覆われており、根元には森のすてきな植物がいろいろ生い茂っていた。けれども、アンにとってヴァレー・ロードでの暮らしは少し退屈だった。もっとも、おかしな事件もあったのだが。

ペパーミントをすすめてきた、亜麻色の頭をしたひょろひょろのサミュエルのことは、あの晩以来見かけておらず、ときたま道でばったり出会うくらいだった。けれども、ある暖かい八月の夜にやってきて、玄関ポーチのそばの丸太のベンチに厳かに腰を掛けたのだった。いつもの仕事着を着ていた。継ぎ当てだらけのズボンに、両肘《りょうひじ》の

ところが破れた青いデニムのシャツ、そしてぼろぼろの麦わら帽だ。麦を嚙《か》んでいて、アンのことを厳粛な顔で見つめながら嚙み続けた。アンは溜《た》め息をついて、読んでいた本を脇へ置き、手芸を取り上げた。サムと会話するなんて、まったく考えられなかったのだ。

とても長い沈黙が続いたあと、サムが突然口をきいた。

「俺、あそこさ出てく」

隣の家のほうに麦を振りながら、だしぬけにそう言うのだ。

「あら、そうなんですか？」アンは丁寧に言った。

「おう」

「それで、どちらへ行くんですか？」

「ま、自分の家をめっけなきゃなんねぇって思うとってね。ミラーズヴィルにちょどえのがあった。だけど、それ借りっとなっと、女房さ要る」

「そうでしょうね」アンは曖昧《あいまい》に言った。

「おう」

また長い沈黙があった。とうとうサムは麦をまた動かして言った。

「俺と一緒になんねぇか？」

「な、何ですって！」アンは息が止まりそうになった。

「俺と一緒になんねぇか？」

「それって、あなたと結婚するってこと？」可哀想にアンは弱々しく尋ねた。

「おう」

「だって、あたし、あなたのこと、何にも知りませんよ」アンは怒って叫んだ。

「結婚したら、俺のことわかるさ」とサム。

アンは、自分の頼りない威厳をかき集めて、傲慢《ごうまん》に言った。

「あなたと結婚することは、絶対ありません」

「ま、悪い話じゃなかんべよ」サムは説明した。「俺、よく働くし、銀行に金もあんべ」

「この話は二度としないでください。何だって、そんなこと思いついたのかしら？」

ユーモアのセンスのほうが怒りより勝ってきたので、アンは言った。まったくばかげた話だった。

「あんた、べっぴんさんだし、歩き方も、はあ、いかしとるがな」とサム。「俺、怠け者の嫁は要らん。考えてくろ。しばらくは、そのつもりでおっから。さあて、そろそろ行くべ。牛の乳、しぼってやらにゃ」

アンがプロポーズについて抱いていた甘い夢の数々は、この数年でかなり打ち砕かれてしまって、あまりもう残っていなかった。だから、今回も、密《ひそ》かに胸を痛めたりせずに、心から笑うことができた。その晩アンは、ジャネットに向かって、可哀想なサムの物真似をして、心をさらけ出してしまったサムのことを二人で大笑いした。

ヴァレー・ロードでの滞在も終わりに近づいてきたある日の午後、アレック・ウォードという人が大あわてで〝道端荘〟まで馬車で駈《か》けつけて、ジャネットとの面会を求めた。

「ダグラスさんのところにすぐきてください。この二十年間死にそうだ死にそうだと言っていたダグラス夫人が、ついに危ないんだ」

ジャネットは帽子を取りに走った。アンは、ダグラス夫人はいつもよりお加減が悪いのですかと尋ねた。

「いつもの半分も悪くはないんだ」アレックは厳かに言った。「だから、危ないと思うんだ。いつもなら部屋じゅう叫びまわって転げまわるのに、今回はじっと横になって、何も言わない。ダグラス夫人が黙ってるってのは、かなり具合が悪いってことだ」

「あなた、ダグラス夫人のこと、嫌いでしょ？」アンは好奇心から尋ねた。

「ネコらしいネコは好きだけどね、女の皮かぶった化けネコは嫌いだね」というのが、アレックの謎めいた返事だった。

ジャネットが夕暮れに帰宅した。

「お亡くなりになったわ」疲れた声だ。「私が着いてすぐ。一度だけこうおっしゃった――『これでジョンと結婚してくれるだろうね？』って。胸が張り裂けそうだったわ、アン。ジョンの母親本人が、私があの人のせいでジョンと結婚しようとしないと思ってるだなんて！　何も言えなかったわ――ほかに女の人たちもいたし。ジョンがいなくて助かったけど」

ジャネットは陰鬱《いんうつ》に泣きだした。アンはジャネットのために温かいジンジャー・ティーを淹《い》れて、慰めてあげた。あとで、アンは、ジンジャーの代わりにコショウを使ってしまったことに気づいたのだが、ジャネットにはちがいがわからなかった。

葬式の終わった晩、ジャネットとアンは夕陽を見つめながら玄関ポーチの段に腰掛けていた。松林の風が止んで、北の空に稲妻が光った。ジャネットは例のひどい黒の服を着ていて、最悪な感じだった。ずっと泣いていたために目と鼻は真っ赤だった。二人はほとんど話をしなかった。アンが元気づけようとするのを、ジャネットはどうやら嫌がっているように思えたからだ。ただもうみじめな気持ちにどっぷりと浸《つ》かりたいようなのだ。

突然、門の掛け金がカチッといって、ジョン・ダグラスが庭に大股《おおまた》で歩いてきた。ゼラニウムの花壇を踏み込えて、まっすぐ二人のほうへ歩いてくる。ジャネットは立ち上がった。アンもそうした。アンはすらりとして白い服を着ていたが、ジョン・ダグラスの目に、アンの姿は入らなかった。

「ジャネット。私と結婚してくれませんか」

その言葉は、この二十年間言われるのを待ち続けていて、ほかでもない今こそ言われなければならないかのように、激しく口にされた。

ジャネットの顔はこれまで泣いていて真っ赤だったので、これ以上赤くなれなかった。そのため、みっともない紫色になってしまった。

「どうして、もっと前に言ってくださらなかったの？」ジャネットはゆっくりと言った。

「できなかった。結婚しないと約束させられていた――母が、結婚するなと言ったんだ。十九年前、母はひどい発作を起こし、もうだめだと思った。母は自分が生きているあいだは、あなたに結婚を申し込まないと約束してくれと、頼んできたんだ。そんな約束はしたくなかった、母は長くないと思ったにしても――医者は、六か月しかもたないと言ったんだ。だけど、病気で苦しんでいる母が跪《ひざまず》いて頼むから、約束せざるを得なかった」

「私のどこがお気に召さなかったの？」ジャネットは叫んだ。

「どこも――どこも。母はただ、ほかの女性に――どんな女性にも――自分が生きているあいだにあそこに入ってほしくなかったんだ。もし私が約束しないなら、今すぐここで死んでやる。そしたら、おまえが私を殺したことになると言った。だから、約束したんだ。それ以来、今度は私が跪いて、もう約束から解放してくれと頼んでも、その約束をずっと守らせてきたんだ」

「どうして教えてくださらなかったの？」ジャネットは、声をつまらせて言った。

「もし知ってさえいたら！　どうしてただ教えてくれなかったの？」

「誰にも言わないと約束させられていたんだ」

ジョンはしゃがれた声で言った。「聖書に手をついて誓わされた。ジャネット、こんなに長くなるなんて少しでもわかっていたら、絶対あんなことしなかった。ジャネット、この十九年間私がどんなに苦しんだか、君にはわかってもらえないと思う。君のことも苦しめたのはわかっている。でも、それでも私と結婚してくれますね、ジャネット？　ああ、ジャネット、してくれますね？　君にプロポーズできるようになってすぐに飛んできたんだ」

この瞬間、ぼうっとしていたアンは我に返り、自分はここにいるべきではないと気がついた。そっとその場から離れて、翌朝までジャネットと顔を合わせなかった。翌朝、ジャネットは話の続きを教えてくれた。

「なんて残酷な、薄情な、嘘つきのおばあさんなのかしら！」アンは叫んだ。

「しぃ！　もう亡くなったのよ」ジャネットは重々しく言った。「もし生きてらしたら——でも、亡くなった。だから悪口はだめよ。でも、ついに、私、幸せだわ、アン。

それに、わけさえわかっていたら、こんなに長く待ってたことも、苦にしなかったと思うわ」

「式はいつ？」

「来月。もちろん、とっても静かにやるわ。いろいろひどいことを言われるだろうから。可哀想な母親が亡くなって邪魔者が消えたとたんに、さっさとジョンをかっさったとかなんとか。ジョンは、世間の人に知ってもらおうって言うんだけど、私言ったの──『いいえ、ジョン。そうは言っても、やっぱりあなたのお母さんよ。二人だけの秘密にして、お母さんの思い出を暗いものにするのはよしましょう。ほんとのことがわかった以上、世間の人がどう言おうと気にしないわ。どうでもいいことよ。死者と一緒に葬りましょう』って、そう彼に言ったの。そして、わかってもらった」

「あたしは、そんなふうに赦《ゆる》すことなんてできないわ」アンはかなり腹を立てて言った。

「私くらいの年になったら、物事をちがったふうに感じるようになるものよ」ジャネットは、広い心で言った。「年を取るといろいろわかってくるけど、それがそのひとつね──人を赦せるようになる。二十歳じゃむずかしくても、四十になればできるようになるわ」

第35章　レドモンド大学の最後の一年が始まる

「みんな帰ってきたわね。すてきに日に焼けて、〝勇士がよろこび勇んで道を走る〟〔『旧約聖書』「詩編」19：5〕ようによろこび勇んで」フィリッパは、スーツケースに腰掛けて、よろこびの溜《た》め息をつきながら言った。「懐かしきパティのお家《うち》に再び会えるなんて最高じゃない？——おばさまとも——そして、ネコちゃんたちとも。ラスティったら、もう片方の耳もなくしたのね？」

「ラスティはたとえ耳なんかなくたって、世界一すてきなネコちゃんよ」自分のトランクに腰掛けていたアンが断言した。ラスティはその膝《ひざ》の上で、アンを歓迎して大よろこびで体をこすりつけていた。

「あたしたちが帰ってきてうれしくないの、おばさま？」フィリッパが答えを要求した。

「うれしいけど、片付けをちゃんとやって頂戴《ちょうだい》よ」ジェイムジーナおばさんは訴えるように言って、笑っておしゃべりをしている娘四人のまわりのトランクやスーツケースの山を見やった。「おしゃべりは、あとでもいいじゃないの。仕事が先、遊びはあとっていうのが私の娘時代の標語でしたよ」

「あら、今じゃ、それ、ひっくり返すのよ、おばさま。あたしたちの標語は、まずは遊んで、それから、とっかかれって言うのよ。最初にたっぷり遊んだほうが、仕事がずっとはかどるんだから」

「あなた、牧師さまと結婚するつもりなら、とっかかれなんていう言い方はやめなくてはね」ジェイムジーナおばさんは、ジョーゼフと編み物とを拾い上げて、仕方がないねと言わんばかりの口調で言ったが、その魅力的な品のよさゆえに、寮母の女王の貫禄《かんろく》があった。

「どうして？」フィリッパはうめいた。「ああ、どうして牧師の妻はお上品ぶった口のきき方をしなくちゃいけないの？　あたしは嫌よ。パタソン通りの住人はみんな俗語を――つまり、比喩《ひゆ》的な言語を――使うわ。あたしがそうしなかったら、鼻持ちならないほどお高くとまった高慢ちきだと思われちゃうわ」

「ご家族には、お伝えしたの？」プリシラが、自分のランチ・バスケットから残り物をサラネコに食べさせながら言った。

フィリッパはうなずいた。

「ご家族は、なんて？」

「あら、母は猛《たけ》り狂ったわ。でも、あたしは、頑として譲らなかった。これまで何ひとつ、これと決めてしがみつくことなんてしてこなかったこのフィリッパ・ゴードンがよ。父は冷静だった。父は、自分の父親が聖職者だったから、聖職には弱いのよ。母が落ち着いたところで、ジョーを実家に連れていったら、二人ともとってもジョーのこと気に入ってくれた。でも、母は、私をどんな人のところへお嫁にやろうと思ってたかなんてこぼして、何かにつけては、ひどい当てこすりを言ってたわ。ああ、わが休暇は、必ずしもバラの花を敷きつめた輝けるものではなかったのである、みなさま。でも――あたしは勝利し、ジョーを手に入れた。それ以外のことはどうでもいいわ」

「あなたにはね」ジェイムジーナおばさんが陰鬱《いんうつ》に言った。

「ジョーにとってもよ」フィリッパは言い返した。「おばさまは、ジョーのことをずっと哀れんでるけど、どうして？　ジョーは羨《うらや》ましがられてもいいはずよ。頭もいいし、美人で、黄金の心の持ち主であるあたしを手に入れるんだから」

「私たちはあなたの言葉をどう受け取ればいいか心得ているからいいようなものの、あなた、知らない人たちの前でそんなふうな話し方をしてはだめよ。何て思われることか」ジェイムジーナおばさんは辛抱強く言った。

「あら、何て思われるかなんて知ったことじゃないわ。他人があたしを見る目で自分のことを見たくないの。そんなことしたら、ひどく居心地が悪いったらありゃしないわ。詩人のバーンズだって、他人の目で自分を見る力を与えたまえなんて祈ったのは、本気じゃなかったと思う」

「誰だって、自分が本当はほしくないものを求めて、祈ったりするもんですよ。自分の胸に手を当てればわかることです」ジェイムジーナおばさんは率直に認めた。「そんな祈りは、あまり天高く届かないだろうね。私は昔、ある女性を赦《ゆる》す力を与えたまえって祈ってましたが、今になって思えば、赦す気持ちなんてさらさらなかったんです。それがようやく赦したいという気になったら、祈ったりなんかしなくとも、赦していましたよ」

「おばさまがずっと誰かを赦さないなんて、想像がつかないわ」とステラ。

「なに、昔の話ですよ。でも、恨みに思うなんてのは、長年やってみれば、意味のないもんですよ」

「それで思い出したわ」とアンは言って、ジョンとジャネットの話をした。

「じゃあ今度は、手紙でそれとなくほのめかしてたあのロマンチックな話をしてよ」とフィリッパが求めた。

アンは、サミュエルにプロポーズされた話を意気揚々と演じてみせた。女の子たちは大笑いして悲鳴をあげ、ジェイムジーナおばさんは微笑んだ。

「あなた、自分に言い寄る男性をからかうのは趣味が悪いですよ」おばさんは厳しく言った。

「でも、」とおばさんは静かに付け足した。「私もいつもしてたけど」

「おばさまのボーイフレンドの話をして頂戴な」フィリッパがお願いした。「たくさんいたんでしょ?」

「過去形じゃありませんよ」

ジェイムジーナおばさんは言い返した。「まだいるんです。このしばらくのあいだ羊のようにおどおどした目で私を見ている三人のお年寄りのやもめがいます。あなたたち子どもが、世界じゅうのロマンスは自分たちのものと思うのは大まちがいですよ」

「やもめとか、羊の目とか、あんまりロマンチックじゃないわ、おばさま」

「そうね。でも、若い人たちだってロマンチックな人ばかりじゃありません。私に言い寄る男性たちの中には、確かにそうじゃない人たちがいました。そういうとんでもない、哀れな男性を私は笑ったものです。ジム・エルウッドという人がいて――しょっちゅう白昼夢を見ているようで――何がどうなっているのか理解できないみたいでした。私が『ノー』と言ったのに、その意味がわかるまでに一年もかかるような人でした。その人はついに結婚したんだけど、ある晩教会からの帰り道、奥さんがソリから落ちたのに、気がつかなかったくらいですからね。それから、ダン・ウィンストンがいました。物を知りすぎていた人です。この世のことはもちろん、来世のことまでほとんどわかっていました。どんな質問にでも答えてしまう。たとえ、最後の審判はいつかなんて聞かれても答えたでしょうね。ミルトン・エドワーズはとてもよい人で、私は好きでしたが、結婚しませんでした。理由のひとつには、冗談がわかるのに一週間かかるような人でしたし、もうひとつには、結婚の申し込みをしてくれなかったからです。でも、ホレイシオ・リーヴは、私のつきあった男性のなかで一番おもしろい人でした。でも、あの人は物語を語るとき、あんまり盛り立てすぎるものですから、話の内容がよくわからなくなるんです。あの人が嘘をついているのか、それともただ想像力を自由に羽ばたかせているのか、ついぞわかりませんでしたね」

「ほかの人たちは？　おばさま」

「さっさと荷物の片付けをしてらっしゃい」ジェイムジーナおばさんは、まちがえて編み針ではなく、ジョーゼフをみんなに向かってふりながら言いました。

「ほかの人たちはいい人なので、笑うことはできないわ。その思い出は大事にしたいの。アン、あなたのお部屋に花のつまった箱が届いてますよ。一時間前に来ました」

最初の一週間が過ぎると、パティのお家《うち》の女の子たちは落ち着いて、熱心に勉強にかかった。というのも、今年がレドモンド大学での最後の一年であり、卒業の際に優等の栄誉を勝ち得るためには必死で頑張らなければならなかったからだ。アンは英語に集中し、プリシラは古典に没頭し、フィリッパは数学を猛烈にやった。飽きることもあれば、うまくいかずに落ち込むこともあれば、どんなに頑張っても意味がないように思えることもあった。そんな気分になったある十一月の雨の晩、ステラが青い部屋へふらりと上がってきた。アンは床の上にすわって、近くのランプの小さな光の輪の中にいて、くしゃくしゃにされた原稿が雪のようにあたりに散らばっていた。

「あらあら、何してるの？」

「昔の物語クラブのお話を読み返してたの。読んだら元気が出ておまけに気分を盛り立ててくれるものがほしかったのよ。世界が青く見えるまで勉強したわ。だから、ここへ来て、トランクからこれを引っぱり出してみたの。そしたらあんまりにもお涙頂《なみだちょう》戴《だい》の悲劇ばかりで、ひどく笑えちゃう」

「あたし、ブルーで落ち込んでるのよ」ステラは、寝椅子に身を投げ出して言いました。

「何やってもだめって感じ。あたしの思考がもう古いの。前に考えたことばかり。生きていていったい何になるのかしら、アン？」

「ステラ、そんなふうに感じるのは、ただ頭が疲れてぼうっとしてるせいよ。あと、お天気のせい。今夜のようにバケツをひっくり返したような雨が、一日じゅうガリ勉したあとにやってきたら、誰だってぺしゃんこになるわ。マーク・タプレー〔ディケンズの小説『マーティン・チャズルウィット』の陽気な登場人物〕でないかぎりね。生きる価値はあるって、あなた、知ってるくせに」

「まあ、そうだと思うわ。でも、今のあたしには、そう信じられない」

「これまでにこの世に生きて働いた偉大で立派な人たちのことを考えてご覧なさいよ」アンは夢見るように言った。「その人たちのあとから生まれて、彼らが勝ち取って教えてくれたことを引き継ぐって、価値あることだと思わない？　それに今この世にいる偉大な人たちのことも考えてみてよ！　その人たちのインスピレーションをシェアできるって、価値あることだと思わない？　それから、将来生まれてくるあらゆる偉大な人たちはどう？　彼らのために少し頑張って、道を準備しておいてあげるって、価値あることだと思わない？——ほんの一歩だけでも歩きやすくしてあげられるってことよ？」

「ああ、あたしの頭は賛成するんだけど、アン、この心は、憂いに沈み、どんよりとしたままよ。あたしって、いつも雨降りの夜には、くすんで、どうしようもなくなるの」

「あたしは、雨が好きな夜もあるわ——ベッドに横になって、屋根の上にパタパタ落ちる雨音や松の木立を降り抜ける音を聴くのは好き」

「屋根の上だけならいいわよ」と、ステラ。「だけど、絶対それだけじゃおさまらない。こないだの夏、古い田舎の農家で悲惨な夜を過ごしたの。屋根から雨もりがして、あたしのベッドに雨がポタポタ降ってくるのよ。それって、詩的なところは一切ないわ。〝暗き真夜中〟〔ロバート・バーンズの一七九三年の詩「グレゴリー卿」にある言葉〕に起きだして、ベッドを雨の当たらないところへ引きずりまわしてたのよ。しかも、そのベッドが、頑丈な旧式のベッドで、一トンもの――まあ、だいたいそれくらいの――重さがあったの。それから、あのポタッ、ポタッ、ポタッ、ポタッてのが、ひと晩じゅう続いて、神経がもうボロボロになりそうだった。その夜、大粒の雨が落ちてきてむきだしの床に柔らかくぶつかるとき、どんなに気味が悪い音をたてたか想像もつかないでしょうね。お化けの足音とかそういった音に聞こえるのよ。何笑ってるのよ、アン？」

「ここにある物語よ。フィルが言ってたように、おかしくて死んじゃいそう――確かに、どの話でもみんな死んじゃうから、フィルの言うとおりね。それにしても、なんてギラギラしたすてきなヒロインたちを、あたしたちは作ったことかしらね――そして、なんて着飾らせたことか！　シルクに――サテンに――ベルベットに――宝石に――レースに――そればっかり。ここに、美しい白いサテンのネグリジェを着て眠っているヒロインを描くジェーン・アンドルーズのお話があるわ。ネグリジェは、小さな真珠で縁取《ふちど》りされてるの」

「続けて」と、ステラ。「人生って、笑えるかぎりは、生きる価値がある気がしてきたわ」

「これは、あたしが書いたやつ。あたしのヒロインは、ダンスパーティーで楽しんでいるの。頭の先から爪先《つまさき》まで最高級の大きなダイヤできらきらと輝いて。されども、美貌《びぼう》も豪華な装いも何の意味があろうか？　『栄華の道は墓場に続くのみ』〔トマス・グレイの詩「田舎の墓地にて詠める哀歌」にある言葉〕だもの。でもって、みんな殺されるか、失恋で死んじゃうの。全滅」

「あなたのお話を少し読ませてよ」

「ここに、あたしの傑作があるわ。この楽しい題名を聞いて――『わが墓場』。これ書いてたとき、涙ぼろぼろ流してたっけ。ほかの子たちも、あたしが読んで聞かせると、ドバーッて泣いて、ジェーン・アンドルーズはその週にあんまりたくさんのハンカチを洗濯に出したから、お母さんにこっぴどく叱られてたわ。これは、メソジスト派の牧師の妻がさまよう、痛ましい話。メソジスト派にしたのは、あちこちさすらわなきゃいけないから。この人は住むところ住むところで必ず子供を一人葬るの。九人いたんだけど、その墓はニューファウンドランドからバンクーバーまでそれぞれにうんと離れてるの。あたし、子供たちを描写して、それぞれの臨終の様子を想像して、その墓とか墓碑銘とか詳しく書いているわ。最初は九人全員を埋葬するつもりだったんだけど、八人めを殺したところで、恐ろしいことを思いつく空想のタネがつきて、九人めは生きる希望をなくした人として生かしておくことにしたわ」

　ステラが、その悲劇的な場面にくすくす笑いながら『わが墓場』を読んでいるあいだ、ラスティは、ひと晩じゅうほっつき歩いていたネコらしく、ジェーン・アンドルーズが書いた十五歳の美少女の物語の上に丸くなって眠っていた。その美少女は疫病の村に看護に出かけ、もちろん最後は、そのおぞましい病気に罹《かか》って死んでしまうのだ。アンは、ほかの原稿にちらりと目をやって、物語クラブの面々が、唐檜《とうひ》の木の下に坐《すわ》ったり、小川の羊歯《しだ》の中に坐ったりして、これらの物語を書いたあの懐かしいアヴォンリーの学校時代を思い出した。なんて楽しかったことだろう！　読んでいると、あのときの陽射し、あの懐かしい夏の楽しさが蘇《よみがえ》ってくる。「ギリシャなる栄華もローマなる壮麗も」〔エドガー・アラン・ポーの詩「ヘレンへ」より〕、物語クラブのおかしな、涙にあふれたお話ほど、すばらしい魔法を織りなすことはできないだろう。

　原稿の中に、包み紙の裏に書かれたものがあった。それが書かれたときのことや、書かれた場所を思い出しながら、笑いの波がアンの灰色の目を満たした。それは、トーリー街道のコップ家のあひる小屋の屋根をぶち抜いてしまったあの日に書いたちょっとした文章だった。

　アンは文章に目を走らせ、それから集中して読み始めた。アスターとスイートピーが、ライラックの茂みに住む野生のカナリアや、お庭の守護霊と交わすちょっとした会話だった。それを読み終わったアンは、坐って虚空を見つめた。ステラが出ていったあと、しわくちゃになった原稿を伸ばして、アンは決心して言った。

「あたし、やってみるわ」

第36章　ガードナー家の訪問

「インドの切手がついた手紙がおばさま宛てにきたわよ、ジムジーおばさま」フィリッパが言った。「ステラには三通、プリスに二通。そして、ジョーからあたしに、すばらしく分厚い手紙。アン、あなたには何もないわ。案内状みたいなのが一通あるだけ」

フィリッパが何気なくアンに放った薄い封書を取り上げたとき、アンの顔がさっと赤くなったことに誰も気づかなかった。しかし、数分後、フィリッパが顔をあげて、様子の変わったアンに気づいた。

「ハニー、何かいいこと、あったの?」

「『若人の友』が、二週間前にあたしが送ったちょっとした文章を採用してくれたの」

アンは、まるで文章なんか送るたびに採用されていて、それにすっかり慣れているかのように言おうとしたが、うまくいかなかった。

「アン・シャーリー！　すごいわ！　それ、何だったの？　いつ出版されるの？　お金はもらえるの？」

「ええ。十ドルの小切手を送ってくれたわ。編集者は、あたしの作品をもっと見てみたいって書いてくれた。見せてやろうじゃないの。送ったのは、あたしの箱にあった古い文章よ。それを書き直して送ったの――でも、筋も何もないから、採用されるなんて思ってもみなかった」

アンは、「アヴァリルの贖《あがな》い」の苦い経験を思い出しながら言った。

「その十ドルをどうするつもり、アン？　みんなで町に繰り出して、酔っ払いましょうよ」フィリッパが提案すると、アンは、はしゃいで言った。

「何かとんでもないどんちゃん騒ぎに使っちゃうわ。ともかく、汚れたお金じゃないもの――あのひどい純正ベイキング・パウダー物語で受け取った小切手とはちがうわ。あのお金でまじめに服なんか買っちゃって、それを着るたびに落ち込んだもの」

「パティのお家《うち》に本物の生きた作家がいるなんて、すごいじゃない」とプリシラ。

「大変な責任ですよ」ジェイムジーナおばさんは重々しく言った。

「そのとおりね」プリシラも同じように厳かに同意した。「作家って、気まぐれ牛だもの。いつ暴れだすか知れやしない。アンは、あたしたちのことを書くかもしれなくてよ」

「私が言ったのは、出版社のために執筆する能力があるというのは、大変な責任だということですよ」ジェイムジーナおばさんが、ぴしゃりと言った。「アンにも、それはわかっていてほしいですね。私の娘は、外国へ行く前、物語を書いていましたが、今ではもっと高尚なものに注意を向けています。娘は、『己の葬儀で読まれて恥じるようなことは一行も書くな』を座右の銘にしているなんて言っていました。それをあなたの座右の銘にするといいですよ、アン。もし文学界に打って出るつもりならね。ただ、もちろん」ジェイムジーナおばさんは困ったように付け加えた。「エリザベスは、それを言うとき、いつも笑っていましたがね。いつもあんまり笑ってばかりなもんだから、よくもまあ宣教師になろうと思ったもんですよ。なってくれてよかった——なってほしいと祈っていましたからね——とは言うものの——ならなきゃよかったのにねえ」

そのとき、ジェイムジーナおばさんは、どうしてこの笑い上戸の女の子たちが全員笑ったのか不思議に思った。

アンの目は、その日一日じゅう輝いていた。文学的な野望がアンの頭に芽吹《めぶ》いて、蕾《つぼみ》をつけたのだ。高揚した気分のまま、アンはジェニー・クーパーが催したハイキングに出かけたので、自分とロイのすぐ前をギルバートとクリスティーンが歩いているのを見ても、その星のような希望のきらめきを抑えることはなかった。それでも、クリスティーンの歩き方が、随分品のないことに気づかないほど、有頂天になってはいなかった。

「きっとギルバートは、クリスティーンの顔しか見てないんだわ。男の人ってそうだもの」アンは軽蔑《けいべつ》しながら考えた。

「土曜の午後は、家にいますか?」ロイがアンに尋ねていた。

「ええ」

「母と妹たちが、君を訪ねます」ロイは静かに言った。

何かがアンの体に走った。ぞくぞくした気持ちとも言えるが、あまり気持ちのよいものではなかった。ロイの家族には会ったことがない。ロイの発言の重みに、アンは気づいた。どこか、取り返しのつかない決意のようなものを感じて、それで、ぞくっとしたのだった。

「お会いするのを楽しみにしています」アンは、気が抜けた口調で言った。それから、ほんとに楽しみなのかしらと考えた。もちろん、そのはずだ。でも、これって、試練みたいなもんじゃないのかしら? ガードナー家の母と娘たちが、息子であり兄であるロイが「のぼせ上がっている」様子をどういうふうに見ているかということについての噂が、アンの耳にも届いていた。ロイは、そんな母たちを説得して、この訪問をさせることにしたにちがいない。アンは自分が天秤《てんびん》にかけられるのだとわかっていた。母娘《ははこ》がアンを訪問することに同意したということは、よろこんでか、嫌々かはともかく、アンが一族の一員となるかもしれないと認めたということだと、アンは理解した。「いつもの自分でいよう。いい印象を与えようなんて努めたりはすまい」アンは気負って考えた。けれども、土曜日の午後にはどんな服を着ていればいいかしらとか、髪を高く上げる新しいスタイルのほうが昔のよりいいかしらとか考えてしまい、ハイキングはさんざんだった。その夜までには、土曜日には茶色のシフォンを着て、髪は低く結おうと決めた。

金曜の午後、パティのお家《うち》の女の子たちは、誰も大学の授業がなかった。ステラは、この機に、勉強会の論文を書き、居間の隅のテーブルに向かって、まわりの床じゅうにメモや原稿を散らかしていた。ステラは、一枚書くごとにそれを投げ捨てないと、何も書けないといつも断言しているのだった。フランネルのブラウスにサージのスカートという恰好《かっこう》のアンは、風の中を家に帰ってきたために髪がかなりぼさぼさになったまま、床の真ん中にどっかと腰を下ろし、チキンの骨でサラネコをからかっていた。ジョーゼフとラスティは、二匹ともアンの膝《ひざ》で丸くなっていた。温かいプラムのような香りが、家じゅうに満ちていた。プリシラが台所で料理をしていたのだ。やがて、ジェイムジーナおばさんに、アイシングをしたばかりのチョコレートケーキを見せた。大きなエプロンをつけたプリシラが、鼻の上に小麦粉をつけて入ってくると、ジェイムジーナおばさんに、アイシングをしたばかりのチョコレートケーキを見せた。この幸せな瞬間に、ドアのノッカーがコツコツと鳴った。フィリッパ以外誰も気にとめず、午前中に買った帽子を届けにきたんだろうと思ったフィリッパは、跳び上がってドアを開けた。玄関に立っていたのは、ガードナー夫人と娘たちだった。

アンは、怒っているネコたちを膝からどけながら、なんとか、あわてて立ち上がった。そして、右手に持ったチキンの骨を左手へと意味もなく持ちかえた。台所へ戻ろうとすると居間を横切ることになると気づいたプリシラは、あわてふためいて、チョコレートケーキを炉端のソファーのクッションの下に乱暴に突っ込み、二階へ駆《か》け上がった。ステラは必死になって原稿をかき集め始めた。ジェイムジーナおばさんとフィリッパだけが、普段のままだった。その二人のおかげで、誰もが落ち着いて席に着くことができ、アンさえも落ち着いた。プリシラがエプロンをはずし、鼻の汚れも落として、下へおりてきて、ステラは自分が散らかしたところを片付け終え、フィリッパは流れるような会話を続けて、この場を救った。

ガードナー夫人は背が高く、やせていて、美人で、立派な服を着て、いささか無理をしているように思えるにこやかさを見せていた。アイリーン・ガードナーは、母親をそのまま若くしたような娘だったが、にこやかさはなかった。やさしくしようと努めているのだが、偉そうな態度になっていた。ドロシー・ガードナーはほっそりとした陽気な娘で、かなりおてんばな感じがした。アンは、ドロシー・ガードナーがロイのお気に入りの妹だと知っていて、好意を抱いた。いたずらっぽい、はしばみ色の目をしていたが、それが夢見るような黒い目だったら、ロイととても似ていたことだろう。ドロシーとフィリッパのおかげで、この訪問はとても順調に進んだ。ただ、空気が微《かす》かに張りつめており、かなり困った事故がふたつほど起きた。ほったらかしにされたラスティとジョーゼフが、追いかけっこをはじめ、シルクを召したガードナー夫人の膝に猛烈な勢いで飛び込んだかと思うと、そこから飛び出して激しい追いかけっこを続けたのだ。ガードナー夫人は柄つきの眼鏡を持ち上げて、ネコなんてものは見たことがないかのように、その飛び去る姿を見つめた。アンは、微かにひきつった笑いを抑えながら、一所懸命に謝った。

「ネコがお好きですの？」ガードナー夫人は、驚きに微かな寛大さを交ぜた口調で言った。

アンは、ラスティのことは愛してはいても、とくにネコ好きというわけでもなかったが、ガードナー夫人の口調に、いらっとした。何の脈絡もなく、ギルバートの母親はネコ好きで、夫が許すかぎりのたくさんのネコを飼っていることを思い出した。

「かわいらしい動物じゃございませんこと？」アンは、意地悪く言った。

「私、ネコはどうも苦手ですの」ガードナー夫人が冷淡に言うと、ドロシーが言った。

「私は大好きよ。とってもかわいくて、自分勝手なんだもの。犬は、善良すぎて、自分勝手じゃないでしょ。犬と一緒だと落ち着かないの。ネコって、すばらしく人間に似ていなくて？」

「そこにとても愉快な古い陶製の犬が二匹いるのね。近くで見てもいいかしら？」

そう言って、アイリーンは暖炉のほうへ部屋を横切り、そのためもうひとつの事件の原因を作ってしまった。マゴグを取り上げると、アイリーンは、プリシラのチョコレートケーキが隠してあったクッションの上に坐《すわ》ったのだ。プリシラとアンは、苦悩の目配せを交わしたが、どうすることもできない。堂々としたアイリーンはそのままクッションに坐り続け、別れの時間まで陶製の犬の話をしていた。

ドロシーはほんの少しあとに残って、アンの手をぎゅっと握りしめて、勢い込んでささやいた。

「あなたと私、仲良しになれるわ。ああ、ロイから、あなたのことを何もかも聞いてるのよ。家族のなかでロイが話せる相手は私だけだから。可哀想なロイ。ママやアイリーンには、誰も何も打ち明けられないのよ。あなたたち、ここでどんなにすてきな時間を過ごしていることでしょう！　私もときどき、交ぜてもらえないかしら？」

「いつでも来て頂戴《ちょうだい》」とアンは心から答え、ロイの妹たちのうちの一人がいい人でよかったと思った。アイリーンのことは絶対に好きになれない。それは確かだった。そして、たとえガードナー夫人を味方につけることができたとしても、アイリーンに好かれることはないだろう。ともかく、この試練が終わったとき、アンはほっと溜《た》め息をついた。

「舌やペンから出る言葉のうち
　もっとも悲しきは、〝こんなはずでは〟」〔ホイッティアの詩「モード・ミュラー」にある言葉〕

プリシラは、悲劇的な口調で引用しながら、クッションを持ちあげた。「文字どおり、ぺしゃんこだわ、みんなにおいしいケーキを食べさせようと思ったあたしの計画も。このクッションも、だめになっちゃったし。金曜日は不吉じゃないなんて、二度と言わないでね」

「土曜に来ると言ってよこしておきながら金曜に来るのはよくありませんね」ジェイムジーナおばさんが言った。

「ロイがまちがえたんでしょ」とフィリッパ。「あの人、アシに話しかけるとき、自分でも何を言ってるのかわかってないのよ。アンは、どこ？」

アンは二階に上がっていた。どういうわけか泣きたい気分だったのだ。けれども、無理やり笑うことにした。

ラスティとジョーゼフったらひどすぎる！　でも、ドロシーはいい人だったわ。

第37章　一人前の学士たち

「もう死んでしまいたい。さもなきゃ、明日《あした》の晩になってってほしい」

フィリッパがうめくと、アンは落ち着いて言った。

「死ぬまで長生きすれば、どちらの願いもかなえられるわよ」

「あなたは、落ち着いてられるわよ。あなたは、哲学が得意なんだから。あたしはちがうの——明日の恐ろしい試験のことを考えると、震えてくるわ。あたしが落ちたら、ジョーはなんて言うかしら？」

「落ちないわよ。今日のギリシャ語はどうだったの？」

「わかんない。いい答案だったかもしれないし、ホメロスがおったまげて墓のなかで悶《もだ》え苦しむほどひどい答案だったかもしれない。あたし、勉強のしすぎで、何がなんだかわかんなくなったのよ。この試練試験が終わってくれたら、かわいいフィルは心から感謝するんだけどなあ」

「試練試験？　そんな言葉、聞いたことないわよ」

「あら、あたしだって、ほかの人みたいに、言葉を作る権利ぐらいあるでしょ」フィリッパは強気だった。

「言葉っていうのは作るもんじゃないわ。育つものよ」とアン。

「何だっていいわよ。前方に試験の大波が立ちはだかっていない、穏やかな海が微かに見え始めてるのよ。みんな、ねえ、わかってる？　レドモンドでの生活がもうすぐ終わっちゃうってこと」

「わかってないわ」とアンは悲しそうに言った。「プリスとあたし、二人だけで、あのレドモンドの新入生の群れの中にいたのは、つい昨日のことのようだもの。そして今や、われわれは最終試験を受けている四年生だなんて」

「有能にして賢き、尊敬すべき四年生《シニアーズ》よ」〔訳者あとがき参照〕フィリッパは、引用した。「われらは、レドモンドにきたときより少しでも賢くなったとお思いか？」

「そうは思えないことが、たびたびありましたね」ジェイムジーナおばさんは、厳しく言った。

「あら、ジムジーおばさま、おばさまが寮母をなさってくださったこの三年のあいだ、あたしたち、だいたいのところは、いい子ちゃんだったでしょ？」フィリッパは訴えた。

「あなたたち四人は、これまで大学を一緒に出た人たちのなかで、一番かわいい、すてきな、いい子ちゃんたちでしたよ」ほめるときはきちんとほめるジェイムジーナおばさんは、たっぷりお世辞を言ってくれた。「でも、分別はあまりついてないんじゃないかしら。もちろん、まだ無理だろうけれど。分別は、経験によって身につくものですからね。大学の授業で学べたりしません。四年間大学へ通ったあなたたちとちがって、私は大学に行っていませんが、ずっといろいろ知っていますからね、お嬢さんたち」

「規則だけでは測れない
大学通っても得られない
知識の量は果てしない
学校だけでは学べない」

と、ステラは引用した。

「あなたたち、今じゃ使わない古典語とか地理とかそういったどうでもいいもの以外に何か学んだの？」ジェイムジーナおばさんが尋ねると、アンが抗議した。

「あら、もちろん、学んだと思うわ、おばさま」

「こないだの勉強会で、ウッドレイ教授がお話しになったことの真相を学んだわ」とフィリッパ。「『ユーモアは、人生という饗宴《きょうえん》における最高の調味料である。己の失敗を笑い、失敗より学べ。苦労を笑いの種とし、苦労を乗り越えよ』。ね、学ぶ価値があるでしょ、ジムジーおばさま？」

「そうね、そのとおりだわ。笑うべきものを笑い、笑ってはならぬものを笑わないようにできるようになったら、知恵がついて物事を理解できるようになったと言えるでしょうね」

「あなたは、大学から何を得たの、アン？」プリシラがささやいた。

「あたしは、」アンはゆっくりと言った。「小さな障害はみな笑いの種とみなして、大きな障害はいずれも勝利につながるものとみなすことを学んだわ。要するに、それがレドモンド大学があたしたちに与えたことだと思う」

「あたしの場合は、もうひとつ、ウッドレイ教授から引用して説明するわ」とプリシラ。「ご挨拶《あいさつ》でおっしゃったでしょ。『この世界には私たち全員にとって実に多くのことがあるのです。ただ、われわれにそれを見る目さえあれば、それを愛する心さえあれば、そしてそれを自分のものとしてかき集める手さえあれば。男と女にも、芸術と文学にも、どんなところにもよろこばしいもの、感謝すべきものがふんだんにあるのです』って。レドモンド大学があたしに教えてくれたのは、そういうことだと思うわ、アン」

「あなたたちの話からすると」ジェイムジーナおばさんは言った。「つまるところ――生まれつきそれなりの進取の気性があれば――二十年生きて学べることを、大学なら四年で学べるということのようね。まあ、それなら高等教育もいいと思えるわ。これまでは、ずっと怪しいと思ってたんですけどね」

「じゃあ、生まれつき進取の気性がない人はどうなるの、ジムジーおばさま？」

「生まれつき進取の気性がない人は決して学びません」

ジェイムジーナおばさんは言い返した。「大学であろうと、人生であろうと。百歳まで生きたって、生まれたときから何ひとつわかっちゃいないんです。それは可哀想だけど、そういう運命であって、その人たちのせいじゃありません。でも、進取の気性がある者は、神に感謝すべきですね」

「進取の気性ってなんなの？　定義してくださらない？　ジムジーおばさま？」とフィリッパ。

「いいえ、お嬢さん。進取の気性がある人ならそれが何であるかわかっているはずだし、ない人にはそれが何なのかわかるはずがありません。だから、定義する必要はありません」

忙しい日々は過ぎ去り、試験は終わった。アンは英語で〝最優等〟を取った。プリシラは古典で〝優等〟を取り、フィリッパは数学で取った。ステラはどの科目もよい成績を修めた。こうして、卒業式がやってきた。

「これぞ、わが人生のひとつの節目だなんて、昔だったら呼んでたわね」

アンはそう言いながら、ロイのすみれを箱から出し、考え深げに眺めた。もちろん、すみれを持っていくつもりだったのだが、ふと目がテーブルの上の別の箱に落ちた。中には鈴蘭がいっぱい入っていた。六月がアヴォンリーにやってきたときにグリーン・ゲイブルズに咲き乱れるような、新鮮で馨《かぐわ》しい鈴蘭だ。ギルバート・ブライスのカードがその隣に置かれていた。

アンは、どうしてギルバートが卒業式にアンに花を送ってきたのかしらと思った。この冬のあいだ、ほとんど彼とは会っていない。クリスマス休暇のあと、彼がパティのお家《うち》を訪れたのは、たった一度だけだったし、ほかの場所でもめったに会わなかった。彼が〝最優等〟とクーパー奨学金を狙ってとても一所懸命勉強していたことは知っていた。そのためギルバートは、レドモンドでのいろいろなつきあいにもあまり参加していなかった。アン自身の冬は、かなりいろいろな人たちとのつきあいでにぎやかだった。ガードナー家の人たちとも随分会ったし、ドロシーとはとても親密になった。大学の仲間たちはアンがもう今にもロイとの婚約を発表するだろうと期待していた。アン自身もそう思っていた。しかし、卒業式に際してパティのお家《うち》を出るときになって、アンはロイのすみれを脇へ押しやって、代わりにギルバートの鈴蘭を身につけたのだ。どうしてそうしたのか、自分でもわからない。どういうわけか、懐かしいアヴォンリー時代に抱いていた夢や友情こそ、長年の野望がついに果たされる今日の自分に身近に感じられたのだ。ギルバートとは、かつて、二人が文学士として角帽とガウンをまとう日がくることを一緒に楽しく夢見たことがあった。そのすばらしい日がやってきたわけであり、ロイのすみれはお呼びではないのだ。懐かしい友の花だけが、一緒に育《はぐく》んできた希望の花の開花にふさわしいように思えたのだった。

何年ものあいだ、この日は、アンの憧《あこが》れの日であり、ずっとアンを魅了していたけれども、ついにその日を経験してみると、アンの胸にいつまでも消えずに残ったたったひとつの強烈な思い出は、大学の立派な学長がアンに帽子と証書を授与して、アンを学士と呼んだあの息を呑《の》むような瞬間でもなく、アンがつけている鈴蘭を見たときのギルバートの目の輝きでもなく、壇上でアンとすれちがったときのロイの当惑したようなつらそうな視線でもなかった。アイリーン・ガードナーの偉そうなおめでとうでもなければ、ドロシーの心からの熱烈な祝辞でもない。それは、このずっと待ち望んでいた日を台なしにしてしまった奇妙な、わけのわからない胸の痛みであり、そのせいで、微《かす》かながらも消えることのないほろ苦さを感じ続けることになったのだった。

文学部の卒業生たちは、その夜、卒業パーティーを催した。アンはそのための服に着替えると、いつもつけていた真珠の首飾りをどけて、トランクの中から、クリスマスの日にグリーン・ゲイブルズに届いた小さな箱を取り出した。中には、糸のように細い金の鎖についた小さなピンクのエナメルのハートのペンダントが入っていた。添えられていたカードには、「卒業おめでとう。君の旧友ギルバートより」とあった。このエナメルのハートを見て思い出されるのは、かつてアンのことを「人参」と呼んでしまったギルバートが、なんとか仲直りしようとしてピンクのハート形のキャンディーを贈ってきた、あの致命的な日のことだった。そんなハートのペンダントを笑いながら、アンは彼にきちんと礼状を書き送っていたのだった。けれども、その首飾りをそのときまで身につけたことはなかった。今晩、アンは、夢見るような微笑みを浮かべて、それを白い首のまわりにつけた。

アンはフィリッパと一緒にレドモンドまで歩いた。アンは黙って歩いていた。フィリッパはいろいろおしゃべりをしている。ふいにフィリッパが言った。

「今日聞いたんだけど、卒業式が終わったらすぐ、ギルバート・ブライスとクリスティーン・スチュアートの婚約が発表されるそうよ。聞いてた？」

「いいえ」とアン。

「ほんとみたいよ」フィリッパは、何気なく言った。

アンは口を開かなかった。暗がりのなかで、アンは自分の顔が熱くなるのを感じていた。そっと手を襟のなかへ忍ばせて、金の鎖を捕まえた。ぎゅっと強く引くと、鎖はちぎれた。アンは壊れたペンダントをポケットに突っ込んだ。両手が震えていて、目がひりひり痛んだ。

けれども、その晩のアンは誰よりも陽気に騒いでいた。そして、ギルバートが踊りの相手を頼んできたとき、踊りの相手の予約はもういっぱいだと、後悔することなしに告げたのだった。あとで、パティのお家《うち》で、消えかかった暖炉の火の前で女の子たちと一緒に坐《すわ》って、そのすべすべの肌から春の冷気を払っているとき、その日の出来事を誰よりも陽気にしゃべっていたのは、アンだった。

「あなたたちが家を出たあとで、今夜、ムーディー・スパージョン・マクファーソンが訪ねてきましょ」寝ないで、暖炉の火をつけたまま待っていてくれたジェイムジーナおばさんが言った。「卒業パーティーのことは知らなかったそうよ。あの子は、耳が突き出ないように、寝るときは輪ゴムでもしたほうがいいわね。私がかつてつきあっていた男性がそうしていて、随分よくなったよ。私がそうしたらどうかって勧めたら、言うとおりにしてくれたんだけど、耳の悪口を言われたと私のことを決して赦《ゆる》してくれませんでしたね」

「ムーディー・スパージョンは、とてもまじめな若者よ」プリシラがあくびをしながら言った。「あの人は、自分の耳なんかよりずっと大事なことを考えてるわ。牧師になるんだもの」

「まあ、神さまは、人間の耳のことなんかお気になさらないだろうね」ジェイムジーナおばさんは真剣に言って、ムーディー・スパージョンの悪口はそれきりにした。ジェイムジーナおばさんは、まだ一人前でない場合でも、聖職者にはそれなりの敬意を払う人なのだった。

第38章　偽りの夜明け

「考えてもみてよ──来週の今夜は、アヴォンリーにいるのよ──なんてすてきなんでしょう！」アンは、身をかがめてレイチェル・リンド夫人のベッドカバーを箱につめながら言った。「でも、考えてみて──来週の今夜は、パティのお家《うち》を永遠に去るのよ──思っただけでも嫌だわ！」

「あたしたちの笑い声の亡霊が、ミス・パティとミス・マリアの乙女チックな夢の中でこだまするんでしょうね」とフィリッパ。

ミス・パティとミス・マリアは、地球上の人の住んでいる場所のほとんどを歩きまわったあと、もうすぐこの家へ帰ってくるのだ。ミス・パティは手紙に、こう書いていた。

　五月の第二週に帰ります。エジプトの歴代の王が建てたカルナック神殿を見たあとでは、パティのお家《うち》はさぞかし小さく見えることでしょうね。でも、広いところに住みたいなんて一度も思ったことはありません。お家《うち》に帰れるだけで、うれしく思うでしょう。年を取ってから旅を始めると、老い先が短いと思って、つい欲張ってしまうものですが、これは癖になりますね。マリアは、もうじっとしていられなくなるのではないかと思います。

「あたし、ここにあたしの想像と夢を、次に来る人のために残しておくわ」アンは青い部屋を名残惜しそうに見まわして言った――アンがとても幸せな三年を過ごしたかわいい青い部屋を。この窓辺に跪《ひざまず》いて祈り、そこから身を乗り出して、松林の向こうの夕陽を眺めたのだった。窓を打つ秋の雨音を聞いたのも、春のコマドリたちが窓枠にとまるのを歓迎したのもこの窓辺でだった。昔の夢って、幽霊みたいに部屋に住みついたりしないのかしら、とアンは思った。よろこび、苦しみ、笑い、泣いた自分の部屋を永遠にあとにしたとしても、その人の何かが、ふれることも見ることもできないのだけれども、それでも確かにはっきりと感じられる何かが、声に満ちた思い出のように、あとに残るということはないのだろうか。

「あたしが思うには」フィリッパが言った。「人が夢見、悲しみ、よろこび、生きたお部屋は、そうした過程と分かちがたく結びついていて、それ独自の個性を持つんだわ。今から五十年後にこの部屋に来たら、この部屋は『アンの部屋ですよ、アンのですよ』って、あたしに言うと思う。なんてすてきな時間をここで過ごしたんだろう、ハニー！　おしゃべりして、冗談言って、みんなで愉快に大騒ぎして！　ああ、なんてこと！　あたし、六月にジョーと結婚するのよ。もううっとりするほど幸せになってわかってる。でも、今は、このすてきなレドモンドの暮らしが永遠に続いてほしいと思ってる」

「あたしだって、そう思ってるわよ」アンも認めた。「これから先、どんなに充実したよろこびがやってこようとも、あたしたちがここでしたような、楽しくて無責任な暮らしなんて二度とできないんだもの。永遠におしまいよ、フィル」

「ラスティはどうするの？」この家をわがものとしていたそのネコがするりと部屋に入ってきたとき、フィリッパは尋ねた。

「私が、ジョーゼフとサラネコと一緒に引き取りますよ」ラスティのあとについてやってきたジェイムジーナおばさんが言った。「一緒に暮らすようになったのに、この子たちを離れ離れにするのは可哀想ですからね。ネコにしても人間にしても、つらいことです」

「ラスティと別れるのは残念だわ」アンが未練たっぷりに言った。「でも、グリーン・ゲイブルズに連れていってもしょうがないし。マリラはネコが嫌いだし、ディヴィーがいじめ抜いて、死んでしまうわ。それに、そんなにすぐ帰れないと思うし。サマーサイド高校の校長職をオファーされたの」

「受けるの？」とフィリッパ。

「ま……まだ決めてない」アンは困惑して、顔を赤らめて答えた。

フィリッパは、さもありなんというふうにうなずいた。当然ながらアンの計画は、ロイが申し込みをするまでは、何も決められないのだ。ロイは、すぐにしてくれるだろう——まちがいない。そして、ロイが「承知してくださいますか？」と言ったら、アンが「はい」と答えるのも疑いはない。アン自身、この件については、それでいいのだと思い込んで、その自己満足の思いはめったに乱れることはなかった。ロイを深く愛していたのだ。確かに、アンが思い描いていた恋愛とはちがう。でも、人生って、想像したとおりになるなんてこと、少しでもあるかしら、とアンはうんざりと考えた。かつて子供時代にダイヤモンドに幻滅したことがあったが、それの繰り返しだ。期待していた紫の輝きではなく、冷たい光を放っているのを初めて見たときのあの失望と同じなのだ。「あたしが思ってたダイヤモンドじゃない」とアンは言ったのだった。けれど、ロイはいい人だし、たとえ曰《いわ》く言いがたい熱情が人生から欠けていたとしても、一緒に幸せになれるだろう。その晩、ロイがやってきて、公園を散歩しないかとアンに尋ねたとき、パティのお家《うち》の誰もが、ついにきたぞと思った。そして、誰もが、アンがどう返事するかはわかっていた、いや、わかっていると思っていたのだった。

「アンって、とっても幸せな子ね」ジェイムジーナおばさんが言った。

「そう思うわ」とステラが肩をすくめた。「ロイはいい人だしね。でも、あの人、中身はからっぽよ」

「それは、嫉妬《しっと》からくる発言のように聞こえますよ、ステラ・メイナード」ジェイムジーナおばさんが、叱るように言った。

「そうね。でも、嫉妬してないわ」ステラは穏やかに言った。「アンのことは大好きだし、ロイも好き。誰もが、お似合いのカップルだと言ってて、ガードナー夫人でさえ、今ではアンをチャーミングだと思ってる。まるで、神が引きあわせた運命の二人みたいに聞こえるけど、あたしはどうかなあと思ってる。あとは察して、ジェイムジーナおばさま」

ロイは、二人が初めて出会ったあの雨の日におしゃべりをした、あの港が見える海岸の小さな東屋《あずまや》で、アンに結婚を申し込んだ。アンは、ロイがその場所を選んでくれたのは、とってもロマンチックだと思った。そして、プロポーズの言葉は美しく、まるで、ルービー・ギリスの恋人がしたように『求婚と結婚の作法』の文句を書き写してきたかのようだった。何もかも完璧《かんぺき》だった。しかも、心がこもっていた。ロイが本気であることは疑いがなかった。この交響曲のような派手なプロポーズには、傷になるような、はずれた音はひとつもなかった。アンは、自分が頭から爪先《つまさき》まで感動するべきだと感じていた。ところが、そうではなかった。ひどく冷めていたのだ。ロイが、答えを求めて口をつぐむと、アンは運命の「はい」を言おうとして口を開けた。

そのとき——アンは、まるで崖《がけ》っぷちからあとじさりするように、自分が震えていることに気づいたのだ。長年かけてもわからなかったことが、一瞬のまぶしいほどのきらめきによって、ハッとわかることがあるものだが、そんな瞬間がアンに訪れたのだ。アンは、ロイに握られていた自分の手を引っ込めた。

「ああ、あなたとは結婚できないわ——できない——できないわ」アンは激しく叫んだ。

ロイは真っ青になった。そしてまた、かなり間が抜けて見えた。仕方のないことだが、申し込みを受けてもらえると思い込んでいたのだ。

「どういうこと?」ロイは口ごもった。

「あなたとは結婚できないということです」アンは必死で繰り返した。「できると思ったんだけど——でも、できません」

「どうして、できないの?」ロイは、さっきより落ち着いて尋ねた。

「それは——あなたのことを、そこまで思っていないから」

ロイの顔に赤い筋が走った。

「じゃあ、この二年間、ぼくをもてあそんでたんだね？」ロイはゆっくりと言った。

「いいえ。いいえ、そんなことしてないわ」哀れなアンはあえいだ。ああ、どう説明したらいいのだろう？　説明なんかできない。説明できないことって、あるものだ。「あなたのこと、好きだと思ったの――ほんとよ――でも、今、そうじゃないとわかったの」

「君はぼくの人生をめちゃくちゃにしたよ」ロイは強い口調で言った。

「赦《ゆる》して頂戴《ちょうだい》」アンはみじめな気持ちで訴えた。頬が熱くなり、目がひりひりした。

ロイは向こうをむいて、しばらく海を眺めて立っていた。アンのところへ戻ってくると、また真っ青になっていた。

「ぼくに希望を与えてくれることはできないのかな？」

アンは、黙って首を振った。

「じゃあ――さようなら。ぼくには理解できない。君が、ぼくが思っていたような女性ではないなんて信じることができない。でも、今、君を責めても何にもならないね。君は、ぼくが本当に愛することのできるただ一人の女性だ。少なくとも、君の友情に感謝します。さようなら、アン」

「さようなら」アンの声が震えた。ロイがいなくなると、アンは長いこと東屋に腰掛けて、白い靄《もや》が沖から海岸のほうへ容赦なく忍び寄ってくるのを見つめていた。それはアンにとって、屈辱と、自責と、恥の時間だった。その波がアンに押し寄せていた。それでも、ずっと奥深くでは、自由をとり戻したという奇妙な感覚があった。

夕闇の中をパティのお家《うち》にそっと戻って、自分の部屋へ逃げ込んだ。けれども、窓辺の席にはフィリッパが待ちかまえていた。

「待って」アンは、お祝いを言おうとするに決まっているフィリッパをとどめて、顔を赤らめながら言った。「あたしが言うことを聞くまで、黙ってて。フィル、ロイがあたしに結婚を申し込んで——あたし、断ったの」

「あなた——あなた、断ったですって？」フィリッパは、ぽかんとして言った。

「ええ」

「アン・シャーリー、あなた、気は確か？」

「確かだと思う」アンは疲れきったような声で言った。「ああ、フィル。叱らないで。あなたにはわからない」

「そりゃ、わからないわよ。この二年間、あなた、ロイ・ガードナーをその気にさせてきたのよ——なのに、今になって、断ったって、どういうこと。それじゃ、あなた、あの人をもてあそんでたってことじゃないの。それって最悪よ。アン、まさかあなたがそんなことするなんて、信じられない」

「あたし、もてあそんだりしてないわ――最後の瞬間まで、あの人が好きだと、本気で思ってた――だけど――そう、はっきりわかったのよ、あの人とは決して結婚できないって」

「あの人のお金が目当てで結婚するつもりだったけど、良心が頭をもたげてきて、そうさせなかったんじゃないの？」フィリッパは残酷に言った。

「そんなんじゃないわ。あの人のお金のことなんて、考えたこともない。ああ、あの人にも説明できなかったんだから、あなたに説明なんかできやしないわ」

「とにかく、ロイに対して、恥知らずなことをしたもんよ」フィリッパはかんかんになって言った。「イケメンで、頭がよくて、金持ちで、いい人なのに。それ以上、何がほしいっていうの？」

「あたしの人生の一部となってくれる人がほしいの。彼じゃだめ。最初は、彼の美貌《びぼう》や、ロマンチックなほめ言葉に、ふらっとしてしまって、それから、あたしが理想としていた黒い瞳《ひとみ》をした男性なんだから、あたしは恋をしているはずだって思ってしまったんだわ」

「自分の気持ちがわかってないことにかけては、あたしもひどいもんだけど、あなた、もっとひどいわ」とフィリッパ。

「今はもう、わかったのよ」アンは言い返した。「困るのは、あたしの気が変わってしまうと、もう一度最初からその気持ちと知り合いにならなきゃならないってこと」

「もう、あなたに何を言ってもむだのようね」

「何も言わなくていいわ、フィル。あたしって最低だもの。これまでのこと、何もかも台なしにしてしまった。レドモンドのことを思うたびに、今晩の屈辱を思い出すわ。ロイには軽蔑《けいべつ》されるし——あなたにも軽蔑されて——あたし、自分を軽蔑する」

「可哀想に」フィリッパが気持ちをやわらげて言った。「ここにいらっしゃい。慰めてあげる。あたしに、あなたを叱る権利なんてないのよ。ジョーに会ってなければ、アレックかアロンゾと結婚してたはずだから。ああ、アン。実際の人生では、何もかもこんがらがっているんだわ。小説みたいにすっきりさっぱりしてないのよ」

「もう死ぬまで誰にも結婚を申し込まれたくない」

アンは、本気でそう思っていると心から信じて、哀れにすすり泣いた。

第39章　結婚、結婚

グリーン・ゲイブルズに戻って最初の数週のあいだ、アンには人生が絶頂期を過ぎて、下り坂にさしかかっている気がしていた。パティのお家《うち》の愉快な仲間たちがいなくて、さみしい思いをした。冬のあいだは、すばらしい夢をいくつも夢見ていたのに、今やどれもアンのまわりで朽ち果てていた。今は自己嫌悪に陥っていて、すぐまた夢など見る気にはなれなかった。そして、夢があれば一人でいてもすばらしいけれど、夢がないと、一人でいることにほとんど魅力がないと気がついたのだ。

あの公園の東屋でつらい別れをしたあと、ロイとは会っていなかった。しかし、アンがキングズポートを発《た》つ前にドロシーが会いにきてくれた。

「あなたが兄と結婚しなかったのは、とっても残念だわ」ドロシーは言った。「お姉さんになってほしかったのに。でも、あなたは正しいわ。兄と結婚したら、死ぬほど退屈するもの。兄のことは大好きだし、とってもいい人だけど、ほんとはちっともおもしろくないの。自分はおもしろい人間だみたいな顔してるけど、そうじゃないの」

「あたしたちの友情がだめになったりしないかしら、ドロシー？」アンは、祈るように尋ねた。

「ならないわよ、ほんと。あなたを失うわけにはいかないわ。お姉さんになってもらえないなら、せめて友だちでいて頂戴な。それから、兄のことは気にしないで。今はひどく落ち込んでる――毎日、ぶつぶつ言うのを聞かされてるのよ――でも、そのうち立ち直るわ。いつだってそうなんだから」

「えっ――いつだって？」アンの声の調子が微《かす》かに変わった。「じゃあ、これまでにも〝立ち直った〟ことがあるの？」

「あるのよ、それが」ドロシーは、ざっくばらんに言った。「これまでに二度。二度とも私に当たりちらしたわ。実際に断られたわけじゃないの——ただ、相手の子がほかの人との婚約を発表しただけ。もちろん、あなたに会ったときは、これまで本気で恋をしたことはなかったんだって、私に誓ってたわ——今までのは、単に子供じみた気まぐれにすぎないって。でも、あなたは心配しなくてもいいと思う」

アンは、心配しないことにした。安堵《あんど》と嫌悪が交じった感情があった。ロイは確かに、君はぼくが愛したただ一人の女性だと言ったのだ。きっとそう信じていたのだろう。でも、アンのせいで、ロイの人生がだめになってしまったわけではなさそうだと思えるのは、慰めになる。ほかにも女神たちはいるし、ドロシーによれば、ロイはどこかしらの神殿をお参りするにちがいないのだ。それにもかかわらず、人生からさらにいくつかの幻想がはぎ取られてしまい、なんだか人生がかなりむき出しになってきたわと、アンはわびしく思い始めていた。

帰ってきた日の夕方、アンは悲しそうな顔をして、二階の自分の破風の部屋から下りてきた。

「〝雪の女王〟は、どうしてしまったの、マリラ？」

「ああ、あんたが悲しがるだろうと思ってたよ」マリラが言った。「私もがっかりだよ。私が子供の頃からずっとあった木だからね。三月の大風で吹き倒されてしまったのさ。根っこが腐っててね」

「あの木がなくて、さみしいわ」アンは嘆いた。「あれがないと、あたしの部屋もがって見えちゃう。あの窓から外を見るたびに、喪失感を感じてしまうわ。それに、ああ、グリーン・ゲイブルズに帰ってきたのに、いつも迎えてくれるダイアナがここにいないなんて初めてよ」

「ダイアナは、今、ほかに考えることがあるんですよ」リンド夫人が意味ありげに言った。

「じゃあ、アヴォンリーでのニュースをすっかり聞かせて」アンは玄関先の段に腰を下ろして言った。夕陽が、アンの髪に、すてきな黄金の雨のように降り注いだ。

「手紙に書き送ったこと以上には大したニュースはありませんよ」リンド夫人は言った。「先週、サイモン・フレッチャーが脚を折ったことは聞いてないでしょ。あの人の家の者にとっては、ありがたいことですよ。あの偏屈じいさんにそばにいられたんじゃできなかったことを、次から次に片付けてますよ」

「サイモンは、いけすかない家の出ですからね」とマリラ。

「いけすかないですって！　まったく、そのとおり！　あの人の母親は、お祈りの集会のときに立ち上がって、自分の子供たちの欠点を並べたてて、それが直るように祈ってくれなんていつも言っていましたからね。もちろん、子供たちはむかっ腹を立てて、いっそう悪くなりましたよ」

「ジェーンのニュースをまだアンに伝えてないんじゃないかしら」とマリラ。

「ああ、ジェーンね」リンド夫人は鼻で笑い、しぶしぶ話しだした。

「ジェーン・アンドルーズは、西部から帰ってきましたよ――先週――ウィニペグの百万長者と結婚するんですって。ハーモン・アンドルーズの奥さんのことだから、すぐにあちこちにふれまわったでしょうよ」

「懐かしいジェーン。あたし、うれしいわ」アンは心から言った。「ジェーンには、よい人生を歩んでほしい。その資格があるわ」

「別に、ジェーンのことを悪く言おうってんじゃありませんよ。とてもいい子です。だけど、百万長者の階級じゃありませんからね、まったくもって。それに、あの男には、ほめられたところがありませんよ。ハーモンの奥さんは、お金以外にほめるところがありませんからね。ジェーンは鉱山でお金を儲《もう》けたイギリス人だって言うんだけど、ありゃ、ヤンキーだと私は見ていますよ。そりゃお金はあるでしょうよ。ジェーンに宝石を雨と降らせましたからね。婚約指輪は、あんまりにも大きなダイヤで、まるでジェーンの太った指に膏薬《こうやく》でも貼ったみたいに見えましたよ」

リンド夫人は、どうしても辛辣《しんらつ》な言い方を抑えられなかった。こつこつとやっていく地味なジェーン・アンドルーズが百万長者と婚約したというのに、アンは、どうやら、金持ちだろうが貧乏人だろうが、誰からも申し込まれていないようじゃありませんか。しかも、ハーモン・アンドルーズ夫人の自慢は鼻についてなりません。

「ギルバート・ブライスは大学でどうだったの？」とマリラ。「先週帰省中に会ったけど、青ざめてやせこけて、ギルバートだとわからないくらいでしたよ」

「こないだの冬はとても一所懸命に勉強してたのよ」とアン。「古典で最優等を取って、クーパー奨学金をもらったの。この五年間誰も取れなかった奨学金よ！　だから、かなり疲れてるんだと思う。みんな少し疲れてるの」

「ともかく、あんたは学士さまですよ。だけど、ジェーン・アンドルーズはそうじゃないし、そうなることもありません」リンド夫人は陰鬱《いんうつ》な満足感をもって言った。

数日後の夕方に、アンはジェーンに会いに行ったが、ジェーンはシャーロットタウンへ出かけていて留守だった。

「服を仕立ててもらいに行ったんですよ」ハーモン・アンドルーズ夫人がアンに得意げに言った。「もちろん、こうなりますと、アヴォンリーの仕立て屋なんかじゃ、間に合いませんからねえ」

「ジェーンのことで、とてもよいお話を伺いました」とアン。

「ええ、ジェーンはとてもよくやったんですよ。学士さまではありませんけどね」

ハーモン・アンドルーズ夫人は、少し頭をつんとそらせながら言った。「イングリスさんは、何百万もの財産をお持ちでね、新婚旅行はヨーロッパなんですよ。戻ってきたら、ウィニペグの大理石のすばらしいお屋敷に住むんですの。ジェーンにはひとつだけ困ったことがあって、お料理が得意なのに、旦那《だんな》さまがお料理をさせてくださらないんですよ。あまりにお金持ちだから、料理人を雇うんですって。コックが一人と、お手伝いさんが二人、御者が一人、何でもやってくれる下働きの人を一人雇うそうよ。でも、あなたはどうなの、アン？　大学へ行ったそうだけど、あなたが結婚する話はぜんぜん聞かないわね」

「あら」とアンは笑った。「あたし、独身のまま年をとるんです。ふさわしいお相手が誰一人見つからないので」

これはアンにしては、いやらしい言い方だった。かりに結婚しないでおばあちゃんになるにしても、少なくとも一度は結婚のチャンスがあったのだということを、わざとアンドルーズ夫人に思い出させようとしたのだ。ところが、夫人はすぐに反撃に出た。

「まあ、好みのやかましい娘は往々にして売れ残るものですよね。ところで、ギルバート・ブライスがミス・スチュアートと婚約したって聞いたんだけれど？　チャーリー・スローンが言うには、とっても美人さんなんですって。ほんとなの？」

「ギルバートがミス・スチュアートと婚約したのが本当かどうかは知りません」アンは驚くほどの自制心をもって落ち着いて答えた。「でも、彼女がとても愛らしい人だというのは確かです」

「てっきり、あなたとギルバートが結婚するんだとばかり思っていましたよ」アンドルーズ夫人は言った。「気をつけないと、アン、あなたに言い寄る男性はぜんぶ指のあいだからこぼれ落ちてしまいますよ」

アンは、これ以上、夫人との決闘を続けるのはやめようと思った。こちらが細身の剣で突いているのに、戦用の斧《おの》を振るい下ろされるのでは、たまらない。

「ジェーンがお留守なので、今朝はこれで失礼します」アンは傲然《ごうぜん》と立ち上がった。「またいらっしゃるときに、お伺いします」

「そうして頂戴《ちょうだい》」夫人は急に愛想よくなって言った。「ジェーンは、ちっとも鼻にかけたりしませんからね。昔のお友だちとこれまでどおりおつきあいするつもりですよ。あなたに会えたら、ほんとによろこぶでしょう」

ジェーンのお相手の百万長者は、五月の末にやってきて、豪華絢爛《けんらん》な式を挙げてジェーンを連れ去った。リンド夫人は、イングリス氏が四十の小男で、やせて、白髪が生えかかっているのを見て、溜飲《りゅういん》を下げた。そして、もちろん、花婿の欠点を容赦なく数えあげたのだった。

「あんな男に金メッキをするには、ありったけのお金が必要だね、まったくもって」

リンド夫人は、厳かに言った。

「やさしそうで、誠実そうだったわ」アンは友人らしく言った。「それに、ジェーンのことを大切に思っているわ」

「ふん！」とリンド夫人。

フィリッパ・ゴードンが次の週に結婚し、アンは付き添い役を務めるためにボリングブルックへ行った。フィリッパは、妖精《ようせい》のように美しい花嫁となり、ジョー牧師は幸せいっぱいで輝いていたので、誰も醜男《ぶおとこ》とは思わなかった。

「あたしたち、新婚旅行で、エヴァンジェリンの土地〔アメリカの詩人ロングフェローの長編詩「エヴァンジェリン」のヒロインが恋人を探してさまよった土地〕を巡るのよ」

フィリッパは言った。「それから、パタソン通りに新居を構えるの。母は、とんでもないと思ってるけど――ジョーがせめてまともな場所の教会を受け持てばいいのにって。でも、パタソン貧民街という荒野でも、ジョーがいてくれたら、あたしにはバラのお花畑よ。ああ、アン、あたし、幸せすぎて心臓が痛いくらい」

アンは友だちの幸せには、いつもよろこんでいた。けれども、どこもかしこも幸せで、自分のものでない幸せに取り囲まれるのは、少しさみしいときもある。それは、アヴォンリーに帰っても同じだった。今度は、ダイアナが、初めての子供を隣に寝かせるという、女としてのすばらしい栄光に包まれたのだった。アンは、少し白い顔をした若い母親を、これまでダイアナに対して感じたことのない、ある種の畏怖《いふ》の念をもって見つめた。目に恍惚感《こうこつかん》を浮かべたこの青ざめた女性が、過ぎ去った学校時代に一緒に遊んだ黒い巻き毛の、バラ色の頬をしたダイアナなのだろうか？　アンは、自分だけが過去に属したままで、現在には一切関わりがないかのような、奇妙な孤独感を覚えた。

「とっても美しい男の子でしょ？」ダイアナが誇りをもって言った。

その小さなぷっくりした子は、おかしいくらいフレッドに似ていた。フレッドと同じように真ん丸で、同じように赤ら顔だ。アンは、美しい子だと心から言うことができなかったが、かわいくて、キスをしたくなるような子で、見ていてうれしくなる子だということは心の底から誓えた。

「この子が生まれるまでは、アンって名前をつけたかったから、女の子がほしかったの」ダイアナは言った。「でも、小さなフレッドが生まれてみると、百万人の女の子とだって、この子と換えたくはないわ。この子は、かけがえのない子だもの」

「『赤ちゃんは、どの子も最高、一番かわいい』って言うでしょ」アラン夫人が陽気に言った。「もし小さなアンが生まれていたら、同じように思ったはずですよ」

アラン夫人は、アヴォンリーを離れて以来、初めて村に戻ってきていたのだ。相変わらず陽気で、すてきで、思いやりがあった。アンとダイアナは、有頂天になって大歓迎した。今の牧師夫人は立派な人だったが、〝魂の響きあう友〟ではなかったのだ。

「おしゃべりができるようになるまで待ち遠しいわ」ダイアナは溜《た》め息をついた。『ママ』って言うのを聞きたくてたまらないの。ああ、あたし、絶対、この子にとっての母親の最初の思い出がすてきなものになるようにするわ。あたしの母の最初の思い出は、あたしがやらかした何かのことで母に平手打ちを食らった思い出だもの。もちろん、あたしがいけないんだと思うし、母はいつもいい母で、大好きだけど、でも、最初の母の思い出がもっとましなものだったらなあって思うのよ」

「私は母の思い出がひとつしかないけれど、それは最高の思い出ですよ」アラン夫人は言った。「私は五歳で、ある日、二人の姉と一緒に学校へ行かせてもらったの。学校が終わると、姉たちはそれぞれ別のグループと一緒に帰って、私がもうひとつのグループのほうにいるんだろうと思ったのね。でも、私は休み時間に一緒に遊んでくれていた小さな女の子と走っていって、学校の近くだったその子の家へ行き、泥まんじゅうを作り始めていたの。二人でとっても楽しい時を過ごしていると、姉が一人、息をきらして、怒ってやってきた。『悪い子ね』と、姉は叫んで、いやがる私の手をつかんで、引きずっていこうとした。『すぐお家《うち》に帰りますよ。ああ、あんた、怒られるわよ！　お母さんがかんかんだから。たっぷり鞭《むち》で打たれるわ』それまで、鞭でなんか打たれたことのない私は、恐怖で小さな心臓がいっぱいになって、その帰り道ほどみじめな気持ちになったことは、生まれてこのかた、なかったわ。悪い子になるつもりなんてなかったのに。フェミー・キャメロンがお家《うち》においでよって言ってくれて、行っちゃいけないなんてわからなかった。そして今、そのために、鞭で打たれるというわけ。家に着くと、姉は私を台所へ引っ張っていって、そこでは薄明かりのなか、母が暖炉のそばに坐《すわ》っていた。私の弱々しい脚はぶるぶる震えて、立っていられなかった。そしたら、母は――母は、ひと言も叱ったり、厳しいことを言ったりせず、私を両腕に抱きかかえて、キスをして、ぎゅっと抱きしめたの。『いなくなってしまったかと思って、とっても心配したのよ』ってやさしく言ってくれた。私を覗《のぞ》きこむ母の目に愛が光っているのがわかったわ。母は、私がやったことを叱ったり責めたりすることは一度もなかった。ただ、二度とお許しをもらわないで外へ出てはだめよと言ったきりでした。そのあとすぐ母は亡くなったの。それが私の母のたったひとつの思い出。美しいでしょ？」

アンは、〝樺《かば》の道〟と〝やなぎ池〟を抜けて歩いて家へ帰るとき、以前にも増してさびしさを感じた。この道を通るのは、随分久しぶりだった。暗い紫色の花が咲いているような夜だった。空気は、花の香りで重くなっており、息がつまりそうなくらいだった。あまりに強烈で、思わず顔を背けたくなるほどだ。まるであふれるカップから顔をそむけるように。〝樺の道〟の樺は、昔はかなり小さな若木だったのに、大木になっていた。何もかも変わってしまっていた。アンは、夏が終わって、また仕事に戻ることができたらありがたいと思った。そうしたら、人生はそれほど虚《むな》しく感じられないことだろう。

「この世を生きてみた――だが、せつない、
かつてのロマンスの彩《いろど》りは、もはやない」〔ウィリアム・ブライアントの詩「小川」より〕

アンは詩を口ずさんで、溜め息をついた。そして、この世からロマンスがすっかりなくなったんだわと思うことに物語性を感じて、とたんに慰められるのだった。

第40章　悟りの書

アーヴィング夫妻が夏のあいだにエコー・ロッジに戻ってきて、アンは、そこで楽しい七月の三週間を過ごした。ミス・ラベンダーは変わっていなかった。シャーロッタ四世は、もうすっかり大人の若い女性となったが、まだアンを心から慕っていた。

「まあ、何だかんだと申しましてもです、シャーリー先生さま、ボストンにも、先生さまのような人は一人もおりませんでしたです」シャーロッタ四世は率直に言った。

ポールもすっかり大きくなっていた。十六歳で、かつての栗色の巻き毛は短い茶髪に変わっており、今は妖精よりもフットボールに興味を持っていた。しかし、ポールとポールを教えた先生とのあいだの絆《きずな》は、依然として固いものだった。〝魂の響きあう友〟だけは、年月が経《た》っても、変わったりはしないのだ。

アンがグリーン・ゲイブルズに戻ってきたのは、七月のある雨降りの、うらぶれた、残酷な夕方だった。ときおり湾を襲う激しい夏の嵐が、今もまた海を荒れさせていた。アンが家に入ったとたんに、最初の激しい雨が窓に吹きつけた。

「あなたを家まで送ってくれたのはポール？」マリラが尋ねた。「家に泊めてあげたらよかったのに。今晩は荒れるから」

「あの子、雨が激しくなる前にエコー・ロッジに着けると思うわ。とにかく、今晩は帰りたいって言ってたから。それにしても、エコー・ロッジは楽しかったけど、こうしてみんなにまた会えてうれしいわ。『どこへ行こうと、わが家が一番』ね。あら、デイヴィー、また大きくなった？」

「アンがいなくなってから、ちょうど一インチ大きくなったよ」デイヴィーは得意そうに言った。「もうミルティー・ボウルターと同じ背丈だよ。うれしいなあ。あいつ、もう自分がでかいからって、いばれなくなったよ。ねえ、アン、ギルバート・ブライスが死にかけてるって知ってた？」

アンは、とても静かにデイヴィーを見つめたまま、動くことはなかった。その顔は真っ青になっていたので、マリラはアンが気を失うと思った。

「デイヴィー、黙ってなさい」リンド夫人が怒って言った。「アン、そんな顔しないで。そんな顔しないで！　こんなに急に伝えるつもりじゃなかったのよ」

「それ……ほ……ほんとなの？」アンは、自分のではない声で尋ねた。

「ギルバートはかなり悪いのよ」リンド夫人は深刻な声で言った。「あなたがエコー・ロッジへ行ってすぐに腸チフスにかかってね。ぜんぜん聞いてないの？」

「ええ」さっきの変な声が言った。

「最初からとても悪かったのよ。かなり消耗してしまっているって、お医者さんは、おっしゃって。プロの看護婦さんをつけたりして、打てる手はすべて打ったのよ。そんな顔しないで、アン。まだ望みはあるわ」

「今朝、ハリソンさんが来て、もう望みはないなって言ってたよ」デイヴィーが繰り返した。

マリラは、すっかり疲れ切って、老いを感じながら、立ち上がって、デイヴィーを台所から追い出した。

「ねえ、お願いだから、そんな顔しないで」リンド夫人は、そのやさしい老いた両腕で真っ青な娘を抱きしめた。「私はまだ、あきらめてないわ。ほんと、あきらめてない。あの子は、幸いなことに、ブライス家の頑丈な体を持ってますからね、まったくもって」

アンは、やさしくリンド夫人の腕を解《ほど》いて、ふらふらと台所を横切って、廊下を通り、階段を上って自分の懐かしい部屋に入った。窓辺に跪《ひざまず》くと、何も見えない目で外をじっと見つめた。〝お化けの森〟は、嵐で捩《ねじ》れた強い木々たちのうめきで満ちており、遠くの海岸に寄せては砕ける激しい大波のせいで空気はビリビリと震えていた。そして今、ギルバートが死にかけているなんて！

聖書に黙示録という啓示の書があるように、どんな人の人生にも、悟りの書があるものだ。アンはその夜、何時間もの嵐と暗闇のなか、苦しみながらまんじりともしなかったこの痛恨の夜に、いわば自分の悟りの書を読んだのだ。あたしはギルバートを愛してたんだわ――ずっと愛してた！　今ならそれがわかる。自分の右手を切り落として捨てることができないように、ギルバートを苦痛もなしに人生から切り捨てることなんてできないのだと、わかったのだ。でも、わかるのがおそ過ぎた。最期の瞬間を彼と一緒に過ごすというつらい慰めを得ることすら、もうできないのだ。アンがこんなにも愚かでなければ――もっと目が見えていれば――今すぐにでも彼のもとへ飛んでいく資格があっただろう。でも、アンが彼を愛しているということを、彼は決して知ることはないのだ――アンに愛してもらえなかったと思いながら死んでいくのだ。ああ、どんなに空虚な黒い年月がこれからアンを待っていることだろう！　つらくて生きていくことなどできない――できやしない！　アンは窓辺に蹲《うずくま》り、生まれて初めて、死にたいと思った。これまでの陽気な若々しい生涯など終わってしまえばいい。ギルバートが、ひと言も言わずに、何のメッセージも遺《のこ》さずにアンの許《もと》を去ってしまうなら、アンは生きていけないのだ。彼がいないなら、何ひとつ意味などなくなってしまう。あたしは彼のもので、彼はあたしのものなんだから。その崇高な苦痛のときに、アンはそう信じ、疑うことはなかった。彼はクリスティーン・スチュアートなんて愛していなかった。クリスティーン・スチュアートなんて一度も愛したことなどないのよ。ああ、ギルバートと自分とのあいだにどんなに強い絆があったかわかっていなかったなんて、なんてばかだろう。ロイ・ガードナーに対して感じてしまった、あののぼせあがった気まぐれを愛だと思ってしまうなんて。そして今、アンは自分の愚かさの代償を払って、罰せられなければならないのだ。

リンド夫人とマリラが、寝る前にアンの部屋のドアに忍び寄って、物音ひとつしない静寂に、互いに不安そうに首を振り合って立ち去った。嵐はひと晩じゅう荒れ狂ったが、夜が明けるとおさまった。暗黒の片隅から、微《かす》かな光の縁《ふち》が妖精《ようせい》のように現れるのを、アンは見つめていた。やがて、東の丘の上が、燃えるようなルビー色に縁取られた。雲が流れて、地平線上で巨大な白い柔らかい塊となり、空が青く銀色に輝いた。静寂が世界を包み込んだ。

跪《ひざまず》いていたアンは立ち上がって、階下へそっと下りた。雨のあとの風の新鮮さが、庭へ出ていったアンの白い顔に吹きつけ、赤く泣きはらした目を冷やした。陽気な、おどけた口笛を吹きながら誰かが小道をやってくる。一瞬のちに、パスィフィック・ブートの姿が見えてきた。

アンの体じゅうの力が、ふっと抜けた。もし低い柳の枝にしがみつかなかったら、倒れていたことだろう。パスィフィックというのは、ブライス家の隣のジョージ・フレッチャーさんに雇われている労働者だ。しかも、フレッチャー夫人は、ギルバートのおばだ。パスィフィックなら知っているはずだ、もし――もし――知るべきことがブライス家で起こったのならば。

パスィフィックは、口笛を吹きながら、赤い小道を大股《おおまた》で元気よく歩いてきた。アンに気がつかない。アンは、呼びかけようと三度試したが、できなかった。もう通り過ぎていってしまうというときに、ようやくアンの震える唇が、「パスィフィック！」と声を出すことができた。

パスィフィックは、にっこり笑って振り返ると、元気に朝の挨拶《あいさつ》をした。

「パスィフィック」アンは弱々しく言った。「あなた、ジョージ・フレッチャーさんのうちから来たの？」

「へえ」とパスィフィックは愛想よく言った。「ゆんべ、おやじの具合がよくねえちゅう連絡さありまして。嵐さあんましすごくて、よう行かれんかったんで、今朝一番に行くところでさ。森んなかさ抜けて、近道してまさ」

「ギルバート・ブライスが今朝、どんな具合か、聞いてる？」

アンは絶望のあまり、聞いてしまった。最悪の答えが返ってきたとしても、こんな恐ろしい不安の中にいるよりは、まだましだった。

「よくなってます」

パスィフィックは言った。「ゆんべ、峠《とうげ》を越しましてね。お医者さんは、もうじきによくなるっておっしゃってました。んだども、あぶねえとこだったよぉ。あん人は、大学で体さ壊しなさっただ。ほんじゃ、急ぎますんで。おやじが会いたがってますんで」

パスィフィックは、また口笛を吹きながら歩き始めた。アンは、昨夜《ゆうべ》のつらい苦痛をよろこびが追い散らしていく目をもって、そのあとをじっと見つめた。とてもひょろりとやせた、ぼろをまとった、むさくるしい若者だった。けれども、アンの目には、聖書に記されている「山々をめぐり吉報をもたらす者」〔『旧約聖書』「イザヤ書」52：7〕のように美しく見えた。アンは、今後パスィフィックの日に焼けた、黒い目をした、丸い顔を見たら、聖書にある「嘆きにかわるよろこびの香油」〔『旧約聖書』「イザヤ書」61：3〕を彼が与えてくれたこのうれしい瞬間を、死ぬまで、思い出さずにはいられないことだろう。

パスィフィックの陽気な口笛が音楽の亡霊のように薄らいでいき、遠くの〝恋人の小道〟の楓《かえで》の下の静寂の中へと消えていって随分してから、アンは柳の下で立ち上がり、恐ろしい恐怖が消え去ったときの人生の強烈な甘美を味わっていた。その朝は、霧と輝きに満ちた祝杯のようだった。アンの近くの一角には、新たに芽吹《めぶ》いた、水晶のような朝露を湛《たた》えたバラが咲き誇っていて、アンに満足の驚きを与えてくれた。頭上の大木からさえずる小鳥たちの歌は、アンの気持ちにぴったり合った。実に古く、とても真実にあふれたすばらしい聖書の言葉が、唇から漏れた。

「夜は夜もすがら泣き悲しんでも、朝とともによろこびが来る」〔『旧約聖書』「詩編」30：5〕

第41章　愛の時が動きだす

「散歩に誘いにきたんだ。今日の午後は、九月の森を抜けて、『香料の育つ丘を越えて』〔アイザック・ウォッツ作の讃美歌78番にある言葉〕、懐かしい散歩道を一緒に歩いてみないか。ヘスター・グレイの庭に行くのはどうかな」不意に玄関ポーチの角からやってきたギルバートが言った。

膝《ひざ》いっぱいに、ふんわりした薄緑の生地を広げて石段に坐《すわ》っていたアンは、かなりぼんやりとした顔を上げた。

「ああ、行きたいんだけど」アンはゆっくり言った。「行けないのよ、ギルバート。今晩、アリス・ペンハロウの結婚式に出るでしょう。このドレスを直さなくちゃならなくて、直し終わったら支度を始めなきゃ。ごめんなさい。ほんとは行きたいのよ」

「じゃあ、明日《あした》の午後はどう?」あまりがっかりせずに、ギルバートは尋ねた。

「ええ、だいじょうぶだと思う」

「それじゃ、これから急いで家へ帰って、明日やろうと思ってたことを片付けるよ。じゃあ、アリス・ペンハロウは今晩結婚するんだね。ひと夏に君は三つも結婚式に出るんだね、アン。フィルのと、アリスのと、ジェーンのと。ジェーンがぼくを結婚式に招待してくれなかったなんて、絶対赦《ゆる》せないな」

「招待しなきゃならないアンドルーズ家の親類の数の夥《おびただ》しさを考えたら、ジェーンを責めるわけにもいかないわよ。あの家じゃ、全員入れないんだもの。あたしは、ジェーンの古い友だちだから呼ばれただけ――少なくともジェーンはそのつもりで呼んでくれたけど、ジェーンのお母さんは、娘の圧倒的な豪華さを見せつけようと思って呼んだんだと思う」

「ものすごい量のダイヤを身につけていて、どこまでがダイヤでどっからがジェーンかわからなかったって、ほんと？」

アンは笑った。

「確かに、すごい量つけてたわ。ダイヤだらけで、白いサテンにチュールにレースにバラにオレンジのお花までつけて、まじめなジェーンがほとんど見えないくらいだったわ。でも、とっても幸せそうだった。イングリスさんも。それから、ジェーンのお母さんも」

「それ、今晩着るドレス？」フリルとひだ飾りを見下ろしながら、ギルバートは尋ねた。

「ええ、かわいいでしょ？　髪にはスターフラワーを挿すの。〝お化けの森〟には、この夏いっぱい咲いてるの」

ギルバートは、ふと、アンがフリルのついた緑のドレスを着て、乙女らしいしなやかな腕と喉《のど》をそこからすらりと伸ばして、結い上げた赤い髪に白い星のような花が輝いているさまを想像した。そのイメージに思わず息を呑《の》み、ギルバートは、何気なく立ち去ろうとした。

「じゃあね、明日来るよ。今晩、楽しんでね」

アンは、立ち去っていくギルバートを見つめ、溜《た》め息をついた。ギルバートは親切だ。とても親切。親切すぎる。病気が治ってから、グリーン・ゲイブルズにかなり足しげくやってくるようになり、かつての仲間意識のようなものが戻っていた。けれども、アンは、もはやそれだけでは満足できなかった。愛のバラのせいで、友情の花の色は薄れ、香りがしなくなったのだ。そして、アンは、ギルバートはひょっとして友情以外の気持ちを抱いていないのかしらと、疑い始めていた。あの恍惚《こうこつ》たる朝に感じたよろこびに満ちた確信は、あたりまえの日常のあたりまえの光のなかでは消えてしまうのだ。自分の過ちは二度と正すことができないのではないのかしらという、みじめな恐怖がつきまとうようになっていた。結局のところギルバートが愛しているのはクリスティーンなのではないのかしら。ひょっとすると、婚約もすませたのかもしれない。アンは、落ち着かない希望をすっかり自分の心から押しのけて、仕事と野心が愛情の代わりとなってくれる将来を歩めばいいと自分に言い聞かせようとしていた。立派な教師にはなれなくても、いい教師にはなれる。それにこれまでに書いた短編がいくつか、それなりの雑誌に掲載されるようになってきたのも、アンの文学の夢が蕾《つぼみ》をつけてきたと思わせてくれていた。でも……でも……アンは、自分の緑のドレスを持ち上げて、また溜め息をついた。

翌日の午後にやってきたギルバートは、アンが自分を待っていたのだと知った。前の晩ににぎやかなパーティーがあったにもかかわらず、アンは夜明けのように清々《すがすが》しく、星のように美しいのだった。緑の服を着ていったが、結婚式に着ていったものではなく、ギルバートがレドモンド大学の歓迎パーティーでとくに好きだと言ってくれた古いドレスだった。まさにこの緑の濃さが、アンの髪の豊かな赤色を際立たせ、その目の星のような灰色と、その肌のアイリスのような肌理《きめ》の細かさを引き立ててくれるのだった。影の多い森の小道を並んで歩きながら、ギルバートは時おり横目でアンを眺め、こんなにすてきなアンを見たことがないと思った。アンは、横目でちらちらギルバートを見やりながら、病気になってからなんて大人びたのだろうと思った。まるで少年時代に永遠に別れを告げてしまったようだった。

美しい日で、道も美しかったので、ヘスター・グレイの庭に着いたのが残念にさえ、アンには思えた。二人は懐かしいベンチに腰掛けた。でも、そこも美しかったのだ。ダイアナとジェーンとプリシラとであの黄金のピクニックに出かけて、アンがここを見つけたあの遠き日と同じように美しい景色が広がっていた。あのときは、水仙《ナルキッソス》とすみれが咲き誇っていたのだった。今は、アキノキリンソウの花がそこここで妖精《ようせい》の松明《たいまつ》を燃やすように花を咲かせ、アスターが青い点となって彩っていた。小川のせせらぎが白樺《しらかば》の谷間から森を抜けて、昔と変わらぬささやきで誘《いざな》っている。柔らかい空気には、潮騒《しおさい》の音がいっぱいだ。遠くのほうには、いく夏もの太陽を浴びて銀灰色に褪《あ》せた柵《さく》で囲まれた牧草地がある。そして、どこまでも連なる丘には、秋の雲が影を落とし、西風が吹き、懐かしい夢を蘇《よみがえ》らせている。アンはそっと言った。

「『夢がかなう国』って、あの小さな谷にかかってる青い霞《かす》みの中にあるんじゃないかしら」

「まだかなっていない夢があるのかい、アン？」

そのギルバートの声の調子に――パティのお家《うち》の果樹園でみじめな別れ方をしたあの夕方以来ずっと耳にしてこなかった、あの響きがあって――アンの心臓が激しく高鳴った。けれども、アンは軽く答えた。

「もちろん。誰にだってあるわ。夢がぜんぶかなってしまったら、だめだもの。何か夢見るものが残ってないと、死んだも同然よ。なんてすてきな香りかしら。低く沈んでいく太陽のせいで、アスターと羊歯《しだ》から漂ってくるんだわ。香りが、匂うだけでなく、目にも見えるといいのにね。とってもきれいだと思うわ」

ギルバートは、話をそらされなかった。

「ぼくには夢がある」とゆっくりと話した。「決して実現しないようにたびたび思えるのだけれど、ずっと夢見続けてきた。ぼくは夢見るんだ、暖炉のあるお家《うち》、ネコと犬、友だちの足音……そして、君を！」

アンは口をきこうとしたが、言葉が見つからなかった。幸福が波のようにアンに押し寄せてきていた。怖いくらいだ。

「二年前、ある質問を君にしたね、アン。今日もう一度聞いたら、ちがったふうに答えてくれるかな？」

それでもアンは口がきけなかった。でも、目を上げて、数えきれないほど多くの世代が味わってきた愛の恍惚感《こうこつかん》に目を輝かせて、彼の目をじっと見つめた。彼には、ほかに何の答えも要らなかった。

きっとエデンの園の夕暮れもこのように美しかっただろうと思うほど美しい夕暮れが庭を包み込むまで、二人はずっと庭を立ち去らなかった。話したいことが、あまりにもたくさんあったのだ。思い出すことがあとからあとから出てくる。言ったこと、やったこと、聞いたこと、思ったこと、感じたこと、そして、誤解していたこと。

「あなた、クリスティーン・スチュアートを愛してるんだと思ってた」

アンは、まるで自分がロイ・ガードナーを愛していたと思われるようなことはしていないかのように、責めるような口調で言った。

ギルバートは少年っぽく笑った。

「クリスティーンは、故郷《ふるさと》の誰かと婚約してたんだ。ぼくは知ってたし、あの子もぼくが知ってるって知ってた。あの子の兄さんが卒業したとき、妹が次の冬学期にキングズポートにきて、音楽を専攻するから、ちょっと面倒を見てやってくれないかって頼んできたんだ。ほかに知り合いがいなくて、さみしがるだろうからって。で、引き受けた。そして、クリスティーンはいい子だったから、好きになったよ。ぼくが知ってるとてもいい子のうちの一人だ。大学で、ぼくらが愛しあってるって噂されてることは知ってたけど、気にしなかった。アン、君に、ぼくを愛することはできないと言われてからというもの、しばらく、もうどうでもよかったんでね。ほかに誰もいやしなかったよ――ぼくには、君しかいなかった。ぼくは君のことをずっと愛してた――君が学校でぼくの頭に石盤をぶつけたあの日から」

「あたしが、そんな小さなおばかさんだったときから、よくも愛し続けられたもんね」とアン。

「いや、あきらめようとしたんだ」ギルバートは率直に言った。「君が今自分で呼んだようなやつだと思ったからじゃなくて、ガードナーが現れて、ぼくに勝ち目はないと確信したからだ。でも、あきらめられなかった――しかも、君には言えなかったよ、この二年間、君は彼と結婚するんだと信じて、君の婚約はもう今にも発表されるってどこかのお節介に毎週のように言われることがどんなにつらかったか。そう信じなくていいんだとわかったのは、熱が下がってベッドで起き上がっていたある日だった。神の祝福を受けたすばらしい日だったよ。フィル・ゴードンから――というか、フィル・ブレイクからだな――手紙をもらったんだ。そこに、君とロイのあいだには何もないのだから、『もう一度やってみなさい』と忠告が書かれていた。いや、医者は、そのあとのぼくの回復ぶりに仰天していたよ」

アンは笑った。そして、震えた。

「あなたが死んでしまうと思ったあの夜のことは、決して忘れられないわ、ギルバート。ああ、あたし、わかったの――そのとき、わかったのよ――でも、もう手遅れだと思った」

「だけど、手遅れじゃなかったんだよ、ぼくのアン。ああ、アン、これで何もかも、償《つぐな》われたね？　今日というこの日は、ぼくらにとって一生、完璧《かんぺき》に美しい神聖な記念日にしよう。この日は、ぼくらにすばらしい贈り物をくれたんだもの」

「あたしたちの幸せのお誕生日ね」アンは、そっと言った。「あたし、この懐かしいヘスター・グレイのお庭が大好きだったけど、これまで以上に大切な場所になったわ」

「でも、アン、君に長いこと待ってもらわなきゃならないよ」ギルバートは悲しそうに言った。「ぼくが医学部を卒業するまで三年かかるからね。三年経《た》っても、ダイヤモンドも大理石の邸宅も手に入らない」

アンは笑った。

「ダイヤも大理石の邸宅も要らないわ。ほしいのは、あなただけ。恥じらいもなくこんなこと言うなんて、あたしもフィルに負けてないわね。ダイヤと大理石の邸宅はとても結構だけど、ないほうが『想像力を働かせる余地』があるでしょ。待つことに関して言えば、かまわないわ。楽しく待って、互いのために働いて——夢を見ましょ。ああ、これからは夢を見るのが、とっても楽しくなるわぁ」

ギルバートはアンを引き寄せて、キスをした。それから二人は、暗がりの中を一緒に歩いて家へ帰った。愛の王国の王と王妃となった二人は、いまだかつてないほどすてきな花に縁《ふち》どられた曲がりくねる小道を歩いて、希望と思い出の風が吹きぬける牧場を越えていったのだ。

訳者あとがき（ネタバレあり注意）

『アンの初恋』の題名について

アン・ブックスの第三巻として、先行訳と異なって『アンの初恋』という題名にした理由について、ここで語っておきたい。

まず、原題『島のアン』(*Anne of the Island*) について考察しておこう。これは第一巻の原題が『緑破風《グリーン・ゲイブルズ》の家のアン』、第二巻が『アヴォンリーのアン』であったことを踏まえれば、アンの世界が「家」から「村」へ広がったのち、本作では「プリンス・エドワード島」に広がることを示すものと言えよう。もちろん、アンはプリンス・エドワード島を飛び出して、ノバスコシア州キングズポート（州都ハリファックスがモデル）にあるレドモンド大学（作者モンゴメリが一八九五年から一年ほど通ったダルハウジー大学がモデル）に通うのだから、『島のアン』よりは『島を飛び出すアン』ではないかという気もするが、ノバスコシア州へ渡って「私は、骨の髄までプリンス・エドワード島の人間よ」という自覚を強めるアンの意識を考慮すれば、確かに本書は『島のアン』を描くものと言えるだろう。ただし、本書を『島のアン』と名づけたのは出版社であり、作者L・M・モンゴメリ（一八七四～一九四二）は当初別の題名を考えていた。

本書執筆中の一九一四年十月十六日付の友人宛ての手紙にモンゴメリはこう記している――

「新しいアン・ブックを書いていますーー『レドモンドのアン』という題で、アンの大学四年間を扱う予定です」。ちょうど第一次世界大戦が始まった時期であり、しかも八月にはモンゴメリの第二子の男児が死産となってしまい、本作の執筆はかなりつらかったようだ。同年十一月二十日付の手紙にはこうある。「今日、『レドモンドのアン』を書きあげました。とてもうれしいです。こんなにひどいストレスの下《もと》で本を書いたことはありません」。

さて、本作の本邦初訳である村岡花子《むらおかはなこ》訳は、当初『赤毛のアン 第三』と題されていたが、翌一九五六年に新潮文庫に収める際に『アンの愛情』と変更された。一九五九年に角川文庫から出た中村佐喜子《なかむらさきこ》訳は当初『アンの婚約』と題されていたが、『アンの愛情』に変更された。そして、その後の多くの翻訳が『アンの愛情』を踏襲してきた。

しかし、本作の最大の山場は、アンが果たしてメランコリックで謎めいた黒い目の〝麗しの王子さま《プリンス・チャーミング》〟からのプロポーズを受けてしまうのか、そしてギルバートの愛を本当に拒絶してしまうのかというところにある以上、本作のテーマは「愛情」よりは「初恋」(ないし恋愛)にあるように思われる。新訳の新味を主張する意味もあり、勝手ながら改題させていただいたが、『アンの初恋』と題した根拠として以下に述べる考察を掲げたい。

作者モンゴメリにとっての「初恋」の意義

作者モンゴメリにとって、「初恋」は重要な意義を持っている。

前巻『アンの青春』の最後で、ミス・ラベンダーが〝初恋の人〟と時を超えて再会して結ばれるというドラマが描かれたが、これは本作への伏線となっている。そして、作者はそのドラマの「初恋」というモチーフにふたつの拮抗《きっこう》する（逆向きのベクトルを持つ）力を加えていた。ひとつは、ミス・ラベンダーを迎えにやってくる〝王子さま〟であるスティーブン・アーヴィングが長身でロマンスの主人公の顔をしていて、まさに〝王子さま〟にふさわしい風貌《ふうぼう》であることによって、アン自身の恋愛への夢が刺激されることだ。いつもの夢想癖に拍車がかかり、自分も〝麗しの王子さま《プリンス・チャーミング》〟からプロポーズされたいと想像力の翼で高く舞い上がってしまうのである。親友のダイアナも恋愛中であるし、自分も恋をしたいけれど、自分のお相手はもちろん〝麗しの王子さま《プリンス・チャーミング》〟でなければならないと決めつけてしまう。

しかし、ミス・ラベンダーの恋の成就《じょうじゅ》には、このときアンが理解していなかったもうひとつの力が働いている。すなわち、スティーブンはどこからともなく現れた〝王子さま〟ではなく、ミス・ラベンダーにとって〝初恋の人〟であり、彼女は彼しか好きになれず、スティーブンでない人と結婚するくらいなら一千年でも未婚のままでいいと言うくらい、彼が好きだったということだ。ミス・ラベンダーは自分の本心に忠実に従って、その恋を成就させるのである。

そして、アンにとっての〝初恋の人〟は誰だろうか。賢明な読者にはおわかりのはずだ。すでに『赤毛のアン』第二十八章「幸薄き白百合《しらゆり》の乙女」で、川面《かわも》で立ち往生していたアンをボートで救ってくれたギルバートが改めてアンに謝罪し、「友だちになろう」と言ってきたとき、「不思議な、どぎまぎするような新しい意識がアンの心に芽生え」、「どきどきと、心臓が、妙に小さく鼓動した」のだった。『アンの青春』の最終章でも、アンは「ギルバートに見つめられて」やはり心臓がどきどきして、「色白の顔がバラ色に染まった」。さらに、本書では第一章という早い段階で、アンは再びギルバートを意識することになる。二人で橋の欄干に寄りかかって夕暮れの時を味わっているとき、ギルバートがアンの手に自分の手を重ねるのだ。アンは思わず自分の手を引っ込めてしまうが、その場から立ち去ったあとも彼の手の温かみを自分の手に感じつづけてしまう。ギルバートが迫ってくると逃げるくせに、彼の温かみを大切にし、彼がそばにいないと違和感を覚えるようになっているのである。

ところが、想像力の翼で高く飛翔《ひしょう》するアンの恋愛観は、アン自身の心の中にあるはずの本当の恋人を見えなくしてしまう。本書の第二十章で、アンがギルバートをふったとき、フィリッパ・ゴードンがアンを批判し、アンが「理想の愛を想像のなかで創りあげ」てしまって、「本物の愛が見えてるはずなのに、それがわかってない」と言うのは、フィリッパの口を借りて作者が解説をしているのである。また、本書のエピグラフとして掲げられたテニソンの詩「白昼夢」の言葉に「大切なことはあとからわかり」とあるのは、アンがあとになるまで――危うく手遅れになりかかるときまで――本物の愛に気づいていないという筋に対応している。だが、テニソンの詩が語るように、運命の明かりが恋の隠れた真価を照らし出してくれるのである。

アンがようやく本物の愛に気づくのは、ギルバートが死にかけたときだ。アンは、彼を永遠に失うことがどれほどの苦痛を伴うことなのかを、彼の死をはっきりとイメージしたときに知る。第二十章でフィリッパから「ギルバートなしの世界」で生きていくのかと問われたとき、アンはそれが「あまりにもさびしくて、荒涼とした世界」だと漠然と感じるが、まだ「ギルバートなしの世界」の本当の意味がわかっていない。それがわかるのは、第四十章で、彼が死ぬという現実を見据えたときだ。そのとき初めて、「彼がいないなら、何ひとつ意味などなくなってしまう。あたしは彼のもので、彼はあたしのものなんだから」と自覚する。ギルバートの温かみに自分が何を感じていたのか、彼の不在がどんな意味を持つのか、ようやくアンにも腑《ふ》に落ちるのだ。本書第一章で、アンがギルバートに触れられる意義は大きい。好きな人から触れられたときの歓《よろこ》びは、作者モンゴメリ自身が体験したものであり、『アンの青春』の訳者あとがきにも記したとおり、彼女の〝初恋の人〟ハーマンとのキスは体じゅうが燃え上がるようで恍惚《こうこつ》としたのに、エドウィンとのキスは氷のように冷たく感じられたという。少女小説に官能的キスを描くことは控えて、手を握る程度にとどめたのであろうが、アンがチャーリー・スローンに手を握られた経験を「おぞましい記憶」として、「天と地ほどの差がある」と書くとき、作者はその「天と地ほどの差」を自ら知悉《ちしつ》していたわけだ。

作者モンゴメリは、「生きていると言える時は、ハーマンと一緒にいる時だけ」と〝初恋の人〟ハーマンへの思いを綴《つづ》っているが、彼とは結婚できず、別れざるを得なかった。その後、彼がインフルエンザの合併症で死んだと知ったとき、モンゴメリは「彼は永遠に自分のものとなった」と感じたという。最愛の人の死を経験した作者は、まだ自分の本物の愛に気づいていないアンにも同じことを経験させる。そのとき初めて人は自分が愛しているのは誰かを痛感できることを、作者は知っていたからであろう。

モンゴメリは、ハーマンへの愛を次のように綴る——「私はハーマンを、荒々しく、情熱的で、理性をはねのける愛をもって愛した。それは炎のように私を包み込み、私には消すことも、どうすることもできない愛であり、ほとんど完全なる狂気に近い激しさをもった愛だった。狂気！　そうなのだ！」（一八九八年四月八日付『日記』）。

アンはそこまで激しい愛をギルバートに抱いていない。だから、自分が彼を愛していることになかなか気づけない。しかし、ギルバートはどうだろう。アンに拒絶されてもくじけることなく愛の炎を消すことのない彼の愛はどうなのだろう。もちろん、外に表してしまってはアンの抵抗にあうから、抑えていなければならないが、あれだけはっきりと拒絶されてもあきらめないギルバートの胸中にはどんな炎が燃えていたのか。

彼の胸中を示唆する意味深長な場面が第二十九章の終わりにある。ダイアナの結婚式が無事に終わった直後、月明かりの中をギルバートがアンをグリーン・ゲイブルズまで送る場面である。彼は家へ入る前に、〝恋人の小道〟を散歩しようと提案し、アンはすぐ賛成する。アンは、ギルバートにはクリスティーンがいるから、もう〝危険〟ではないと勝手に思い込んで、昔に戻りたいなどと思ってぼうっとしているが、ギルバートの心境はそんなものではないはずだ。彼がそのとき口にする詩の言葉「かくてこの世は移りゆく」が手がかりとなる。これはエレン・マッケイ・ハッチンソン・コルティソスが一八七五年十一月二十七日付の『オタゴ・ウィトネス』紙に発表した「かくてこの世は移りゆく」という詩である（一九〇〇年刊行のE・C・ステッドマン編『アメリカ詩集』所収）。全文を掲げよう。

思い出は儚《はかな》き抜け殻、
喜びは死に絶える。
希望は小さな銀の歌さながら
ひと息にて掻《か》き消える。
かくてつらきこの世は移りゆく
永遠に、危うく。
しかるに愛は、最も甘き狂気は
欣喜雀躍《きんきじやくやく》して、ひと際《きわ》、
見えぬ目をば開き、
貧しきを富ませる働き。
かくて良きこの世は移りゆく
永遠に、心ゆく。
Memory cannot linger long,
Joy must die the death.
Hope's like a little silver song
Fading in a breath.
So wags the weary world away
Forever and a day.
But love, that sweetest madness,
Leaps and grows in toil and sadness,
Makes unseeing eyes to see,
And heapeth wealth in penury.
So wags the good old world away
Forever and a day.

ふたつの連《スタンザ》から成っており、第一連では希望のない流転《るてん》が歌われ、第二連では「最も甘き狂気」である愛が、見えなかった目を見えるようにし、貧しきを富ませると希望を歌う。詩形式も第一連は四歩格と三歩格で交互韻となっているが、第二連は四歩格が続いて二行連句となっており、異なっている。プロポーズをして断られたギルバートにしてみれば、第一連の心境であるものの、こうしてアンと二人で〝恋人の小道〟を散歩している今、第二連の「最も甘き狂気」への期待を捨てきれないのではないだろうか。この詩はそのふたつを同時に歌うことで、ギルバートの心境を表している。つまり、彼は「クリスティーンのことを考えている」どころか、アンへの愛――「最も甘き狂気」――に希望を託していたと推察される。

なお、ハーマンの死から十二年後、一九一一年にモンゴメリは結婚するが、もはや激しい恋愛を求めることはなく、子供に囲まれた愛のある暮らしを求めて、多くの人に尊敬される牧師ユーアン・マクドナルドを夫として選ぶ。牧師ジョーナスを選ぶフィリッパの気持ちに、そんな敬愛が反映されているのかもしれない。モンゴメリは、燃え上がるロマンティックな恋が必ずしも幸福につながるわけではなく、穏やかな交友関係の中から幸福を生み出すほうがよいと最終的に判断したわけである。

モンゴメリとアンの重なり

モンゴメリが一九一一年のハネムーンで購入した土産に、右と左を向いた二匹の可愛らしい陶器の犬がある。彼女は、その犬をゴグとマゴグと名付けて、新居の小さな本棚を守るようにその両脇に置いた。ゴグとマゴグは神に逆らう勢力（『旧約聖書』「エゼキエル書」と『新約聖書』「ヨハネの黙示録」に登場）であるため、モンゴメリがそう名付けたのは神学ばかりの夫から自分の大切な本たちを守ろうというういたずら心が働いていたのかもしれない。彼女が二匹を大切にしていたことは、この子たちがパティのお家《うち》にも登場することからわかるだろう。また、アンが女友だちと一緒に楽しく暮らす様子には、モンゴメリ自身が親友ノーラ・ルファージーと一九〇三年一月から祖母の家で共同生活をした経験も生きているはずだ。

このように本作には作家自身が投影されている。第三十五章の最後で、アンが、昔書いたアスターとスイートピーの物語の原稿がトランクの中にあったのを見つけ、読み直して、「あたし、やってみるわ」と言うくだりは、まさに作者が『赤毛のアン』を世に出した経緯そのものだ。というのも、モンゴメリは一九〇四年の春から翌年十月にかけて『赤毛のアン』を書き、五つの出版社に送ったのに、すべて不採用となってしまったのである。第十二章「アヴァリルの贖《あがな》い」で、アンが小説を送って不採用として原稿が送り返されてきたとき、「ただ、不採用だって書いた紙きれが入ってるだけ」と言うのは、モンゴメリの実体験に基づく。「五社のうち四社からは、印刷された断り状が添えられただけで原稿は返送されてきた」のである（モリー・ギレン著『運命の紡ぎ車――L・M・モンゴメリの生涯』宮武潤三・宮武順子訳（篠崎書林、一九七九）、九十六ページ）。落胆したモンゴメリは原稿を古い帽子箱に放り込んだまま放置していたが、一九〇七年秋、忘れかけていた原稿を見つけて、読み返してみて、そんなに悪くないと思い――「あたし、やってみるわ」と考えて――再度手直しをして一九〇八年にボストンのページ社に送ったところ、採用されて、五百ドルという大金で買い取ってもらえたのだ。そして作品は大ヒットし、モンゴメリは続編を書いてくれと出版社から矢の催促を受けるようになる。

もうひとつ。アンが一旦《いったん》は「この人が運命の人だ！」と思ったにもかかわらず、ロイへの熱が冷めていく過程で導入されるエピソードとして、彼の母親ガードナー夫人が「ネコがお好きですの？」と言う事件がある。アンは、この口調に、いらっとして、しかも「何の脈絡もなく、ギルバートの母親はネコ好きで、夫が許すかぎりのたくさんのネコを飼っていることを思い出」す。ガードナー夫人は「私、ネコはどうも苦手ですの」と断言するわけだが、ロイ→ロイの母親→ネコ嫌い⇆ネコ好き→ギルバートの母親→ギルバートという連想が働く時点で、アンの深層心理がわかろうというものだ。

モンゴメリは大のネコ好きなのである。パティのお家《うち》で、アンがネコに囲まれて楽しく暮らすさまが描かれているが、これはモンゴメリの暮らしぶりを反映したものと言ってよい。「モンゴメリにとって、ネコのいない家は不完全だった」と、モンゴメリの伝記作家ルービオは記している（Mary Henley Rubio, *Lucy Maud Montgomery: The Gift of Wings*, Toronto: Doubleday Canada, 2008, p. 156）が、モンゴメリ自身も『エミリーの求めるもの』（一九二七）第九章で、エミリーにこう言わせている――「足のまわりにしっぽを折りたたんだネコちゃんのニャンとも言えない満足感がない家は、家とは言えないわ」。

十四歳のときからつけ始めた日記を見れば、モード（幼少時からの作者の呼び名）がどれほどのネコ好きかがわかる。モードを囲んでいたネコは、マックス、プッシィウィロウ、キャットキン、メフィストフェレス、ボッブズ、トプシー、マギーなどなど。とくにモードが溺愛《できあい》した二匹はダッフィとラッキーだ。ダッフィは厳密に言うと（彼の前にダッフィという名のネコが二匹いたので）ダッフィ三世であり、一九〇六年にモードのもとへやってきた。一九一一年に彼女が牧師と結婚してオンタリオ州に移り住んだときにも、ダッフィが必要ということで、プリンス・

エドワード島から送ってもらったのであり、その後二人目の子が死産だったときも、夫がうつ病になって結婚生活が苦しくなったときも、ダッフィはずっと心の慰めとなってくれたのだ。ダッフィは一九二〇年に死に、モードの心も折れるが、一九二三年からは黒い縞《しま》のある銀灰色のオスネコのラッキーがプリンス・エドワード島から送られてくる。少し前から家に住むようになっていたネコのパディと新参のラッキーとが同居するようになる経緯は、本作のラスティとサラの出会いと同じである。牧師の妻であり二児の母であり、なおかつ作家という大変な生活を精神的に支えてくれたのは、このネコだった。ラッキーが一九三七年に死ぬと、モードは四十ページに及ぶ追悼文を書いたが、これは動物への追悼として空前絶後であろう。

モードとアンのつながりを示す手がかりとして、一八八九年九月二十一日付の彼女の日記を見てみよう。九歳のときから毎日日記はつけてきたけれど、「〇月×日　晴れ」といったつまらないもので内容もなかったので、これからは新しい日記を書くと宣言して、次のように記している。『赤毛のアン』第四章で、アンがゼラニウムにボニーという名をつけたことを思い出しながらお読みいただきたい。

> でも、まったく新しく仕切り直して、書くに値するものがあるときだけ書くことにする。人生は私にとっておもしろくなり始めている。私はもうすぐ——今度の十一月の最終日で——十五歳。この日記には今日の天気なんて絶対書かない——天気のことを書いたほうがいいのでなければ。そして——最後だが最小ではない——この日記には鍵《かぎ》をかける！

確かに今日はあまり書くことがない。学校もなかったので、ゼラニウムたちを植え替えて楽しんだ。愛《いと》しい子たち、大好き！　この子たちの〝お母さん〟は〝ボニー〟という名前のお母さんっぽい古いゼラニウム。ボニーは、ずっと前に——二、三年は経っていると思う——エミリーおばさんと一緒にマルペックで冬を過ごしたときに頂いたもの。そこに住んでいたマギー・アボットという女の子が缶に小さなゼラニウムの挿し木を育てていて、私が帰るときにそれをくれたの。私、その子をボニーちゃんって名づけて——私は、たとえゼラニウムであっても呼び名をつけるのが好き——ボニーちゃんのことは、私のネコちゃんたちの次に愛している。今ではとても大きく育って、まわりにくるくるとカールする茶色のシマシマのついたすっごい凝った小さな葉をつける。その花の咲き方といったら、まるで意志をもって咲いたみたい。年季の入ったゼラニウムには魂があるんだと思う！

アンの日記だと言われて読まされても、信じてしまうのではないだろうか。このときからネコを愛して暮らしていたのだ。第三巻の本書に至るまでネコがほとんど登場しなかったのが不思議なくらいである（『赤毛のアン』第十八章より、家の中にネコがいたことはわかるけれど）。もちろん、ギルバートの二度目のプロポーズには、ネコが出てくる（三九六ページ）。

シェイクスピア応用編

最後にシェイクスピアの話で締めくくることにしよう。モンゴメリは、ただ単にシェイクスピアを引用するのではなく、シェイクスピア作品の深い理解に基づいて、それをひねったり応用したりして自分の作品に活《い》かしている。

たとえばシェイクスピアの四大悲劇のひとつ『オセロー』は、ヴェニスの偉大なる将軍オセローが、悪党イアーゴーに騙《だま》されて、最愛の妻デズデモーナが不倫をしたと誤解して妻を絞殺してしまう悲劇であるが、オセローは妻を殺したあとで自分が騙されていたことを知り、自分は「愚かにではあるがあまりにも深く妻を愛した男」だと言って自害する。この名台詞《めいせりふ》を知っていれば、第六章で、家じゅうがクッションだらけで辟易《へきえき》していたアンが、神の救いを求める祈りの際に、「賢く愛せないが、あまりにも深くクッションが愛されている家に住む者にも！」（八一ページ）と言うおかしさがわかるだろう。

『オセロー』第一幕第三場では、オセローがヴェニスの元老院議員たちに「有能にして賢き、尊敬すべき諸侯よ」と呼びかける。第三十七章で、フィリッパがこの言葉を使って四年生に呼びかけるが、「諸侯《シニョーズ》」というイタリア語風の言葉の発音をほんの少しだけ変えて、「四年生《シニァーズ》よ」と呼びかけているのは、実にうまい。

もうひとつの四大悲劇『マクベス』は、野望に駆られた将軍マクベスが、善良な王を暗殺するのみならず、戦友であったバンクォーをも刺客に殺させてしまう。第三幕第四場で、殺されたバンクォーが亡霊となって登場すると、マクベスは激しく取り乱すが、その場にいた貴族たちには亡霊が見えない。まずいと思ったマクベス夫人は、次のように言って貴族たちを直ちに退席させる。

ご退出の順番などにおかまいなく、
すぐにお帰りください。

Stand not upon the order of your going,
But go at once

原文にあるorderとは「順番」の意味なのだが、モンゴメリはこれをひねって第十三章を締めくくる最後の一文として用いている。「デイヴィーは、何と命令されたのか気にとめることもなく、あわてて出ていった」(Davy went, and stood not upon the order of his going.)(一七四ページ)。ここではorderは「順番」ではなく「命令」の意味に変わっており、デイヴィーは、行けと命じられたことを気にせずに(アンの剣幕におびえて)出ていったというわけである。モンゴメリがシェイクスピアを巧みに使いこなしている優れた例であろう。

第二章でアンはシェイクスピア全集を贈られるが、モンゴメリ自身が大量の貼り付けをしたり書き込んだりしたシェイクスピア全集一巻本がカナダのグエルフ大学図書館に所蔵されており、L. M. Montgomery Instituteのホームページでそのスキャン画像が公開されている。それを見れば、彼女がシェイクスピア作品を実によく愛していたことがわかる。ホームページには、ほかにもモンゴメリの書き込みがある多くの本がアップされている。かつてはカナダまで行かなければ読めなかったものが、日本に居ながらにして読めるようになったのである。

二〇二五年二月　　河合祥一郎

翻訳・参考資料

原文

L. M. Montgomery, *Anne of the Island*, The Anne of Green Gables Novels #3（1915; New York: Bantam Books, 1998).

研究書（雑誌論文を含む）

Blackford, Holly, ed., *100 Years of Anne with an 'e': The Centennial Study of Anne of Green Gables* (Calgary, Alberta: U of Calgary P, 2009).［12本の論文を収めた研究書。特に第3部の 'Quoting Anne: Intertextuality at Home and Abroad' では間テクスト性について論じられている］
Bode, Rita, and Jean Mitchell, eds, *L. M. Montgomery and the Matter of Nature(s)* (McGill-Queen's UP, 2018).［これも12本の論文を収めた研究書。環境や自然との親和性のなかに作品を位置づける試み］
Epperly, Elizabeth Rollins, *The Fragrance of Sweet-Grass: L. M. Montgomery's Heroines and the Pursuit of Romance*, revised edn（Toronto: U of Toronto P, 2014).［初の本格的研究書であり、初版1992年ののち、2014年に改訂版が出ている］
-----, *Imagining Anne: The Island Scrapbooks of L. M. Montgomery*（Toronto: Penguin Canada, 2008).［詳細な注のついた1893～1910年代半ばまでのモンゴメリのスクラップブック資料集］
Gammel, Irene, *Looking for Anne of Green Gables: The Story of L. M. Montgomery and Her Literary Classic* (New York: St. Martin's Press, 2009).［1903～38年のモンゴメリを分析して当時の執筆状況を詳細に考察した研究書］
-----, ed., *Making Avonlea: L. M. Montgomery and Popular Culture* (Toronto: U of Toronto P, 2002).［2000年にプリンス・エドワード・アイランド大学で開催された学会での発表論文23本を収めた研究書。「日本における大衆文化とアン・クラブ」についての論文もある］
----- and Benjamin Lefebvre, eds, *Anne's World: A New Century of Anne of Green Gables* (Toronto: U of Toronto P, 2010).［新しい視点でアンを語る11本の論文を収めた研究書］
Howey, Ann F., 'Anne of Green Gables: Criticism after a Century', *Children's Literature* 38（2010): 249-253.［『赤毛のアン』100周年を迎えて活発化した批評をまとめた論考］
Ledwell, Jane, and Jean Mitchell, eds, *Anne around the World: L. M. Montgomery and Her Classic* (Montreal & Kingston: McGill-Queen's UP, 2013).［『赤毛のアン』シリーズ（アン・ブックス）の国際的・多角的な評価を分析。日本でなぜアン・ブックスが人気なのか、ノートルダム清心女子大学教授赤松佳子へのインタビューも収録］
Lefebvre, Benjamin, ed., *The L. M. Montgomery Reader*, Volume 1: A Life in Print（Toronto: U of Toronto P, 2013).［モンゴメリが書き遺した文書や当時の批評文から著者の実像を浮かび上がらせる］
-----, ed., *The L. M. Montgomery Reader*, Volume 2: A Critical Heritage（Toronto: U of Toronto P, 2014).［モンゴメリ没後70年間の批評と受容を分析する20本の論文を収録］
-----, ed., *The L. M. Montgomery Reader*, Volume 3: A Legacy in Review（Toronto: U of Toronto P, 2014).［モンゴメリの24作品についての当時の書評を収録］
Mitchell, Jean, ed., *Storm and Dissonance: L. M. Montgomery and Conflict* (Newcastle upon Tyne, Eng.: Cambridge Scholars Publishing, 2008).［2006年にプリンス・エドワード島で開催された第7回国際L. M. モンゴメリ学会での発表論文を契機に編まれた研究書。多様性に特色がある］
Rubio, Mary Henley, *Lucy Maud Montgomery: The Gift of Wings*（Toronto: Doubleday Canada, 2008; paperback ed., Toronto: Anchor Canada, 2010).［モンゴメリ伝記の決定版］
Waterston, Elizabeth, *Magic Island: The Fictions of L. M. Montgomery* (New York: Oxford UP, 2009).［モンゴメリの虚構という「魔法の島」がどのように形成されたのかを研究。前掲のRubioの伝記とともに読むように書かれている］
Wilmshurst, Rea, 'L. M. Montgomery's use of quotations and allusions in the "Anne" books', *Canadian Children's Literature*, 56 (1989): 15-45.［シリーズ全巻に亘って引用の原典を詳細に明示した研究。本翻訳書に付した注はこれに基づいている］
松本侑子訳・訳注『アンの愛情』集英社文庫（集英社、2008）、改稿版・文春文庫（文藝春秋、2019）［翻訳であるが、訳者の研究による注釈が豊富なので、ここに掲げる］

インターネット

'Anne of Green Gables Wiki'《https://anneofgreengables.fandom.com/wiki/》［このサイトにはアン・ブックスにおける引用・出典についての情報が https://anneofgreengables.fandom.com/wiki/Notes:Cultural_references_and_allusions に詳細に記されている］
'Benjamin Lefebvre'《http://benjaminlefebvre.com/》［3巻本の *The L. M. Montgomery Reader*（2013-14）の編纂を手掛けたモンゴメリ研究の第一人者Lefebvre個人の研究成果をアップしたサイト］
'L. M. Montgomery Online: Devoted to the life, the work, and the legacy of Canada's most enduringly popular author'《http://lmmonline.org/》［最新の研究書や雑誌論文に至るまで詳細な情報を集積した研究者のための学術サイト。Benjamin Lefebvreが監修しており、信頼性が極めて高い］
'L. M. Montgomery Institute'《https://www.lmmontgomery.ca/》［プリンス・エドワード・アイランド大学内にあるモンゴメリ研究所のサイト。研究活動・作品・伝記についての情報を提供］

参照した先行訳

石川澄子訳『大学生アン』（東京図書、1991）
掛川恭子訳（1990年）、『アンの愛情』講談社文庫（講談社、2005）
茅野美ど里訳『アンの愛情』偕成社文庫（偕成社、1992）
谷詰則子訳『アンの愛情』（篠崎書林、1992）
中村佐喜子訳（1959年）、『アンの愛情』（『アンの婚約』改題）角川文庫（角川書店、2008）
村岡花子訳（1955年）、『アンの愛情』新潮文庫（新潮社、2008）

新訳《しんやく》　アンの初恋《はつこい》

モンゴメリ　河合祥一郎《かわいしょういちろう》＝訳

令和７年　４月25日　初版発行

発行者●山下直久

発行●株式会社KADOKAWA
〒102-8177　東京都千代田区富士見2-13-3
電話　0570-002-301（ナビダイヤル）

角川文庫 24628

印刷所●株式会社暁印刷
製本所●本間製本株式会社

表紙画●和田三造

●お問い合わせ
https://www.kadokawa.co.jp/（「お問い合わせ」へお進みください）
※内容によっては、お答えできない場合があります。
※サポートは日本国内のみとさせていただきます。
※Japanese text only

ISBN 978-4-04-116010-7　C0197

◇◇◇